JN014128

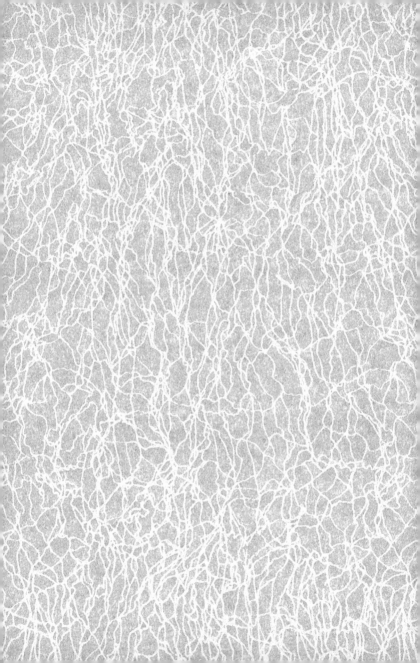

探偵 明智小五郎

Tantei Akechi Kogoro

江戸川乱歩傑作選

本の泉社

装丁　宮川和夫
装画　多田遼太郎

探偵　明智小五郎―江戸川乱歩傑作選　目次

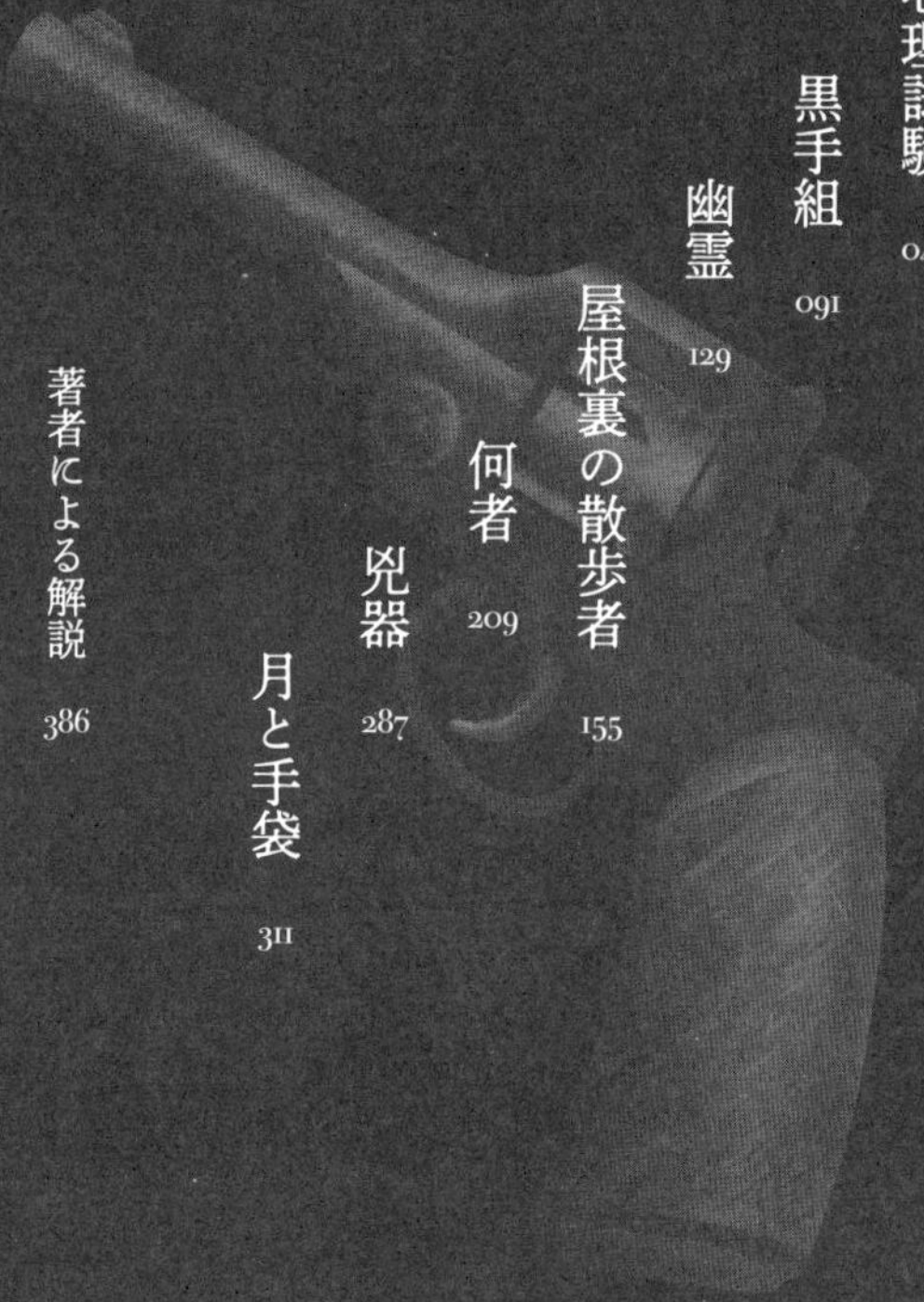

【本書の編集について】

＊本書の文字表記については原文を尊重しつつ、常用外漢字や難読と思われる語についてはふり仮名をつけた。適宜、語注を付けた。

＊作品中には、今日から見て差別的表現ととられかねないところが散見するが、著者に差別の意図はなく、作品全体の文学性や著者が故人であるという事情を考え、原文通りとした。

＊本文は『江戸川乱歩全集』（講談社、一九七八年）、著者による解説は『江戸川乱歩全集』（桃源社、一九六一年）を底本とした。

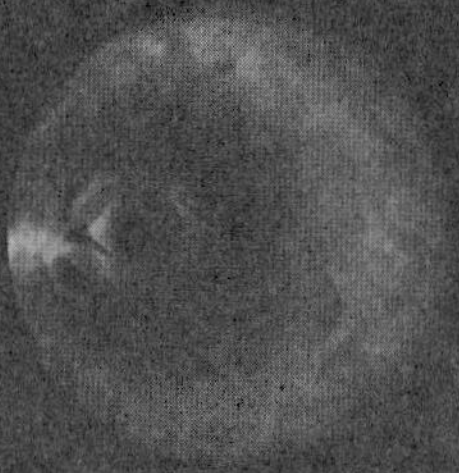

D坂の殺人事件

（上）事実

　それは九月初旬のある蒸し暑い晩のことであった。私は、D坂の大通りの中ほどにある、白梅軒という、行きつけの喫茶店で、冷しコーヒーを啜《すす》っていた。当時私は、学校を出たばかりで、まだこれという職業もなく、下宿にゴロゴロして本でも読んでいるか、それに飽きると、当てどもなく散歩に出て、あまり費用のかからぬ喫茶店廻《めぐ》りをやるくらいが、毎日の日課だった。この白梅軒というのは、下宿屋から近くもあり、どこへ散歩するにも必ずその前を通るような位置にあったので、したがって、いちばんよく出入りするわけであったが、私という男は悪い癖で、喫茶店にはいるとどうも長尻になる。それも、元来食欲の少ない方なので、ひとつは嚢中《のうちゅう》＊の乏しいせいもあってだが、洋食ひと皿注文するでな

＊嚢中＝財布の中。所持金。

く、安いコーヒーを二杯も三杯もお代りして、一時間も二時間もじっとしているのだ。そうかといって、別段、ウェートレスにおぼしめしがあったり、からかったりするわけでもない。まあ、下宿よりなんとなく派手で居心地がいいのだろう。私はその晩も、例によって、一杯の冷しコーヒーを十分もかかって飲みながら、いつもの往来に面したテーブルに陣取って、ボンヤリ窓のそとを眺めていた。

さて、この白梅軒のあるD坂というのは、以前菊人形の名所だったところで、狭かった通りが市区改正で取り拡げられ、何間道路とかいう大通りになって間もなくだから、まだ大通りの両側にところどころ空地などもあって、今よりはずっと淋《さび》しかった時分の話だ。大通りを越して白梅軒のちょうど真向こうに、一軒の古本屋がある。実は、私は先ほどから、そこの店先をながめていたのだ。みすぼらしい場末の古本屋で、別段ながめるほどの景色でもないのだが、私にはちょっと特別の興味があった。というのは、私が近頃この白梅軒で知合いになった一人の妙な男があって、名前は明智小五郎《あけちこごろう》というのだが、話をしているといかにも変り者で、それが頭がよさそうで、私の惚《ほ》れ込んだことには、探偵小説好きなのだが、その男の幼馴染《おさななじみ》の女が、今ではこの古本屋の女房になっているということを、この前、彼から聞いていたからだった。二、三度本を買って覚えているところによれば、この古本屋の細君というのがなかなかの美人で、どこがどうというではないが、なんとなく官能的に男をひきつけるようなところがあるのだ。彼女は夜はいつでも店番をしているのだから、今晩もいるに違いないと、店じゅうを、といっても二間半間口の手狭な店だけれど、探してみたが、誰もいない、いずれそのうちに出てくるのだろうと、私はじっと眼で待っていたものだ。

だが、女房はなかなか出てこない。で、いい加減面倒臭くなって、隣の時計屋へと眼を移そうとしている時であった。私はふと、店と奥の間との境に閉めてある障子の戸が、ピッシャリしまるのを見た――その障子は専門家の方では無双と称するもので、普通、紙をはるべき中央の部分が、こまかい縦の二重の格子になっていて、一つの格子の幅が五分ぐらいで、それが開閉できるようになっているのだ――ハテ変なこともあるものだ。古本屋などというものは、万引きされやすい商売だから、たとえ店に番をしていなくても、奥に人がいて、障子のすき間などから、じっと見張っているものなのに、そのすき見の箇所を塞いでしまうとはおかしい、寒い時分ならともかく、九月になったばかりのこんな蒸し暑い晩だのに、第一障子そのものが閉めきってあるのからして変だ。そんなふうにいろいろ考えてみると、古本屋の奥の間になにごとかありそうで、私は眼を移す気になれなかった。

古本屋の細君といえば、ある時、この喫茶店のウェートレスたちが、妙な噂《うわさ》をしているのを聞いたことがある。なんでも、銭湯で出会うおかみさんや娘さんたちの棚おろしのつづきらしかったが、「古本屋のおかみさんは、あんなきれいな人だけれど、はだかになると、からだじゅう傷だらけだ。たたかれたり抓《つね》られたりした痕に違いないわ。別に夫婦仲が悪くもないようだのに、おかしいわねえ」すると別の女がそれを受けてしゃべるのだ。「あの並びのソバ屋の旭屋《あさひや》のおかみさんだって、よく傷をしているわ。あれもどうも叩かれた傷に違いないわ」……で、この噂話が何を意味するか、私は深くも気に留めないで、ただ亭主が邪慳《じゃけん》なのだろうぐらいに考えたことだが、読者諸君、それがなかなかそうではなかったのだ。このちょっとしたした事柄が、この物語全体に大きな関係を持っていたことが、後になってわかったのである。

それはともかく、私はそうして三十分ほども同じところを見詰めていた。虫が知らすとでもいうのか、なんだかこう、傍見をしているすきに何事か起こりそうで、どうもほかへ眼が向けられなかったのだ。その時、先ほどちょっと名前の出た明智小五郎が、いつもの荒い棒縞《ぼうじま》の浴衣を着て、変に肩を振る歩き方で、窓のそとを通りかかった。彼は私に気づくと会釈をして中へはいってきたが、冷しコーヒーを命じておいて、私と同じように窓の方を向いて、私の隣に腰かけた。そして、私が一つところを見詰めているのに気づくと、彼はその私の視線をたどって、同じく向こうの古本屋をながめた。しかし、不思議なことには、彼もまた、いかにも興味ありげに、少しも眼をそらさないで、その方を凝視し出したのである。

私たちは、そうして、申し合わせたように同じ場所をながめながら、いろいろむだ話を取りかわした。その時、私たちのあいだにどんな話題が話されたか、今ではもう忘れてもいるし、それに、この物語にはあまり関係のないことだから、略するけれど、それが、犯罪や探偵に関したものであったことは確かだ。試《こころ》みに見本を一つ取り出してみると、

「絶対に発見されない犯罪というのは不可能でしょうか。僕はずいぶん可能性があると思うのですがね。たとえば、谷崎潤一郎の『途上』ですね。ああした犯罪はまず発見されることはありませんよ。もっとも、あの小説では、探偵が発見したことになってますけれど、あれは作者のすばらしい想像力が作り出したことですからね」と明智。

「いや、僕はそうは思いませんよ。実際問題としてならともかく、理論的にいって、探偵のできない犯罪なんてありませんよ。ただ、現在の警察に『途上』に出てくるような偉い探偵がいないだけですよ」と私。

ざっとこういったふうなのだ。だが、ある瞬間、二人は言い合わせたように、ふとだまり込んでしまった。さっきから、話しながら眼をそらさないでいた向こうの古本屋に、ある面白い事件が発生していたのだ。

「君も気づいているようですね」

と私がささやくと、彼は即座に答えた。

「本泥棒でしょう。どうも変ですね。僕もここへはいってきた時から、見ていたんですよ。これで四人目ですね」

「君が来てからまだ三十分にもなりませんが、三十分に四人も。少しおかしいですね。僕

は君の来る前からあすこを見ていたんですよ。一時間ほど前にね、あの障子があるでしょう。あれの格子のようになったところが、しまるのを見たんですが、それからずっと注意していたのです」

「うちの人が出て行ったのじゃないのですか」

「それが、あの障子は一度もひらかないのですよ。出て行ったとすれば裏口からでしょうが……三十分も人がいないなんて、確かに変ですよ。どうです、行ってみようじゃありませんか」

「そうですね。うちの中には別状がないとしても、そとで何かあったのかもしれませんからね」

私はこれが犯罪事件ででもあってくれれば面白いがと思いながら、喫茶店を出た。明智とても同じ思いに違いなかった。彼も少なからず興奮しているのだ。

古本屋は、よくある型で、店は全体土間になっていて、正面と左右に天井まで届くような本棚を取り付け、その腰のところが本を並べるための台になっている。土間の中央には、島のように、これも本を並べたり積み上げたりするための、長方形の台がおいてある。そして、正面の本棚の右の方が三尺ばかりあいていて奥の部屋との通路になり、先にいった一枚の障子が立ててある。いつもは、この障子の前の半畳ほどの畳敷きのところに、主人か細君がチョコンとすわって番をしているのだ。

明智と私とは、その畳敷きのところまで行って、大声に叫んでみたけれど、なんの返事もない。はたして誰もいないらしい。私は障子を少しあけて、奥の間を覗《のぞ》いてみると、中は電燈が消えてまっ暗だが、どうやら人間らしいものが、部屋の隅に倒れている様子だ。不審に思ってもう一度声をかけたが、返事をしない。

「構わない、上がってみようじゃありませんか」

そこで、二人はドカドカと奥の間へ上がり込んで行った。明智の手で電燈のスイッチがひねられた。そのとたん、私たちは同時に「アッ」と声を立てた。明るくなった部屋の片隅に、女の死体が横たわっていたからだ。

「ここの細君ですね」やっと私がいった。「首を絞められているようじゃありませんか」

明智はそばへ寄って死骸を調べていたが、

「とても蘇生《そせい》の見込みはありませんよ。早く警察へ知らせなきゃ。僕、公衆電話まで行ってきましょう。君、番をしててください。近所へはまだ知らせない方がいいでしょう。手掛りを消してしまってはいけないから」

彼はこう命令的に言い残して、半丁ばかりのところにある公衆電話へ飛んで行った。

平常から、犯罪だ探偵だと、議論だけはなかなか一人前にやってのける私だが、さて実際にぶっつかったのははじめてだ。手のつけようがない。私は、ただ、まじまじと部屋の様子をながめているほかはなかった。

部屋はひと間きりの六畳で、奥の方は、右一間は幅の狭い縁側をへだてて、二坪ばかりの庭と便所があり、庭の向こうは板塀になっている――夏のことで、あけっぱなしだから、すっかり、見通しなのだ――左半間はひらき戸で、その奥に二畳敷きほどの板の間があり、裏口に接して狭い流し場が見え、裏口の腰高障子は閉まっている。向かって右側は、四枚の襖《ふすま》になっていて、中は二階への階段と物入れ場になっているらしい。ごくありふれた安長屋の間取りだ。死骸は、左側の壁寄りに、店の間の方を頭にして倒れている。私は、なるべく兇行《きょうこう》当時の模様を乱すまいとして、一つは気味もわるかったので、死骸のそばへ近寄らないようにしていた。でも、狭い部屋のことだから、見まいとしても、自然その方に眼が行くのだ。女は荒い中形《ちゅうがた》模様*の浴衣を着て、ほとんど仰向きに倒れている。しかし、着物が膝の上の方までまくれて、腿《もも》がむき出しになっているくらいで、別に抵抗した様子はない。首のところは、よくはわからぬが、どうやら、絞められた痕が紫色になっているらしい。

表の大通りには往来が絶えない。声高に話し合って、カラカラと日和《ひより》下駄**を引きずって行くのや、酒に酔って流行歌をどなって行くのやしごく天下泰平なことだ。そして障子ひとえの家の中には、一人の女が惨殺されて横たわっている。何という皮肉だろう。私は妙

*中形模様＝大紋、小紋に対して中間の大きさの型紙を用いた染模様。**日和下駄＝晴天の日にはく歯の低い下駄。

な気持になって、呆然《ぼうぜん》とたたずんでいた。

「すぐくるそうですよ」

明智が息をきって帰ってきた。

「あ、そう」

私は何だか口をきくのも大儀になっていた。二人は長いあいだ、ひとことも言わないで顔を見合わせていた。

間もなく、一人の制服の警官が背広の男と連れだってやってきた。制服の方は、後で知ったのだが、K警察署の司法主任で、もう一人は、その顔つきや持物でもわかるように同じ署に属する警察医だった。私たちは司法主任に、最初からの事情を大略説明した。そして私はこうつけ加えた。

「この明智君が喫茶店へはいってきた時、偶然時計を見たのですが、ちょうど八時半でしたから、この障子の格子が閉まったのは、おそらく八時頃だったと思います。その時はたしか中にも電燈がついていました。ですから、少なくとも八時頃には、誰か生きた人間がこの部屋にいたことは明らかです」

司法主任が私たちの陳述を聞き取って、手帳に書き留めているあいだに、警察医は一応死体の検診を済ませていた。彼は私たちの言葉のとぎれるのを待っていった。

「絞殺《こうさつ》ですね。手でやられたのです。これごらんなさい。この紫色になっているのが指の痕ですよ。それから、この出血しているのは、爪があたった箇所です。拇指《おやゆび》の痕が頸《くび》の右側についているのを見ると、右手でやったものですね。そうですね。おそらく死後一時間以上はたっていないでしょう。しかし、むろん蘇生の見込はありません」

「上から押さえつけられたのですね」司法主任が考え考え言った。「しかし、それにしても、抵抗した様子がないが……おそらく非常に急激にやったのでしょうね、ひどい力で」

それから、彼は私たちの方を向いて、この家の主人はどうしたのだと尋ねた。だが、むろん、私たちが知っているはずはない。そこで、明智は気をきかして、隣家の時計屋の主人を呼んできた。

司法主任と時計屋の問答は大体次のようなものだった。

「主人はどこへ行っているのかね」

「ここの主は、毎晩古本の夜店を出しに参りますんで、いつも十二時頃でなきゃ帰って参りません」

「どこへ夜店を出すんだね」

「よく上野の広小路へ参りますようですが、今晩はどこへ出しましたか、どうも手前にはわかりかねます」

「一時間ばかり前に、何か物音を聞かなかったかね」

「物音と申しますと」

「きまっているじゃないか。この女が殺される時の叫び声とか、格闘の音とか……」

「別段これという物音も聞きませんようでございましたが」

そうこうするうちに、近所の人たちが聞き伝えて集まってきたのと、通りすがりの野次馬で、古本屋の表は一杯の人だかりになった。その中に、もう一方の隣家の足袋屋のおかみさんがいて、時計屋に応援した。そして、彼女も、何も物音を聞かなかったと申し立てた。

このあいだに、近所の人たちは、協議の上、古本屋の主人のところへ使を走らせた様子だった。

そこへ、表に自動車が停まる音がして、数人の人がドヤドヤとはいってきた。それは警察からの急報で駈《か》けつけた検事局の連中と、偶然同時に到着したK警察署長、及び当時名探偵という噂の高かった小林刑事などの一行だ——むろんこれは後になってわかったことだ。というのは、私の友だちに一人の司法記者があって、それがこの事件の係りの小林刑事とごく懇意だったので、私は後日彼からいろいろと聞くことができたのだ。——先着の司法主任は、この人たちの前で今までの模様を説明した。私たちも先《さき》の陳述をもう一度繰り返さねばならなかった。

「表の戸を閉めましょう」

突然、黒いアルパカの背広に白ズボンという、下廻りの会社員みたいな男が大声でどなって、さっさと戸を閉め出した。これが小林刑事だった。彼はこうして野次馬を撃退しておいて、さて探偵にとりかかった。彼のやり方はいかにも傍若無人で、検事や署長などはまるで眼中にない様子だった。彼ははじめから終りまで一人で活動した。他の人たちはただ彼の敏捷《びんしょう》な行動を傍観するためにやってきた見物人にすぎないように見えた。彼は第一に死体を調べた。頸のまわりは殊に念入りにいじり廻していたが、

「この指の痕には別に特徴がありません。つまり普通の人間が、右手で押さえつけたという以外になんの手がかりもありません」

と検事の方を見て言った。次に彼は一度死体をはだかにしてみると言い出した。そこで議会の秘密会みたいに、傍聴者の私たちは、店の間へ追い出されねばならなかった。だから、そのあいだにどういう発見があったか、よくわらないが、察するところ、彼らは死人のからだにたくさんの生傷のあることを注意したに違いない。喫茶店のウェートレスの噂していたあれだ。

やがて、この秘密会は解かれたけれど、私たちは奥の間にはいって行くのを遠慮して、例の店の間と奥との境の畳敷きのところから奥の方をのぞきこんでいた。幸いなことには、私たちは事件の発見者だったし、それに、あとから明智の指紋をとらねばならぬことになったために、最後まで追い出されずにすんだ。というよりは抑留されていたという方が正しいかもしれぬ。しかし小林刑事の活動は奥の間だけに限られていたわけではなく、屋内屋外の広い範囲にわたって行なわれたのだから、ひとつところにじっとしていた私たちに、

その捜査の模様がわかろうはずがないのだが、うまいぐあいに、検事が奥の間に陣取っていて、始終ほとんど動かなかったので、刑事が出たりはいったりするごとに、一々捜査の結果を報告するのを、もれなく聞きとることができた。検事はその報告にもとづいて、調書の材料を書記に書きとめさせていた。

まず、死体のあった奥の間の捜索が行なわれたが、遺留品も、足跡も、その他探偵の眼に触れる何物もなかった様子だった。ただひとつのものを除いては。

「電燈のスイッチに指紋があります」黒いエボナイト*のスイッチに何か白い粉をふりかけていた刑事がいった。

「前後の事情から考えて、電燈を消したのは犯人に違いありません。しかし、これをつけたのはあなた方のうちどちらですか」

明智は自分だと答えた。

「そうですか。あとであなたの指紋をとらせてください。この電燈はさわらないようにして、このまま取りはずして持って行きましょう」

それから、刑事は二階へ上がって行って、しばらく下りてこなかったが、下りてくるとすぐに裏口の路地を調べるのだと言って出て行ってしまった。それが十分もかかったろう

＊エボナイト＝生ゴムに硫黄を加え、熱して製造する硬く黒光沢のある硬質材料。

か。やがて、彼はまだついたままの懐中電燈を片手に、一人の男を連れて帰って来た。それは汚れたクレップシャツにカーキ色のズボンという服装で、四十ばかりの汚い男だ。「足跡はまるでだめです」刑事が報告した。「この裏口の辺は、日当りがわるいせいか、ひどいぬかるみで、下駄の跡が滅多無性*についているんだから、とてもわかりっこありません。ところで、この男ですが」と今連れてきた男を指さし「これは、この裏の路地を出たところの角に店を出していた、アイスクリーム屋ですが、もし犯人が裏口から逃げたとすれば、路地は一方口なんですから、かならずこの男の眼についたはずです。君、もう一度私の尋ねることに答えてごらん」

そこで、アイスクリーム屋と刑事の一問一答。

「今晩八時前後に、この路地を出入したものはないかね」

「一人もありません。日が暮れてからこっち、猫の子一匹通りません」アイスクリーム屋はなかなか要領よく答える。「私は長らくここへ店を出させてもらってますが、あすこは、ここのおかみさんたちも、夜分は滅多に通りません。何分あの足場のわるいところへもってきて、まっ暗なんですから」

「君の店のお客で路地の中へはいったものはないかね」

＊滅多無性＝むやみ。むちゃくちゃ。めったやたら。

「それもございません。皆さん私の眼の前でアイスクリームを食べて、すぐ元の方へお帰りになりました。それはもう間違いはありません」

さて、もしこのアイスクリーム屋の証言が信用すべきものだとすると、犯人はたとえこの家の裏口から逃げたとしても、その裏口からの唯一の通路である路地は出なかったことになる。さればといって表の方から出なかったことも、私たちが白梅軒から見ていたのだから間違いはない。では彼は一体どうしたのであろう。小林刑事の考えによれば、これは、犯人がこの路地を取りまいている裏おもて二がわの長屋のどこかの家に潜伏しているか。それとも借家人のうちに犯人がいるのか、どちらかであろう。もっとも、二階から屋根伝いに逃げる道はあるけれど、二階をしらべたところによると、表の方の窓は取りつけの格子がはまっていて、少しも動かした様子はないのだし、裏の方の窓だって、この暑さで、どこの家も二階は明けっぱなしで、中には物干で涼んでいる人もあるくらいだから、ここから逃げるのはちょっとむずかしいように思われる、というのだ。

そこで臨検者たちのあいだに、ちょっと捜査方針についての協議がひらかれたが、結局、手分けをして近所を軒並みにしらべてみることになった。といっても、裏おもての長屋を合わせて十一軒しかないのだから、たいして面倒ではない。それと同時に、家の中も再度、縁の下から天井裏まで残るくまなく調べられた。ところがその結果は、なんの得るところもなかったばかりでなく、かえって事情を困難にしてしまったようにみえた。というのは、古本屋の一軒おいて隣の菓子屋の主人が、日暮れ時分からつい今しがたまで、屋上の物干へ出て尺八を吹いていたことがわかったが、彼は初めからしまいまで、ちょうど古本屋の二階の窓の出来事を見のがすはずのないような位置に坐《すわ》っていたのだ。

読者諸君、事件はなかなか面白くなってきた。犯人は、どこからはいって、どこから逃げたのか、裏口からでもない、二階の窓からでもない、そして表からではもちろんない。彼は最初から存在しなかったのか、それとも煙のように消えてしまったのか。不思議はそればかりではない。小林刑事が、検事の前に連れてきた二人の学生が、実に妙なことを申し立てたのだ。それは近所に間借りしている或《あ》る工業学校の生徒たちで、二人ともでたらめをいうような男とも見えぬが、それにもかかわらず、彼らの陳述はこの事件をますます不可解にするような性質のものだったのである。

検事の質問に対して、彼らは大体左のように答えた。

「僕は、ちょうど八時頃に、この古本屋の前に立って、そこの台にある雑誌をひらいて見ていたのです。すると、奥の方でなんだか物音がしたもんですから、ふと眼を上げてこの障子の方を見ますと、障子は閉まっていましたけれど、この格子のようになったところがひらいてましたので、そのすき間に一人の男の立っているのが見えました。しかし、私が眼を上げるのと、その男がこの格子を閉めるのと、ほとんど同時でしたから、くわしいことはむろん分りませんが、でも帯のぐあいで男だったことは確かです」

「で、男だったというほかに何か気づいた点はありませんか、背恰好《かっこう》とか、着物の柄とか」

「見えたのは腰から下ですから背恰好はちょっとわかりませんが、着物は黒いものでした。ひょっとしたら、細かい縞か絣《かすり》であったかもしれませんけれど、私の眼には黒く見えました」

「僕もこの友だちと一緒に本を見ていたんです」ともう一方の学生、「そして、同じように物音に気づいて同じように格子の閉るのを見ました。ですが、その男は確かに白い着物を着ていました。縞も模様もない、白っぽい着物です」

「それは変ではありませんか。君たちのうちどちらかが間違いでなけりゃ」

「決して間違いではありません」

「僕も嘘《うそ》は言いません」

この二人の学生の不思議な陳述は何を意味するか、敏感な読者はおそらくあることに気づかれたであろう。実は、私もそれに気づいたのだ。しかし、検事や警察の人たちは、この点について、あまり深くは考えない様子だった。

間もなく、死人の夫の古本屋が、知らせを聞いて帰ってきた。彼は古本屋らしくない、きゃしゃな若い男だったが、細君の死骸を見ると、気の弱い性質とみえて、声こそ出さないけれど、涙をぽろぽろこぼしていた。小林刑事は彼が落ち着くのを待って、質問をはじめた。検事も口を添えた。だが、彼らの失望したことには、主人は全然犯人の心当りがないというのだ。彼は「これに限って人様の怨みを受けるようなものではございません」といって泣くのだ。それに、彼がいろいろ調べた結果、物とりの仕業でないことも確かめられた。そこで主人の経歴、細君の身元その他のさまざまの取調べがあったけれど、それらは別段疑うべき点もなく、この話の筋に大して関係もないので、略することにする。最後に死人のからだにある多くの生傷について刑事の質問があった。主人は非常に躊躇《ちゅうちょ》していたが、やっと自分がつけたのだと答えた。ところが、その理由については、くどく訊《たず》ねられたにもかかわらず、ハッキリ答えることはできなかった。しかし、彼はその夜ずっと夜店を出していたことがわかっているのだから、たとえそれが虐待の傷痕だったとしても、殺害の疑いはかからぬはずだ。刑事もそう思ったのか、深くは追求しなかった。

そうして、その夜の取調べはひとまず終った。私たちは住所氏名などを書き留められ、明智は指紋をとられ、帰路についたのは、もう一時を過ぎていた。

もし警察の捜索に手抜かりなく、また証人たちも嘘をいわなかったとすれば、これは実に不可解な事件であった。しかしあとで分ったところによると、翌日から引きつづいて行なわれた小林刑事のあらゆる取調べもなんの甲斐《かい》もなくて、事件は発生の当夜のまま少しだって発展しなかったのだ。証人たちはすべて信頼するに足る人々だった。十一軒の長屋の住人にも疑うべきところはなかった。被害者の国許も取調べられたけれど、これまたなんの変ったこともない。少なくとも、小林刑事——彼は先にもいった通り、名探偵とうわさされている人だ——が、全力をつくして捜索した限りでは、この事件は全然不可解と結論するほかはなかった。これもあとで聞いたのだが、小林刑事が唯一の証拠品として、頼みをかけて持ち帰った例の電燈のスイッチにも、明智の指紋のほか何物も発見することができなかった。明智はあの際であわてていたせいか、そこにはたくさんの指紋が印せられていたが、すべて彼自身のものだった。おそらく、明智の指紋が犯人のそれを消してしまったのだろうと、刑事は判断した。

読者諸君、諸君はこの話を読んで、ポーの「モルグ街の殺人」やドイルの「スペックルド・バンド」を連想されはしないだろうか。つまり、この殺人事件の犯人が、人間ではなくて、オランウータンだとか、印度の毒蛇だとかいうような種類のものだと想像されはしないだろうか。私も実はそれを考えたのだ。しかし、東京のD坂あたりにそんなものがいるとも思われぬし、第一、障子のすき間から、男の姿を見たという証人があるのみならず、猿類などだったら、足跡の残らぬはずはなく、また人眼にもついたわけだ。そして、死人の頸にあった指の痕も、まさに人間のそれだった。蛇がまきついたとて、あんな痕は残らぬ。

それはともかく、明智と私とは、その夜帰途につきながら、非常に興奮していろいろと話し合ったものだ。一例をあげると、まあこんなふうなことを。

「君はポーの『ル・モルグ』やルルーの『黄色の部屋』などの材料になった、あのパリのRose Delacourt 事件を知っているでしょう。百年以上たった今日でも、まだ謎として残っているあの不思議な殺人事件を。僕はあれを思い出したのですよ。今夜の事件も犯人の立ち去った跡のないところは、どうやら、あれに似ているではありませんか」と明智。

「そうですね。実に不思議ですね。よく、日本の建築では外国の探偵小説にあるような深刻な犯罪は起こらないなんていいますが、僕は決してそうじゃないと思いますよ、現にこうした事件もあるのですからね。僕はなんだか、できるかできないかわかりませんけれど、ひとつこの事件を探偵してみたいような気がしますよ」と私。

そうして、私たちはある横町で別れを告げた。その時私は、横町をまがって彼一流の肩を振る歩き方で、さっさと帰って行く明智のうしろ姿が、その派手な棒縞の浴衣によって、闇の中にくっきりと浮き出して見えたのが、なぜか深く私の印象に残った。

(下) 推理

さて、殺人事件から十日ほどたった或る日、私は明智小五郎の宿を訪ねた。その十日のあいだに、明智と私とが、この事件に関して、何をなし、何を考え、そして何を結論したか。読者は、それらを、この日、彼と私とのあいだに取りかわされた会話によって、充分察することができるであろう。

それまで、明智とは喫茶店で顔を合わしていたばかりで、宿を訪ねるのは、その時がはじめてだったけれど、かねて所を聞いていたので、探すのに骨は折れなかった。私は、それらしい煙草屋の店先に立って、おかみさんに明智がいるかどうかを尋ねた。

「ええ、いらっしゃいます。ちょっとお待ちください、今お呼びしますから」

彼女はそういって、店先から見えている階段の上がり口まで行って、大声に明智を呼んだ。彼はこの家の二階に間借りしていたのだ。すると、「オー」と変な返事をして、明智はミシミシと階段を下りてきたが、私を発見すると、驚いた顔をして「やあ、お上がりなさい」といった。私は彼の後に従って二階へ上がった。ところが、なにげなく、彼の部屋へ一歩足を踏み込んだ時、私はアッとたまげてしまった。部屋の様子があまりにも異様だったからだ。明智が変り者だということは知らぬではなかったけれど、これはまた変り過ぎていた。

なんのことはない、四畳半の座敷が書物で埋まっているのだ。まん中のところに少し畳が見えるだけで、あとは本の山だ、四方の壁や襖にそって、下の方はほとんど部屋いっぱいに、上の方ほど幅が狭くなって天井の近くまで、四方から書物の土手がせまっている。ほかの道具などは何もない。一体彼はこの部屋でどうして寝るのだろうと疑われるほどだ。第一、主客二人のすわるところもない。うっかり身動きしようものなら、たちまち本の土手くずれで、おしつぶされてしまうかもしれない。

「どうも狭くっていけませんが、それに、座蒲団《ざぶとん》がないのです。すみませんが、やわらかそうな本の上へでもすわってください」

私は書物の山に分け入って、やっとすわる場所を見つけたが、あまりのことに、しばらく、ぼんやりとその辺を見廻していた。

私はかくも風変りな部屋のぬしである明智小五郎の人物について、ここで一応説明しておかねばなるまい。しかし、彼とは昨今のつき合いだから、彼がどういう経歴の男で、何によって衣食し、何を目的にこの人生を送っているのか、というようなことは一切わからぬけれど、彼がこれという職業を持たぬ一種の遊民であることは確かだ。しいていえば学究*であろうか。だが、学究にしてもよほど風変りな学究だ。いつか彼が「僕は人間を研究しているんですよ」と言ったことがあるが、そのとき私には、それが何を意味するのかわからなかった。ただ、わかっているのは、彼が犯罪や探偵について、なみなみならぬ興味と、おそるべき豊富な知識を持っていることだ。

年は私と同じくらいで、二十五歳を越してはいまい。どちらかといえば痩せた方で、先にも言った通り、歩く時に変に肩を振る癖がある。といっても、決して3のそれではなく、妙な男を引合いに出すが、あの片腕の不自由な講釈師の神田伯竜を思い出させるような歩き方なのだ。伯竜といえば、明智は顔つきから声音《こわね》まで、彼にそっくりだ——伯竜を見たことのない読者は、諸君の知っているところの、いわゆる好男子ではないが、どことなく

＊学究＝学問の研究に携わる人。

愛嬌《あいきょう》のある、そしてもっとも天才的な顔を想像するがよい——ただ明智の方は、髪の毛がもっと長く延びていて、モジャモジャともつれ合っている。そして彼は人と話しているあいだにも、指でそのモジャモジャになっている髪の毛を、さらにモジャモジャにするためのように引っ掻《か》き廻すのが癖だ。服装などは一向構わぬ方らしく、いつも木綿の着物によれよれの兵児帯《へこおび》*を締めている。

「よく訪ねてくれましたね。その後《ご》しばらく会いませんが、例のD坂の事件はどうです。警察の方ではまだ犯人の見込みがつかぬようではありませんか」

明智は例の、頭を掻き廻しながら、ジロジロ私の顔をながめる。

「実は僕、きょうはそのことで少し話があって来たんですがね」そこで私はどういうふうに切り出したものかと迷いながらはじめた。「僕はあれから、いろいろ考えてみたんですよ。考えたばかりでなく、探偵のように実地の取調べもやったのですよ。そして、実はひとつの結論に達したのです。それを君にご報告しようと思って……」

「ホウ。そいつはすてきですね。くわしく聞きたいものですね」

私は、そういう彼の眼つきに、何がわかるものかというような、軽蔑と安心の色が浮かんでいるのを見のがさなかった。そして、それが私の逡巡《しゅんじゅん》**している心を激励した。私は勢

＊兵児帯＝鹿児島県の言葉で青年男性という意味の「兵児」が由来となっている男性用と子ども用に作られた帯。＊＊逡巡＝ぐずぐずすること。ためらうこと。

いこんで話しはじめた。

「僕の友だちに一人の新聞記者がありましてね、それが、例の事件の小林刑事というのと懇意なのです。で、僕はその新聞記者を通じて、警察の模様をくわしく知ることができましたが、警察ではどうも捜査方針が立たないらしいのです。むろん、いろいろやってはいるのですが、これはという見込みがつかぬのです。あの例の電燈のスイッチですね。あれもだめなんです。あすこには、君の指紋だけしかついていないことがわかりました。警察の考えでは、多分君の指紋が犯人の指紋を隠してしまったのだろうというのですよ。そういうわけで、警察が困っていることを知ったものですから、僕はいっそう熱心に調べてみる気になりました。そこで、僕が到達した結論というのは、どんなものだと思います。そして、それを警察へ訴える前に、君のところへ話しにきたのはなんのためだと思います。

それはともかく、僕はあの事件のあった日から、或ることに気づいていたのですよ。君は覚えているでしょう。二人の学生が犯人らしい男の着物の色については、まるで違った申立てをしたことをね。一人は黒だと言い、一人は白だと言うのです。いくら人間の眼が不確かだと言って、正反対の黒と白とを間違えるのは変じゃないですか。警察ではあれをどんなふうに解釈したか知りませんが、僕は二人の陳述は両方とも間違いでないと思うのですよ。君、わかりますか。あれはね、犯人が白と黒とのだんだらの着物を着ていたんですよ――つまり、太い黒の棒縞の浴衣かなんかですね。よく宿屋の貸し浴衣にあるような

――では、なぜそれが一人にまっ白に見え、もう一人にはまっ黒に見えたかといいますと、彼らは障子の格子のすき間から見たのですから、ちょうどその瞬間、一人の眼が格子のすき間と着物の白地の部分と一致して見える位置にあり、もう一人の眼が黒地の部分と一致して見える位置にあったんです。これは珍らしい偶然かもしれませんが、決して不可能ではない。そして、この場合こう考えるよりほかに方法がないのです。

さて、犯人の着物の縞柄はわかりましたが、これでは単に捜査範囲が縮小されたというまでで、まだ確定的のものではありません。第二の論拠は、あの電燈のスイッチの指紋なんです。僕はさっき話した新聞記者の友だちの伝手《つて》で小林刑事に頼んでその指紋を――君の指紋ですよ――よくしらべさせてもらったのです。その結果、いよいよ僕の考えていることが間違っていないのを確めました。ところで君、硯《すずり》があったら、ちょっと貸してくれませんか」

そこで、私はひとつの実験をやって見せた。まず硯を借りると、私は右の拇指《おやゆび》に薄く墨をつけて懐中《かいちゅう》から取り出した半紙の上にひとつの指紋を捺《お》した。それから、その指紋の乾くのを待って、もう一度同じ指に墨をつけ、前の指紋の上から、今度は指の方向をかえて念入りにおさえつけた。すると、そこには互に交錯した二重の指紋がハッキリあらわれた。

「警察では、君の指紋が犯人の指紋の上に重なってそれを消してしまったのだと解釈しているのですが、しかしそれは今の実験でもわかる通り不可能なんですよ。いくら強く押したところで、指紋というものが線でできている以上、線と線とのあいだに、前の指紋の跡が残るはずです。もし前後の指紋がまったく同じもので、捺し方まで寸分違わなかったとすれば、指紋の各線が一致しますから、あるいは後の指紋が先の指紋を隠してしまうこともできるでしょうが、そういうことはまずあり得ませんし、たとえそうだとしても、この場合結論は変らないのです。

しかし、あの電燈を消したのが犯人だとすれば、スイッチにその指紋が残っていなければなりません。僕はもしや警察では君の指紋の線と線とのあいだに残っている犯人の指紋を見おとしているのではないかと思って、自分で調べてみたのですが、少しもそんな痕跡がないのです。つまり、あのスイッチには、後にも先にも、君の指紋が捺されているだけなのです――どうして古本屋の人たちの指紋が残っていなかったのか、それはよくわかりませんが、多分、あの部屋の電燈はつけっぱなしで、一度も消したことがないのでしょう。[*1]

君、以上の事柄はいったい何を語っているでしょう。僕は、こういうふうに考えるのですよ。一人の太い棒縞の着物を着た男が――その男はたぶん死んだ女の幼馴染で、失恋の恨みという動機なんかも考えられるわけですね――古本屋の主人が夜店を出すことを知っていて、その留守のあいだに女を襲ったのです。声を立てたり抵抗したりした形跡がない

*1＝この小説の書かれた大正時代には、メーターを取りつけない小さな家の電燈は、昼間は、電燈会社の方で、変電所のスイッチを切って消燈したものである。

のですから、女はその男をよく知っていたに違いありません。で、まんまと目的をはたした男は、死骸の発見をおくらすために、電燈を消して立ち去ったのです。しかし、この男はひとつの大きな手ぬかりをやっています。それはあの障子の格子のあいているのを知らなかったこと、そして、驚いてそれを閉めた時に、偶然店先にいた二人の学生に姿を見られたことでした。それから、男はいったんそとへ出ましたが、ふと気がついたのは、電燈を消した時、スイッチに指紋が残ったに違いないということです。これはどうしても消してしまわねばなりません。しかし、もう一度同じ方法で部屋の中へ忍び込むのは危険です、そこで、男は一つの妙案を思いつきました。というのは、自分が殺人事件の発見者になることです。そうすれば、少しの不自然もなく、自分の手で電燈をつけて、以前の指紋に対する疑いをなくしてしまうことができるばかりでなく、まさか、発見者が犯人だろうとは誰しも考えませんからね、二重の利益があるのです。こうして、彼は何食わぬ顔で警察のやり方を見ていたのです。大胆にも証言さえしました。しかも、その結果は彼の思うつぼだったのですよ。五日たっても十日たっても、誰も彼をとらえに来るものはなかったのですからね」

この私の話を、明智小五郎はどんな表情で聴いていたか。私は、おそらく話の中途で、何か変った表情をするか、言葉をはさむだろうと予期していた。ところが、驚いたことには、彼の顔にはなんの表情もあらわれぬのだ。日頃から心を色にあらわさぬたちではあったけれど、あまり平気すぎる。彼は始終例の髪の毛をモジャモジャやりながら、だまりこんでいるのだ。私は、どこまでずうずうしい男だろうと思いながら、最後の点に話を進めた。

「君はきっと、それじゃ、その犯人はどこからはいって、どこから逃げたかと反問するでしょう。確かにそれが明らかにならなければ、他のすべてのことがわかってもなんのかいもないのですからね。だが、遺憾ながら、それも僕が探り出したのですよ。あの晩の捜査の結果では、全然犯人が出て行った形跡がないように見えました。しかし、殺人があった以上、犯人が出入しなかったはずはないのですから、刑事の捜索にどこか抜け目があったと考えるほかはありません。警察でもそれにはずいぶん苦心した様子ですが、不幸にして、彼らは、僕という一人の青年の推理力に及ばなかったのですよ。

　なあに、実に下らないことですが、僕はこう思ったのです。これほど警察が取調べているのだから、近所の人たちに疑うべき点はまずあるまい。もしそうだとすれば、犯人は何か、人の眼にふれても、それが犯人だとは気づかれぬような方法で逃げたのじゃないだろうか。そして、それを目撃した人はあっても、まるで問題にしなかったのではなかろうかとね。つまり、人間の注意力の盲点——われわれの眼に盲点があると同じように、注意力にもそれがありますよ——を利用して、手品使いが見物の目の前で、大きな品物をわけもなく隠すように、自分自身を隠したのかもしれませんからね。そこで、僕が眼をつけたのはあの古本屋の一軒おいて隣の旭屋というソバ屋です」

古本屋の右へ時計屋、菓子屋と並び、左へ足袋屋、ソバ屋と並んでいるのだ。

「僕はあすこへ行って、事件の夜八時頃に、手洗いを借りにきた男はないかと聞いてみたのです。あの旭屋は、君も知っているでしょうが、店から土間つづきで、裏木戸まで行けるようになっていて、その裏木戸のすぐそばに便所があるのですから、それを借りるように見せかけて、裏口から出て行って、また裏口から戻ってくるのはわけはありませんからね――例のアイスクリーム屋は路地を出た角に店を出していたのですから、見つかるはずはありません――それに相手がソバ屋ですから、手洗いを借りるということがきわめて自然なんです。聞けば、あの晩はおかみさんは不在で、主人だけが店の間にいたのだそうですから、おあつらえ向きなんです。君、なんとすてきな思いつきではありませんか。

調べてみると、果たして、ちょうどその時分に手洗いを借りた客があったのです。ただ、残念なことには、旭屋の主人は、その男の顔とか着物の縞柄なぞを少しも覚えていないのですがね――僕は早速このことを例の友だちを通じて、小林刑事に知らせてやりましたよ。刑事は自分でもソバ屋を調べたようでしたが、それ以上には何もわからなかったのです……」

私は少し言葉を切って、明智に発言の余裕を与えた。彼の立場は、この際なんとか一ことといわないではいられぬはずだ。ところが、彼は相変らず頭を掻き廻しながら、すましこんでいるではないか。私はこれまで、敬意を表する意味で間接法を用いていたのを、直接法に改めねばならなかった。

「君、明智君、僕のいう意味がわかるでしょう。動かぬ証拠が君を指しているのですよ。白状すると、僕はまだ心の底では、どうしても君を疑う気になれないのですが、こういうふうに証拠がそろっていては、どうも仕方がありません……僕は、もしやあの長屋のうちに、太い棒縞の浴衣を持っている人がないかと思って、ずいぶん骨折って調べてみましたが、一人もありません。それももっともですよ。同じ棒縞の浴衣でも、あの格子に一致するような派手なのを着る人は珍らしいのですからね。それに、指紋のトリックにしても、手洗いを借りるというトリックにしても、実に巧妙で、君のような犯罪学者ででもなければ、ちょっとまねのできない芸当ですよ。それから、第一おかしいのは、君はあの死人の細君と幼馴染だといっていながら、あの晩、細君の身元調べなんかあった時に、そばで聞いていていて、少しもそれを申し立てなかったではありませんか。

さて、そうなると、唯一の頼みはアリバイの有無です。ところが、それもだめなんです。君は覚えてますか、あの晩帰り途で、白梅軒へ来るまで君がどこにいたかということを、僕が聞きましたね。君は一時間ほど、その辺を散歩していたと答えたでしょう。たとえ君の散歩姿を見た人があったとしても、散歩の途中で、ソバ屋の手洗いを借りるなどはありがちのことですからね。明智君、僕のいうことが間違っていますか。どうです、もしできるなら君の弁明を聞きたいものですね」

読者諸君、私がこういって詰めよった時、奇人明智小五郎は何をしたと思います。面目なさに俯伏《ふふく》してしまったとでも思いますか。どうしてどうして、彼はまるで意表外のやり方で、私の度肝をひしいだ。というのは、彼はいきなりゲラゲラと笑い出したのである。

「いや失敬々々、決して笑うつもりはなかったのですが、君があまりにまじめだもんだから」明智は弁解するように言った。「君の考えはなかなか面白いですよ。僕は君のような友達を見つけたことをうれしく思いますよ。しかし惜しいことには、君の推理はあまりに外面的で、そして物質的ですよ。たとえばですね。僕とあの女との関係についても、君は僕たちがどんなふうな幼馴染だったかということを、内面的に心理的に調べてみましたか。僕が以前あの女と恋愛関係があったかどうか。また現に彼女を恨んでいるかどうか。君にはそれくらいのことが推察できなかったのですか。あの晩、なぜ彼女を知っていることをいわなかったか、そのわけは簡単ですよ。僕は何も参考になるような事柄を知らなかったのです……僕はまだ小学校へもはいらぬ時分に、彼女と別れたきりなのですからね」

「では、たとえば指紋のことはどういうふうに考えたらいいのですか？」

「君は、僕があれから何もしないでいたと思うのですか。僕もこれでなかなかやったのですよ。D坂は毎日のようにうろついていましたよ。ことに古本屋へはよく行きました。そして、主人をつかまえて、いろいろ探ったのです――細君を知っていたことはその時打ち明けたのですが、それがかえって話を聞き出す便宜になりましたよ――君が新聞記者をつうじて警察の模様を知ったように、僕はあの古本屋の主人から、それを聞き出していたんです。今の指紋のことも、じきわかりましたから、僕も妙だと思って調べてみたのですが、ハハハハ、笑い話ですよ。電球の線が切れていたのです。誰も消しやしなかったのですよ。僕がスイッチをひねったために光が出たと思ったのは間違いで、あの時、あわてて電球を動かしたので、一度切れたタングステンがつながったのですよ。[*2] スイッチに僕の指紋しかなかったのはあたりまえなのです。あの晩、君は障子のすき間から電燈のついているのを見たといいましたね。とすれば、電球の切れたのは、そのあとですよ。古い電球は、どうもしないでも、ひとりでに切れることがありますからね。それから、犯人の着物の色のことですが、これは僕が説明するよりも……」

彼はそういって、彼の身辺の書物の山を、あちらこちら発掘していたが、やがて、一冊の古ぼけた洋書を掘りだしてきた。

「君、これを読んだことがありますか、ミュンスターベルヒの『心理学と犯罪』という本ですが、この『錯覚』という章の冒頭を十行ばかり読んでごらんなさい」

私は、彼の自信ありげな議論を聞いているうちに、だんだん私自身の失敗を意識しはじめていた。で、言われるままにその書物を受け取って、読んでみた。そこには大体次のよ

＊2＝当時の電球はタングステンの細い線を鼓の紐のように張ったもので、一度切れても、また偶然つながることがよくあった。

うなことが書いてあった。

かつて一つの自動車犯罪事件があった。法廷において、真実を申し立てると宣誓した証人の一人は、問題の道路は全然乾燥してほこり立っていたと主張し、今一人の証人は、雨降りあげくで、道路はぬかるんでいたと証言した。一人は、問題の自動車は徐行していたと言い、他の一人は、あのように早く走っている自動車を見たことがないと述べた。また、前者は、その村道には二、三人しかいなかったと言い、後者は、男や女や子供の通行人がたくさんあったと陳述した。この二人の証人は共に尊敬すべき紳士で、事実を曲弁したとて、なんの利益があるはずもない人々であった。


私がそれを読み終るのを待って明智はさらに本のページをくりながらいった。

「これは実際あったことですが、今度は、この『証人の記憶』という章があるでしょう。その中ほどのところに、あらかじめ計画して実験した話があるのですよ。ちょうど着物の色のことが出てますから、面倒でしょうが、まあちょっと読んでごらんなさい」

それは左のような記事であった。


（前略）一例をあげるならば、一昨年（この書物の出版は一九一一年）ゲッティンゲンにおいて、法律家、心理学者及び物理学者よりなる、或る学術上の集会が催されたことがある。したがって、そこに集まったのはみな綿密な観察に熟練した人たちばかりであった。その町には、あたかもカーニヴァルのお祭り騒ぎが演じられていたが、この学究的な会合の最中に、突然戸がひらかれて、けばけばしい衣裳《いしょう》をつけた一人の道化が狂気のように飛び込んできた。見ると、その後から一人の黒人が手にピストルを持って追っかけてくるのだ。ホールのまん中で、彼らはかたみがわりに、おそろしい言葉をどなり合ったが、やがて、道化の方がバッタリ床に倒れると、黒人はその上におどりかかった、そして、ポンとピストルの音がした。と、たちまち彼らは二人とも、かき消すように室を出て行ってしまった。全体の出来事が二十秒とはかからなかった。人々はむろん非常に驚かされた。座長のほかには、誰一人、それらの言葉や動作が、あらかじめ予習されていたこと、その光景が写真に撮られたことなどを悟ったものはなかった。で、座長が、これはいずれ法廷に持ち出される問題だからというので、会員各自に正確な記録を書くことを頼んだのは、ごく自然に見えた（中略、このあいだに、彼らの記録がいかに間違いにみちていたかを、パーセンテイジを示してしるしてある）。黒人が頭に何もかぶっていなかったことを言いあてたのは、四十人の内でたった四人きりで、ほかの人たちは、中折帽子をかぶっていたと書いたものもあれば、シルクハットだったと書くものもあるという有様だった。着物についても、ある者は赤だと言い、あるものは茶色だと言い、ある者は縞だと言い、あるものはコーヒ色だと言い、その他さまざまの色合いが彼のために発明せられた。ところが、黒人は実際は、白ズボンに黒の上衣を着て、大きな赤のネクタイを結んでいたのである。（後略）

「ミュンスターベルヒが賢くも説破した通り」と明智ははじめた。「人間の観察や人間の記憶なんて、実にたよりないものですよ。この例にあるような学者たちでさえ、服の色の見分けがつかなかったのです。私が、あの晩の学生たちも着物の色を思い違えたと考えるのが無理でしょうか。彼らは何物かを見たかもしれません。しかしその者は棒縞の着物なんか着ていなかったのです。むろん僕ではなかったのです。格子のすき間から棒縞の浴衣を思いついた君の着眼は、なかなか面白いには面白いですが、あまりおあつらえ向きすぎるじゃありませんか。少なくとも、そんな偶然の符合を信ずるよりは、君は、僕の潔白を信じてくれるわけにはいかないでしょうか。さて最後に、ソバ屋の手洗いを借りた男のことですがね。この点は僕も君と同じ考えだったのです。どうも、あの旭屋のほかに犯人の通路はないと思ったのです。で、僕もあすこへ行って調べてみましたが、その結果は、残念ながら君とは正反対の結論に達したのです。実際は手洗いを借りた男なんてなかったのですよ」

読者もすでに気づかれたであろうに、明智はこうして、証人の申立てを否定し、犯人の指紋を否定し、犯人の通路をさえ否定して、自分の無罪を証拠だてようとしているが、しかしそれは同時に、犯罪そのものをも否定することになりはしないか。私は彼が何を考えているのか少しもわからなかった。

「で、君には犯人の見当がついているのですか」

「ついていますよ」彼は頭をモジャモジャやりながら答えた。「僕のやり方は、君とは少し違うのです。物質的な証拠なんてものは、解釈の仕方でどうにでもなるものですよ。いちばんいい探偵法は、心理的に人の心の奥底を見抜くことです。だが、これは探偵者自身の能力の問題ですがね。ともかく、僕は今度はそういう方面に重きをおいてやってみましたよ。

最初僕の注意をひいたのは、古本屋の細君のからだじゅうに生傷のあったことです。それから間もなく、僕はソバ屋の細君のからだにも同じような生傷があるということを聞き込みました。これは君も知っているでしょう。しかし、彼女らの夫たちはそんな乱暴者でもなさそうです。古本屋にしても、ソバ屋にしても、おとなしそうな物分りのいい男なんですからね。僕はなんとなく、そこに或る秘密が伏在《ふくざい》しているのではないかと疑わないではいられなかったのです。で、僕はまず古本屋の主人をとらえて、彼の口からその秘密を探り出そうとしました。僕が死んだ細君の知合いだというので、彼もいくらか気を許していましたから、それは比較的らくにいきました。そして、ある変な事実を聞き出すことができたのです。ところが、今度はソバ屋の主人ですが、彼はああ見えてもなかなかしっかりした男ですから、探り出すのにかなり骨が折れましたよ。でも、僕はある方法によって、うまく成功したのです。

君は、心理学上の連想診断法が、犯罪捜査の方面にも利用されはじめたのを知っているでしょう。たくさんの簡単な刺戟《しげき》語を与えて、それに対する嫌疑者の観念連合の遅速をはかる、あの方法です。しかし、あれは心理学者のいうように、犬だとか家だとか川だとか、簡単な刺戟語には限らないし、そしてまた、常にクロノスコープ*の助けを借りる必要もないと、僕は思いますよ。連想診断のコツを悟ったものにとっては、そのような形式はたいして必要ではないのです。それが証拠に、昔の名判官とか名探偵とかいわれた人は、心理学が今のように発達しない以前から、ただ彼らの天稟《てんぴん》**によって、知らずしらずのあいだにこの心理学的方法を実行していたではありませんか。大岡越前守なども確かにその一人ですよ。小説でいえば、ポーの『ル・モルグ』のはじめに、デュパンが友だちのからだの動き方ひとつによって、その心に思っていることを言い当てるところがありますね。ドイルもそれをまねて、『レジデント・ペーシェント』の中で、ホームズに同じような推理をやらせてますが、これらはみな、或る意味の連想診断ですからね。心理学者の色々な機械的方法は、ただこうした天稟の洞察力を持たぬ凡人のために作られたものにすぎませんよ。

＊クロノスコープ＝反応時間を測るために用いられる機器。　＊＊天稟＝生まれつきの才能。天性。

話がわき道にはいりましたが、僕はソバ屋の主人にいろいろの話をしかけてみました。それもごくつまらない世間話をね。そして、彼の心理的反応を研究したのです。しかし、これは非常にデリケートな心理の問題で、それに可なり複雑してますから、くわしいことはいずれゆっくり話すとして、ともかくその結果、僕はひとつひとつの確信に到達しました。つまり、犯人を見つけたのです。

しかし、物質的な証拠というものがひとつもないのです。だから、警察に訴えるわけにもいきません。よし訴えてもおそらく取り上げてくれないでしょう。それに、僕が犯人を知りながら、手をつかねて見ているもう一つの理由は、この犯罪には少しも悪意がなかったという点です。変な言い方ですが、この殺人事件は、犯人と被害者と同意の上で行なわれたのです。いや、ひょっとしたら被害者自身の希望によって行なわれたのかもしれません」

私はいろいろ想像をめぐらしてみたけれど、どうにも彼の考えていることがわかりかねた。私は自分の失敗を恥じることも忘れて、彼のこの奇怪な推理に耳を傾けた。

「で、僕の考えをいいますとね。殺人者は旭屋の主人なのです。彼は罪跡をくらますために、あんな手洗いを借りた男のことを言ったのですよ。いや、しかし、それは何も彼の創案でもなんでもない。われわれが悪いのです。君にしろ僕にしろ、そういう男がなかったかと、こちらから問いを構えて彼を教唆《きょうさ》したようなものですからね。それに、彼は僕たちを刑事かなんかと思い違えていたのです。では、彼はなぜに殺人罪をおかしたか……僕はこの事件によって、うわべはきわめて何気なさそうなこの人生の裏面に、どんなに意外な陰惨な秘密が隠されているかということを、まざまざと見せつけられたような気がします。それは、実にあの悪夢の世界でしか見出すことのできないような種類のものだったのです。

旭屋の主人というのは、マルキ・ド・サドの流れをくんだ、ひどい残虐色情者で、なんという運命のいたずらでしょう。一軒おいて隣に、女のマゾッホを発見したのです。古本屋の細君は彼におとぬ被虐色情者だったのです。そして、彼らは、そういう病者に特有の巧みさをもって、誰にも見つけられずに、姦通していたのです――君、僕が合意の殺人だといった意味がわかるでしょう――彼らは、最近まではおのおの、そういう趣味を解しない夫や妻によって、その病的な慾望を、かろうじてみたしていました。古本屋の細君にも、旭屋の細君にも、同じような生傷のあったのはその証拠です。しかし、彼らがそれに満足しなかったのはいうまでもありません。ですから眼と鼻の近所に、お互の探し求めている人間を発見した時、彼らのあいだに非常に敏速な了解の成立したことは想像にかたくないではありませんか。ところがその結果は、運命のいたずらが過ぎたのです。彼らの、パッシヴとアクティヴの力の合成によって、狂態が漸次《ぜんじ》倍加されて行きました。そして、ついにあの夜、この、彼らとても決して願わなかった事件をひき起こしてしまったわけなのです……」

私は、明智の異様な結論を聞いて、思わず身震いした。これはまあ、なんという事件だ！

そこへ、下の煙草屋のおかみさんが、夕刊を持ってきた。明智はそれを受け取って、社会面を見ていたが、やがて、そっと溜息をついていった。

「ああ、とうとう耐えきれなくなったと見えて、自首しましたよ。妙な偶然ですね。ちょうどそのことを話している時に、こんな報導に接するとは」

私は彼の指さすところを見た。そこには小さい見出しで、十行ばかりソバ屋の主人が自首したことがしるされてあった。

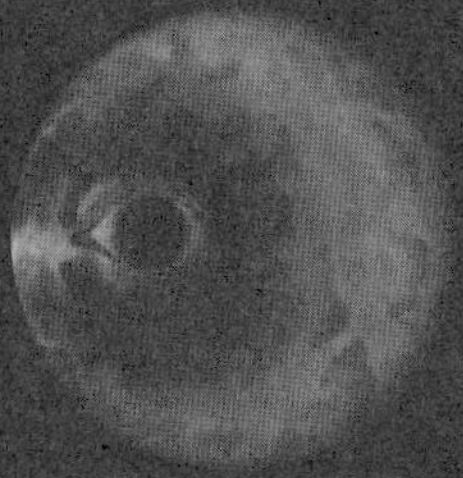

心理試験

1

蕗屋清一郎《ふきやせいいちろう》が、なぜこれからしるすような恐ろしい悪事を思い立ったか、その動機については詳しいことはわからぬ。またたとえわかったとしても、このお話には大して関係がないのだ。彼がなかば苦学みたいなことをして、ある大学に通っていたところをみると、学資の必要に迫られたのかとも考えられる。彼は稀《まれ》に見る秀才で、しかも非常な勉強家だったから、学資を得るために、つまらぬ内職に時を取られて、好きな読書や思索が充分できないのを残念に思っていたのは確かだ。だが、そのくらいの理由で、人間はあんな大罪を犯すものだろうか。おそらく彼は先天的の悪人だったのかもしれない。そして、学資ばかりでなく、ほかのさまざまな欲望をおさえかねたのかもしれない。それはともかく、彼がそれを思いついてから、もう半年になる。そのあいだ、彼は迷いに迷い、考えに考えた挙句、結局やっつけることに決心したのだ。

ある時、彼はふとしたことから、同級生の斎藤勇《さいとういさむ》と親しくなった。それが事の起りだった。はじめはむろんなんの成心《せいしん》*があったわけではなかった。しかし中途から、彼はあるおぼろげな目的を抱いて斎藤に接近して行った。そして、接近して行くにしたがって、そのおぼろげな目的がだんだんはっきりしてきた。

斎藤は一年ばかり前から、山の手の或《あ》る淋《さび》しい屋敷町の素人屋**に部屋を借りていた。その家のあるじは、官吏《かんり》***の未亡人で、といっても、もう六十に近い老婆だったが、亡夫の残して行った数軒の借家から上がる利益で、充分生活ができるにもかかわらず、子供を恵まれなかった彼女は、「ただもうお金がたよりだ」といって、確実な知り合いに小金を貸したりして、少しずつ貯金をふやして行くのをこの上もない楽しみにしていた。斎藤に部屋を貸したのも、一つは女ばかりの暮らしでは不用心だからという理由もあっただろうが、一方では、部屋代だけでも、毎月の貯金額がふえることを勘定に入れていたに違いない。そして、彼女は、今どきあまり聞かぬ話だけれど、守銭奴《しゅせんど》****の心理は、古今東西を通じて同じものと見えて、表面的な銀行預金のほかに、莫大《ばくだい》な現金を、自宅のある秘密な場所へ隠しているという噂《うわさ》だった。

蕗屋はこの金に誘惑を感じたのだ。あのおいぼれが、そんな大金を持っているということ

＊成心＝前もってこうだと決めてかかっている心。先入観。＊＊素人屋＝客のもてなしなどを商売としないかたぎの人の家。＊＊＊官吏＝役人。＊＊＊＊守銭奴＝お金をため込むことに異常な執着を持つ人。

とになんの価値がある。それをおれのような未来のある青年の学資に使用するのは、きわめて合理的なことではないか。簡単に言えば、これが彼の理論だった。そこで彼は、斎藤を通じてできるだけ老婆についての知識を得ようとした。その大金の秘密な隠し場所を探ろうとした。しかし彼は、ある時、斎藤が偶然その隠し場所を発見したという話を聞くまでは、別に確定的な考えを持っていたわけでもなかった。

「君、あの婆さんにしては感心な思いつきだよ、たいてい縁の下とか、天井裏とか、金の隠し場所なんてきまっているものだが、婆さんのはちょっと意外な場所なのだよ。あの奥座敷の床の間に、大きな松の植木鉢が置いてあるだろう。あの植木鉢の底なんだよ。その隠し場所がさ。どんな泥棒だってまさか植木鉢に金が隠してあろうとは気づくまいからね。婆さんは、まあ言ってみれば、守銭奴の天才なんだね」

その時、斎藤はこう言って面白そうに笑った。

それ以来、蕗屋の考えは少しずつ具体的になって行った。老婆の金を自分の学資に振り替える径路の一つ一つについて、あらゆる可能性を勘定に入れた上、最も安全な方法を考え出そうとした。それは予想以上に困難な仕事だった。これに比べれば、どんな複雑な数学の問題だって、なんでもなかった。彼は先《さき》にも、いったように、その考えを纏《まと》めるだけのために半年をついやしたのだ。

難点は、言うまでもなく、いかにして刑罰をまぬがれるかということにあった。倫理上の障礙《しょうがい》、即ち良心の呵責《かしゃく》というようなことは、彼にはさして問題ではなかった。彼はナポレオンの大掛りな殺人を罪悪とは考えないで、むしろ讃美《さんび》すると同じように、才能のある青年が、その才能を育てるために、棺桶《かんおけ》に片足をふみ込んだおいぼれを犠牲に供することを、当然のことだと思った。

老婆はめったに外出しなかった。終日黙々として奥の座敷に丸くなっていた。たまに外出することがあっても、留守中は、田舎者の女中が彼女の命を受けて正直に見張り番を勤めた。蕗屋のあらゆる苦心にもかかわらず、老婆の用心には少しの隙もなかった。老婆と斎藤のいない時を見はからって、この女中をだまして使いに出すか何かして、その隙に例の金を植木鉢から盗み出したらと、蕗屋は最初そんなふうに考えてみた。しかしそれは甚だ無分別な考えだった。たとえ少しのあいだでも、あの家にただ一人でいたことがわかっては、もうそれだけで充分嫌疑をかけられるではないか。彼はこの種のさまざまな愚かな方法を、考えては打ち消し、考えては打ち消すのに、たっぷり一ヵ月をついやした。それはたとえば、斎藤か、女中か、または普通の泥棒が盗んだと見せかけるトリックだとか、女中一人の時に、少しも音を立てないで忍び込んで、彼女の眼にふれないように盗み出す方法だとか、夜中、老婆の眠っているあいだに仕事をする方法だとか、その他考え得るあらゆる場合を彼は考えた。しかし、どれにもこれにも、発覚の可能性が多分に含まれていた。

どうしても老婆をやっつけるほかはない、彼はついにこの恐ろしい結論に達した。老婆の金がどれほどあるかよくは分らないけれど、いろいろの点から考えて、殺人の危険を冒してまで執着するほど大した金額だとは思われぬ。たかの知れた金のために、なんの罪もない一人の人間を殺してしまうというのは、あまりに残酷過ぎはしないか。しかし、たとえそれが世間の標準から見ては、大した金額でなくとも、貧乏な蕗屋には充分満足できるのだ。のみならず、彼の考えによれば、問題は金額の多少ではなくて、ただ犯罪の発覚を絶対に不可能ならしめることだった。そのためにはどんな大きな犠牲を払っても少しも差支えないのだ。

殺人は、一見、単なる窃盗よりは幾層倍も危険な仕事のように見える。だが、それは一種の錯覚にすぎないのだ。なるほど、発覚することを予想してやる仕事なれば、殺人はあらゆる犯罪のうちで最も危険に違いない。しかし、若し犯罪の軽重よりも、発覚の難易を目安にして考えたならば、場合によっては（たとえば蕗屋の場合の如きは）むしろ窃盗の方があぶない仕事なのだ。これに反して、悪事の発見者をバラしてしまう方法は、残酷なかわりに心配がない。昔からえらい悪人は平気でズバリズバリと人殺しをやっている。彼らがなかなかつかまらなかったのは、かえってこの大胆な殺人のお蔭《かげ》なのではなかろうか。

では、老婆をやっつけるとして、それに果たして危険がないか。この問題にぶっつかってから、蕗屋は数ヵ月のあいだ考え通した。その長いあいだに、彼がどんなふうに考えを育てて行ったか。それは物語が進むにしたがって、読者にわかることだから、ここには省くが、ともかく、彼は、到底普通人の考え及ぶこともできないほど、微に入り細をうがった分析並びに総合の結果、塵《ちり》ひと筋の手抜かりもない、絶対に安全な方法を考え出したのだ。

今はただ、時機のくるのを待つばかりだった。が、それは案外早くきた。ある日、斎藤は学校関係のことで、女中は使いに出されて、二人とも夕方まで決して帰宅しないことが確かめられた。それはちょうど蕗屋が最後の準備行為を終った日から二日目だった。その最後の準備行為というのは（これだけは前もって説明しておく必要がある）、かつて斎藤に例の隠し場所を聞いてから、もう半年も経過した今日、それがまだ当時のままであるかどうかを確かめるための或る行為だった。彼はその日（即ち老婆殺しの二日前）斎藤を訪ねたついでに、はじめて老婆の部屋である奥座敷にはいって、彼女といろいろ世間話を取りかわした。彼はその世間話を徐々にひとつの方向へ落として行った。そして、しばしば老婆の財産のこと、それを彼女がどこかへ隠しているという噂のあることなぞを口にした。彼は「隠す」という言葉の出るごとに、それとなく老婆の眼を注意した。すると、彼女の眼は、彼の予期した通り、その都度、床の間の植木鉢にそっと注がれているのだ。蕗屋はそれを数回繰り返して、もはや少しも疑う余地のないことを確かめることができた。

2

さて、いよいよ当日である。彼は大学の制服制帽の上に学生マントを着用し、ありふれた手袋をはめて目的の場所に向かった。彼は考えに考えた上、結局変装しないことにきめたのだ。もし変装をするとすれば、材料の買入れ、着換えの場所、その他さまざまの点で、犯罪発見の手掛りを残すことになる。それはただ物事を複雑にするばかりで、少しも効果がないのだ。犯罪の方法は、発覚のおそれのない範囲においては、できる限り単純に、且つあからさまにすべきだと言うのが、彼の一種の哲学だった。要は、目的の家にはいるところを見られさえしなければいいのだ。たとえその家の前を通ったことがわかっても、それは少しもさしつかえない。彼はよくその辺を散歩することがあるのだから、当日も散歩をしたばかりだと言い抜けることができる。と同時に、一方において、彼が目的の家に行く途中で知り合いの人に見られた場合（これはどうしても勘定に入れておかねばならぬ）、妙な変装をしている方がいいか、ふだんの通り制服制帽でいる方がいいか、考えてみるまでもないことだ。犯罪の時間についても、待ちさえすれば都合のよい夜が——斎藤も女中も不在の夜が——あることはわかっているのに、なぜ彼は危険な昼間を選んだか。これも服装の場合と同じく、犯罪から不必要な秘密性を除くためだった。

しかし、目的の家の前に立った時だけは、さすがの彼も、普通の泥棒の通りに、いやおそらく彼ら以上に、ビクビクして前後左右を見廻《まわ》した。老婆の家は、両隣とは生垣で境した一軒建ちで、向こう側には、ある富豪の邸宅の高いコンクリート塀が、ずっと一丁もつづいていた。淋しい屋敷町だから、昼間でも時々はまるで人通りのないことがある。蕗屋がそこへたどりついた時も、いいあんばいに、通りには犬の子一匹見当らなかった。彼は、普通にひらけば、ばかにひどい金属性の音のする格子戸を、ソロリソロリと少しも音を立てないように開閉した。そして、玄関の土間から、ごく低い声で（これは隣家へ用心だ）案内を乞うた。老婆が出てくると、彼は、斎藤のことについて少し内密に話したいことがあるという口実で、奥の間に通った。

座が定まると間もなく「あいにく女中がおりませんので」と断わりながら、老婆はお茶を汲《く》みに立った。蕗屋はそれを、今か今かと待ち構えていたのだ。彼は老婆が襖《ふすま》をあけるために少し身をかがめた時、やにわにうしろから抱きついて、両腕を使って（手袋ははめていたけれど、なるべく指の痕はつけまいとしてだ）力まかせに首を絞めた。老婆は喉のところでグッというような音を出したばかりで、大してもがきもしなかった。ただ苦しまぎれに空をつかんだ指先が、そこに立ててあった屏風《びょうぶ》に触れて、少しばかり傷をこしらえた。それは二枚折りの時代のついた金屏風で、極彩色の六歌仙が描かれていたが、そのちょうど小野の小町の顔のところが、無残にも、ちょっとばかり破れたのだ。

老婆の息が絶えたのを見定めると、彼は死骸をそこへ横にして、ちょっと気になる様子で、その屏風の破れを眺めた。しかしよく考えてみれば、少しも心配することはない。こんなものがなんの証拠になるはずもないのだ。そこで、彼は目的の床の間へ行って、例の松の木の根元を持って、土もろともスッポリと植木鉢から引き抜いた。予期した通り、その底には油紙で包んだものが入れてあった。彼は落ちつきはらって、その包みを解いて、右のポケットから一つの新らしい大型の札入《さつい》れを取り出し、紙幣を半分ばかり（充分五千円はあった）その中に入れると、財布を元のポケットに納め、残った紙幣は油紙に包んで前の通りに植木鉢の底へ隠した。むろん、これは金を盗んだという証跡をくらますためだ。老婆の貯金の高は、老婆自身が知っていたばかりだから、それが半分になったとて誰も疑うはずはないのだ。

それから、彼はそこにあった座蒲団《ざぶとん》を丸めて老婆の胸にあてがい（これは血潮の飛ばぬ用心だ）、右のポケットから一挺《ちょう》のジャックナイフを取り出して刃をひらくと、心臓めがけてグサッと突き刺し、グイと一つえぐっておいて引き抜いた。そして、同じ座蒲団の布でナイフの血のりを綺麗《きれい》に拭き取り、元のポケットへ納めた。彼は、絞め殺しただけでは、蘇生のおそれがあると思ったのだ。つまり昔のとどめを刺すというやつだ。では、なぜ最初から刃物を利用しなかったかというと、そうしては、ひょっとして自分の着物に血潮がかかるかも知れないことをおそれたのだ。

ここでちょっと、彼が紙幣を入れた札入れと、今のジャックナイフについて説明しておかなければならない。彼は、それらを、この目的だけに使うために、ある縁日の露店で買い求めたのだ。彼はその縁日の最も賑《にぎ》わう時分を見計らって、最も客のこんでいる店を選び、正札通りの小銭を投げ出して、品物を取ると、商人はもちろん、たくさんの客たちも、彼の顔を記憶する暇がなかったほど、非常に素早く姿をくらました。そして、この品物は両方とも、ごくありふれた、なんの目印もあり得ないようなものだった。

さて、蕗屋は、充分注意して少しも手掛りが残っていないのを確かめた後、襖のしまりも忘れないで、ゆっくりと玄関へ出てきた。彼はそこで靴の紐《ひも》を締めながら、足跡のことを考えてみた。だが、その点はさらに心配がなかった。玄関の土間は堅いシックイだし、表の通りは天気つづきでカラカラに乾いていた。あとにはもう、格子戸をあけてそとへ出ることが残っているばかりだ。だが、ここでしくじるようなことがあっては、すべての苦心が水の泡だ。彼はじっと耳を澄まして、辛抱強く表通りの足音を聞こうとした……しんとしてなんの気はいもない。どこかの家で琴を弾《だん》じる音がコロリンシャンと至極のどかに聞こえているばかりだ。彼は思い切って、静かに格子戸をあけた。そして、なにげなく、今いとまをつげたお客様だというような顔をして、往来に出た。思った通り、そこには人影もなかった。

その一劃《いっかく》は、どの通りも淋しい屋敷町だった。老婆の家から四、五丁隔ったところに、何かの神社の古い石垣が、往来に面してずっと続いていた。蕗屋は、誰も見ていないのを確めた上、そこの石垣の隙間から、兇器《きょうき》のジャックナイフと血のついた手袋とを落とし込んだ。そして、いつも散歩の時には立ち寄ることにしていた、付近の小さい公園を目ざしてブラブラと歩いて行った。彼は公園のベンチに腰をかけ、子供たちがブランコに乗って遊んでいるのを、いかにものどかな顔をして眺めながら、長い時間をすごした。

帰りがけに、彼は警察署へ立ち寄った。そして、

「今しがた、この札入れを拾ったのです。百円札がいっぱいはいっているようですから、お届けします」

と言いながら、例の札入れをさし出した。彼は警察の質問に答えて、拾った場所と時間と（もちろんそれは可能性のあるでたらめなのだ）、自分の住所姓名と（これはほんとうの）を答えた。そして、印刷した紙に彼の姓名や金額などを書き入れた受取証みたいなものを貰《もら》った。なるほど、これは非常に迂遠《うえん》な方法には違いない。しかし安全という点では最上だ。老婆の金は（半分になったことは誰も知らない）ちゃんと元の場所にあるのだから、この札入れの遺失主は絶対に出るはずがない。一年の後には間違いなく蕗屋の手に落ちるのだ。そして、誰憚《はばか》らず大っぴらに使えるのだ。彼は考え抜いた挙句この手段を採った。もしこれをどこかへ隠しておくとする。どうした偶然から他人に横取りされないものでもない。自分で持っているか。それはもう考えるまでもなく危険なことだ。のみならず、こ

の方法によれば万一老婆が紙幣の番号を控えていたとしても、少しも心配がないのだ（もっともこの点はできるだけ探って、だいたい安心はしていたけれど）。

「まさか、自分の盗んだ品物を警察へ届けるやつがあろうとは、ほんとうにお釈迦《しゃか》さまでもご存じあるまいて」

彼は笑いをかみ殺しながら、心の中でつぶやいた。

翌日、蕗屋は、下宿の一室で、常と変らぬ安眠から眼覚めると、あくびをしながら、枕元に配達されていた新聞をひろげて、社会面を見渡した。彼はそこに意外な事実を発見してちょっと驚いた。だが、それは決して心配するような事柄ではなく、かえって彼のためには予期しない仕合わせ*だった。というのは、友人の斎藤が嫌疑者として挙げられたのだ。嫌疑を受けた理由は、彼が身分不相応の大金を所持していたからだと書いてある。

「おれは斎藤の最も親しい友だちなのだから、ここで警察へ出頭して、いろいろ問い糺《ただ》すのが自然だな」

蕗屋はさっそく着物を着更えると、あわてて警察署へ出掛けた。それは彼がきのう札入れを届けたのと同じ署だ。なぜ札入れを届けるのを管轄の違う警察にしなかったか、いやそれとてもまた、彼一流の無技巧主義でわざとしたことなのだ。彼は過不足のない程度に

＊仕合わせ＝めぐりあわせ。

心配そうな顔をして、斎藤に会わせてくれと頼んだ。しかし、それは予期した通り許されなかった。そこで、彼は斎藤が嫌疑を受けたわけをいろいろと問い糺して、ある程度まで事情を明らかにすることができた。

蕗屋は次のように想像した。

きのう、斎藤は女中よりも先に家に帰った。それは蕗屋が目的を果たして立ち去ると間もなくだった。そして、当然、老婆の死骸を発見した。しかし、ただちに警察に届ける前に、彼はあることを思いついたに違いない。というのは、例の植木鉢だ。もしこれが盗賊の仕業なれば、或いはあの中の金がなくなっていはしまいか。多分それは、ちょっとした好奇心からだったろう。彼はそこを調べてみた。ところが案外にも金の包みがちゃんとあったのだ。それを見て斎藤が悪心を起こしたのは、実に浅はかな考えではあるが、無理もないことだ。その隠し場所は誰も知らないこと、老婆を殺した犯人が盗んだという解釈がくだされるに違いないこと、こうした事情は、誰にしても避けがたい強い誘惑に違いない。それから彼はどうしたか。警官の話では、なにくわぬ顔をして人殺しのあったことを警察へ届け出たということだ。ところが、なんという無分別な男だ。彼は盗んだ金を腹巻のあいだに入れたまま平気でいたのだ。まさかその場で身体検査をされようとは想像しなかったとみえる。

「だが、待てよ。斎藤は一体どういうふうに弁解するだろう。次第によっては危険なことになりはしないかな」蕗屋はそれをいろいろと考えてみた。「彼は金を見つけられた時、『自分のだ』と答えたかもしれない。なるほど老婆の財産の多寡《たか》*や隠し場所は誰も知らないのだから、一応はその弁明も成り立つであろう。しかし、金額があまり多すぎるではないか。で、結局、彼は事実を申し立てることになるだろう。でも、裁判所がそれを承認するかな。ほかに嫌疑者が出ればともかく、それまでは彼を無罪にすることは先ずあるまい。うまく行けば彼が殺人罪に問われるかも知れたものではない。そうなればしめたものだが……ところで、予審判事が彼を問い詰めて行くうちに、いろいろな事実がわかってくるだろうな。たとえば、彼が老婆の金の隠し場所をおれに話したことだとか、兇行の二日前におれが老婆の部屋にはいって話し込んだことだとか、さては、おれが貧乏で学資にも困っていることだとか」

しかし、それらは皆、蕗屋がこの計画を立てる前にあらかじめ勘定に入れておいたことばかりだった。そして、どんなに考えても、斎藤の口からそれ以上彼にとって不利な事実が引き出されようとは考えられなかった。

蕗屋は警察から帰ると、遅れた朝食をとって（その時食事を運んできた女中に事件について話して聞かせたりした）、いつもの通り学校へ出た。学校では斎藤の噂で持ち切りだ

*多寡＝多いことと少ないこと。多いか少ないかの、その量・額。

った。彼はなかば得意げにその噂話の中心になってしゃべった。

3

さて読者諸君、探偵小説というものの性質に通暁《つうぎょう》せ*られる諸君は、お話は決してこれきりで終らぬことを百も御承知であろう。いかにもその通りである。実を言えば、ここまではこの物語の前提にすぎないので、作者が是非、諸君に読んでもらいたいと思うのは、これから後《あと》なのである。つまりかくも企らんだ蕗屋の犯罪がいかにして発覚したかという、そのいきさつについてである。

この事件を担当した予審判事〔註、当時の制度〕は有名な笠森《かさもり》氏であった。彼は普通の意味で名判官だったばかりでなく、ある多少風変りな趣味を持っているので一そう有名だった。それは彼が一種の素人心理学者だったことで、彼は普通のやり方ではどうにも判断のくだしようがない事件に対しては、最後に、その豊富な心理学上の知識を利用して、しばしば奏功《そうこう》**した。彼は経歴こそ浅く、年こそ若かったけれど、地方裁判所の一予審判事としては、もったいないほどの俊才だった。今度の老婆殺し事件も、笠森判事の手にかかれ

*通暁＝よく知り抜いていること。＊＊奏功＝功を奏すること。事の成就すること。

ば、もうわけなく解決することと、誰しも考えていた。当の笠森氏自身も同じように考えた。いつものように、この事件も、予審廷ですっかり調べ上げて、公判の場合には、いささかの面倒も残らぬように処理してやろうと思っていた。

ところが、取調べを進めるにしたがって、事件の困難なことがだんだんわかってきた。警察側は単純に斎藤勇の有罪を主張した。笠森判事とても、その主張に一理あることを認めないではなかった。というのは、生前老婆の家に出入りした形跡のある者は、彼女の債務者であろうが、借家人であろうが、単なる知合いであろうが、残らず召喚して、綿密に取調べたにもかかわらず、一人として疑わしい者はないのだ（蕗屋清一郎ももちろんそのうちの一人だった）。ほかに嫌疑者が現われぬ以上、さしずめ最も疑うべき斎藤勇を犯人と判断するほかはない。のみならず、斎藤にとって最も不利だったのは、彼が生来気の弱いたちで、一も二もなく調べ室の空気に恐れをなしてしまって、訊問《じんもん》に対してもハキハキ答弁のできなかったことだ。のぼせ上がった彼は、しばしば以前の陳述を取り消したり、当然知っているはずの事を忘れてしまったり、言わずともの不利な申立てをしたり、あせればあせるほど、ますます嫌疑を深くするばかりだった。それというのも、彼には老婆の金を盗んだという弱味があったからで、それさえなければ、相当頭のいい斎藤のことだから、いかに気が弱いといって、あのようなへまなまねはしなかったであろう。彼の立場は実際同情すべきものだった。しかし、それでは斎藤を殺人犯と認めるかというと、笠森氏にはどうもその自信がなかった。そこにはただ疑いがあるばかりなのだ。本人はもちろん自白せず、ほかにこれという確証もなかった。

こうして、事件から一ヵ月が経過した。予審はまだ終結しない。判事は少しあせり出していた。ちょうどその時、老婆殺しの管轄の警察署長から、彼のところへ一つの耳よりな報告がもたらされた。それは、事件の当日五千二百何十円在中の一個の札入れが、老婆の家から程遠からぬ××町において拾得されたが、その届け主が、嫌疑者の斎藤の親友である蕗屋清一郎という学生だったことを、係りの疎漏《そろう》*から今まで気づかずにいた。が、その大金の遺失者が一ヵ月たっても現われぬところをみると、そこに何か意味がありはしないか。念のために御報告するということだった。

困り抜いていた笠森判事は、この報告を受け取って、一道の光明を認めたように思った。さっそく蕗屋清一郎召喚の手続が取り運ばれた。ところが、蕗屋を訊問した結果は、判事の意気込みにもかかわらず、大して得るところもないように見えた。なぜ事件の当時取り調べた際、その大金拾得の事実を申立てなかったかという訊問に対して、彼は、それが殺人事件に関係があるとは思わなかったからだと答えた。この答弁には十分理由があった。老婆の財産は斎藤の腹巻から発見されたのだから、それ以外の金が、殊に往来に遺失され

＊疎漏＝おろそかで手おちのあること。

ていた金が、老婆の財産の一部だと誰が想像しよう。

しかし、これが偶然であろうか。事件の当日、現場からあまり遠くない所で、しかも第一の嫌疑者の親友である男が（斎藤の申立によれば彼は植木鉢の隠し場所をも知っているのだ）この大金を拾得したというのが、これが果たして偶然であろうか。判事はそこに何かの意味を発見しようとして悶《もだ》えた。判事の最も残念に思ったのは、老婆が紙幣の番号を控えておかなかったことだ。それさえあれば、この疑わしい金が、事件に関係があるかないかも、ただちに判明するのだが。「どんな小さなことでも、何かひとつ確かな手掛りを摑《つか》みさえすればなあ」判事は全才能を傾けて考えた。現場の取り調べも幾度となく繰り返された。老婆の親族関係も充分調査した。しかし、なんの得るところもない。そうしてまた半月ばかりが徒《いたず》らに経過した。

たったひとつの可能性は、と判事は考えた。蕗屋が老婆の貯金を半分盗んで、残りを元通りに隠しておき、盗んだ金を札入れに入れて、往来で拾ったように見せかけたと推定することだ。だがそんなばかなことがあり得るだろうか。その札入れもむろん調べてみたけれど、これという手掛りもない。それに、蕗屋は平気で、当日散歩のみちすがら、老婆の家の前を通ったと申立てているではないか。犯人にこんな大胆なことが言えるものだろうか。第一、最も大切な兇器の行方がわからぬ。蕗屋の下宿の家宅捜索の結果は、何物をももたらさなかったのだ。しかし、兇器のことをいえば、斎藤とても同じではないか。では一体だれを疑ったらいいのだ。

そこには確証というものが一つもなかった。署長らの言うように、斎藤を疑えば斎藤らしくもある。だが、また、蕗屋とても疑って疑えぬことはない。ただ、わかっているのは、この一ヵ月半のあらゆる捜索の結果、彼ら二人を除いては、一人の嫌疑者も存在しないということだった。万策尽きた笠森判事はいよいよ奥の手を出す時だと思った。二人の嫌疑者に対して、彼の従来しばしば成功した心理試験を施そうと決心した。

4

蕗屋清一郎は、事件の二、三日後に第一回目の召喚を受けた際、係りの予審判事が有名な素人心理学者の笠森氏だということを知った。そして、当時既にこの最後の場合を予想して少なからず狼狽《ろうばい》した。さすがの彼も、日本に、たとえ一個人の道楽気からとはいえ、心理試験などというものが行なわれているという事実を、うっかり見のがしていた。彼は種々の書物によって、心理試験の何物であるかを、知り過ぎるほど知っていたのだ。

この大打撃に、もはや平気を装って通学をつづける余裕を失った彼は、病気と称して下宿の一室にとじこもった。そして、ただ、いかにしてこの難関を切り抜けるべきかを考えた。ちょうど、殺人を実行する以前にやったと同じ、或いはそれ以上の、綿密と熱心とをもって考えつづけた。

笠森判事は果たしてどのような心理試験を行なうであろうか。それは到底予知することができない。で、蕗屋は知っている限りの方法を思い出して、そのひとつひとつについて、なんとか対策がないものかと考えてみた。しかし、元来心理試験というものが、虚偽の申立をあばくためにできているのだから、それを更に偽るということは、理論上不可能らしくもあった。

蕗屋の考えによれば、心理試験はその性質によって二つに大別することができた。ひとつは純然たる生理上の反応によるもの、今ひとつは言葉を通じて行なわれるものだ。前者は、試験者が犯罪に関連したさまざまの質問を発して、被験者の身体上の微細な反応を、適当な装置によって記録し、普通の訊問によっては到底知ることのできない真実を掴もうとする方法だ。それは、人間は、たとえ言葉の上で、または顔面表情の上で、嘘《うそ》をついても、神経そのものの興奮は隠すことができず、それが微細な肉体上の徴候として現われるものだという理論に基づくので、その方法としては、たとえば automatograph などの力を借りて、手の微細な動きを発見する方法、或る手段によって眼球の動き方を確かめる方法、pneumograph によって呼吸の深浅遅速を計る方法、sphygmograph によって脈搏《みゃくはく》の高低遅速を計る方法、plethysmograph によって四肢の血量を計る方法、galvanometer によって手の平の微細なる発汗を発見する方法、膝の関節を軽く打って生じる筋肉の収縮の多少を見る方法、その他これらに類する種々さまざまの方法がある。

たとえば、不意に「お前は老婆を殺した本人であろう」と問われた場合、彼は平気な顔で「何を証拠にそんなことをおっしゃるのです」と言い返すだけの自信はある。だが、その時不自然に脈搏が高まったり、呼吸が早くなるようなことはないだろうか。それを防ぐことは絶対に不可能なのではあるまいか。彼はいろいろな場合を仮定して、心のうちで実験してみた。ところが、不思議なことには、自分自身で発した訊問は、それがどんなにきわどい、不意の思い付きであっても、肉体上に変化を及ぼすようには考えられなかった。むろん微細な変化を計る道具があるわけではないから、確かなことはいえぬけれど、神経の興奮そのものが感じられない以上は、その結果である肉体上の変化も起こらぬはずだった。

そうして、いろいろと実験や推量をつづけているうちに、蕗屋はふとある考えにぶっつかった。それは、練習というものが心理試験の効果を妨げはしないか、言い換えれば、同じ質問に対しても、一回目よりは二回目が、二回目よりは三回目が、神経の反応が微弱になりはしないかということだった。つまり、慣れるということだ。これは他のいろいろの場合を考えて見てもわかる通り、ずいぶん可能性がある。自分自身の訊問に対しては反応がないというのも、結局はこれと同じ理窟《りくつ》で、訊問が発せられる以前に、すでに予期があるために違いない。

そこで、彼は「辞林」の中の何万という単語をひとつ残らず調べてみて、少しでも訊問されそうな言葉をすっかり書き抜いた。そして、一週間もかかって、それに対する神経の「練習」をやった。

さて次には、言葉を通じて試験する方法だ。これとても恐れることはない。いやむしろ、それが言葉であるだけに、ごまかしやすいというものだ。これにはいろいろな方法があるけれど、最もよく行なわれるのは、あの精神分析家が病人を見るときに用いるのと同じ方法で、連想診断というやつだ。「障子」だとか「机」だとか「インキ」だとか「ペン」だとか、なんでもない用語をいくつも順次に読み聞かせて、できるだけ早く、少しも考えないで、それらの単語について連想した言葉をしゃべらせるのだ。たとえば「障子」に対しては「窓」とか「敷居」とか「紙」とか「戸」とかいろいろの連想があるだろうが、どれでも構わない。その時ふと浮かんだ言葉を言わせる。そして、それらの意味のない単語のあいだへ「ナイフ」だとか「血」だとか「金」だとか「財布」だとか、犯罪に関係のある単語を、気づかれぬように混ぜておいて、それに対する連想を調べるのだ。

先ず第一に、最も思慮の浅い者は、この老婆殺しの事件でいえば「植木鉢」という単語に対して、うっかり「金」と答えるかもしれない。即ち「植木鉢」の底から「金」を盗んだことが最も深く印象されているからだ。そこで彼は罪状を自白したことになる。だが、少し考え深い者だったら、たとえ「金」という言葉が浮かんでも、それを押し殺して、たとえば「瀬戸物」と答えるだろう。

かような偽りに対して二つの方法がある。ひとつは、一巡試験した単語を、少し時間を置いて、もう一度繰り返すのだ。すると、自然に出た答えは多くの場合前後相違がないのに、故意に作った答えは、十中八九は最初のときと違ってくる。たとえば「植木鉢」に対して最初は「瀬戸物」と答え、二度目は「土」と答えるようなものだ。

もうひとつの方法は、問いを発してから答えを得るまでの時間を、ある装置によって精確に記録し、その遅速によって、たとえば「障子」に対して「戸」と答えた時間が一秒であったにもかかわらず、「植木鉢」に対して「瀬戸物」と答えた時間が三秒もかかったとすれば、それは「植木鉢」について最初に現われた連想を押し殺すために時間を取ったので、その被験者は怪しいということになるのだ。この時間の遅延は、当面の単語に現われるばかりでなく、その次の意味のない単語にまで影響して現われることもある。

また、犯罪当時の状況を詳しく話して聞かせて、それを暗誦《あんしょう》させる方法もある。真実の犯人であったら、暗誦する場合に、微細な点で思わず話して聞かされたことと違った真実を口走ってしまうものなのだ。

この種の試験に対しては、前の場合と同じく「練習」が必要なのはいうまでもないが、それよりももっと大切なのは、蕗屋に言わせると、無邪気なことだ。つまらない技巧を弄《ろう》しないことだ。「植木鉢」に対しては、むしろあからさまに「金」または「松」と答えるのが、いちばん安全な方法なのだ。というのは、蕗屋は、たとえ彼が犯人でなかったにしても、判事の取り調べその他によって、犯罪事実をある程度まで知っているのが当然だから、そして、植木鉢の底に金があったという事実は、最近の且つ最も深刻な印象に違いないのだから、連想作用がそんなふうに働くのは至極あたり前ではないか。また、この手段によれば、現物の有様を暗誦させられた場合にも安全なのだ。ただ、問題は所要時間の点だ。これにはやはり「練習」が必要である。「植木鉢」ときたら、少しもまごつかないで、「金」または「松」と答え得るように練習しておく必要がある。彼は更にこの「練習」のために数日をついやした。かようにして、準備はまったく整った。

彼はまた、一方において、ある一つの有利な事情を勘定に入れていた。それを考えると、たとえ、予期しない訊問に接しても、更に一歩を進めて、予期した訊問に対して不利な反応を示しても、少しも恐れることはないのだった。というのは、試験されるのは、蕗屋一人ではないからだ。あの神経過敏な斎藤勇が、いくら身に覚えがないといっても、さまざまの訊問に対して、果たして虚心平気でいることができるだろうか。おそらく彼とても、少なくとも蕗屋と同様くらいの反応を示すのが自然ではあるまいか。

蕗屋は考えるにしたがって、だんだん安心してきた。なんだか鼻歌でも歌い出したいような気持になってきた。彼は今はかえって笠森判事の呼出しを待ち構える気持にさえなった。

5

笠森判事の心理試験がいかように行なわれたか。それに対して、神経質な斎藤がどんな反応を示したか。蕗屋がいかに落ちつきはらって試験に応じたか、ここにそれらの管々《くだくだ》しい叙述を並べ立てることを避けて、直ちにその結果に話を進めることにする。

それは心理試験の行なわれた翌日のことであった。笠森判事が、自宅の書斎で、試験の結果を書きとめた書類を前にして、小首を傾けているところへ、明智小五郎の名刺が通じられた。

「D坂の殺人事件」を読んだ人は、この明智小五郎がどんな男だかということを幾分ご存じであろう。彼はその後、しばしば困難な犯罪事件に関係して、その珍らしい才能を現わし、専門家たちはもちろん、一般の世間からも、もう立派に認められていた。笠森氏とも、ある事件から心易くなったのであった。

女中の案内につれて、判事の書斎に、明智のニコニコした顔が現われた。このお話は「D坂の殺人事件」から数年後のことで、彼ももう昔の書生ではなくなっていた。

「いや、どうも、今度はまったく弱りましたよ」

判事が来客の方にからだの向きを変えて、ゆううつな顔を見せた。

「例の老婆殺しの事件ですね。どうでした、心理試験の結果は」

明智は判事の机の上を覗《のぞ》きながら言った。彼は事件以来、たびたび笠森判事に会って詳しい事情を聞いていたのだ。

「いや、結果は明白ですがね」と判事「それがどうも、僕にはなんだか得心できないのですよ。きょうは脈搏の試験と、連想診断をやってみたのですが、蕗屋の方は殆《ほとん》ど反応がないのです。もっとも脈搏では大分疑わしいところもありましたが、しかし、斎藤に比べれ

刺戟語	蕗屋清一郎		斎藤勇	
	反応語	所要時間	反応語	所要時間
頭	毛	0.9秒	尾	1.2秒
緑	青	0.7	青	1.1
水	湯	0.9	魚	1.3
歌う	唱歌	1.1	女	1.5
長い	短かい	1.0	紐	1.2
○殺す	ナイフ	0.8	犯罪	3.1
舟	川	0.9	水	2.2
窓	戸	0.8	ガラス	1.5
料理	洋食	1.0	さしみ	1.3
○金	紙幣	0.7	鉄	3.5
冷い	水	1.1	冬	2.3
病気	風邪	1.6	肺病	1.6
針	糸	1.0	糸	1.2
○松	植木	0.8	木	2.3
山	高い	0.9	川	1.4
○血	流れる	1.0	赤い	3.9
新しい	古い	0.8	着物	2.1
嫌い	蜘蛛	1.2	病気	1.1
○植木鉢	松	0.6	花	6.2
鳥	飛ぶ	0.9	カナリヤ	3.6
本	丸善	1.0	丸善	1.3
○油紙	隠す	0.8	小包	4.0
友人	斎藤	1.1	話す	1.8
純粋	理性	1.2	言葉	1.7
箱	本箱	1.0	人形	1.2
○犯罪	人殺し	0.7	警察	3.7
満足	完成	0.8	家庭	2.0
女	政治	1.0	妹	1.3
絵	屏風	0.9	景色	1.3
○盗む	金	0.7	馬	4.1

○印は犯罪に関係ある単語。実際は百ぐらいの単語が使われるし、更に、それを二組も三組も用意して、次々と試験するのだが、右の表は解り易くするために簡単にしたものである。

ば、問題にもならぬくらい僅かなんです。これをごらんなさい。ここに質問事項と、脈搏の記録がありますよ。斎藤の方は実にいちじるしい反応を示しているでしょう。連想試験でも同じことです。この『植木鉢』という刺戟《しげき》語に対する反応時間を見てもわかりますよ。蕗屋の方はほかの無意味な言葉よりもかえって短かい時間で答えているのに、斎藤の方はどうです、六秒もかかっているじゃありませんか」

判事が示した連想診断の記録は右に表示したようなものであった。

「ね、非常に明瞭でしょう」判事は明智が記録に眼を通すのを待ってつづけた。「これでみると、斎藤はいろいろ故意の細工をやっている。いちばんよくわかるのは反応時間のおそいことですが、それが問題の単語ばかりでなく、そのすぐあとのや、二つ目のにまで影響しているのです。それからまた、『金』に対して『鉄』と答えたり、『盗む』に対して『馬』といったり、かなり無理な連想をやっています。『植木鉢』にいちばんながくかかったのは、恐らく『金』と『松』という二つの連想を押さえつけるために手間どったのでしょう。それに反して、蕗屋の方はごく自然です。『植木鉢』に『松』だとか、『油紙』に『隠す』だとか、『犯罪』に『人殺し』だとか、もし犯人だったら是非隠さなければならないような連想を、平気でしかも短かい時間に答えています。彼が人殺しの本人でいて、こんな反応を示したとすれば、よほどの低能児に違いありません。ところが、実際は彼は××大学の学生で、それになかなか秀才なのですからね」

「そんなふうにも取れますね」

明智は何か考え考え言った。しかし判事は彼の意味ありげな表情には、少しも気づかないで、話を進める。

「ところがですね、これでもう、蕗屋の方は疑うところはないのだが、斎藤が果たして犯人かどうかという点になると、試験の結果はこんなにハッキリしているのに、どうも僕は確信が持てないのですよ。何も予審で有罪にしたといって、それが最後の決定になるわけではなし、まあこのくらいでいいのですが、御承知のように、僕は例のまけぬ気でね。公判で僕の考えをひっくり返されるのが癪《しゃく》なんですよ。そんなわけで実はまだ迷っている始末です」

「これを見ると、実に面白いですね」明智が記録を手にしてはじめた。「蕗屋も斎藤もなかなか勉強家だって言いますが、『本』という単語に対して、両人とも『丸善』と答えたところなどは、よく性質が現われていますね。もっと面白いのは、蕗屋の答えは、皆どことなく物質的で、理智的なのに反して、斎藤のは、いかにもやさしいところがあるじゃありませんか。叙情的ですね。たとえば『女』だとか『着物』だとか『花』だとか『人形』だとか『景色』だとか『妹』だとかいう答えは、どちらかといえば、センチメンタルな弱々しい男を思わせますね。それから、斎藤はきっと病身ですよ。『嫌い』に『病気』と答え、『病気』に『肺病』と答えているじゃありませんか。平生から肺病になりゃしないかと恐れている証拠ですよ」

「そういう見方もありますね。連想診断てやつは、考えれば考えるだけ、いろいろ面白い判断が出てくるものですよ」

「ところで」明智は少し口調をかえて言った。「あなたは、心理試験というものの弱点について考えられたことがありますかしら。デ・キロスは心理試験の提唱者ミュンスターベルヒの考を批評して、この方法は拷問に代るべく考案されたものだけれど、その結果は、やはり拷問と同じように無実のものを罪に陥れ、有罪者を逸することがあるといっていますね。ミュンスターベルヒ自身も、心理試験の真の効能は、嫌疑者が、ある場所とか人とか物について、知っているかどうかを見いだす場合に限って決定的だけれど、その他の場合には幾分危険だというようなことを、どっかで書いていました。あなたにこんなことをお話しするのは釈迦に説法*かもしれませんね。でも、これは確かに大切な点だと思いますが、どうでしょう」

「それは悪い場合を考えれば、そうでしょうがね。むろん僕もそれは知ってますよ」

判事は少しいやな顔をして答えた。

「しかし、その悪い場合が、存外手近にないとも限りませんからね、こういうことはいえ

*釈迦に説法＝よく知っている者になお教えること。説く必要のないたとえ。

ないでしょうか。たとえば非常に神経過敏な無実の男が、ある犯罪の嫌疑を受けたと仮定しますね。その男は犯罪の現場で捕えられ、犯罪事実もよく知っているのです。この場合、彼は果たして心理試験に対して平気でいることができるでしょうか。『あ、これは俺を試すのだな、どう答えたら疑われないだろう』などというふうに興奮するのが当然ではないでしょうか。ですから、そういう事情の下に行なわれた心理試験は、デ・キロスのいわゆる『無実のものを罪に陥れる』ことになりゃあしないでしょうか」

「君は斎藤勇のことをいっているのですね。いや、それは僕もなんとなくそう感じたものだから、今もいったように、まだ迷っているのじゃありませんか」

判事はますます苦い顔をした。

「では、そういうふうに、斎藤が無罪だとすれば（もっとも金を盗んだ罪はまぬがれませんけれど）いったい誰が老婆を殺したのでしょう」

判事はこの明智の言葉を中途から引き取って、荒々しく訊ねた。

「そんなら、君は、ほかに犯人の目当てでもあるのですか」

「あります」明智はニコニコしながら、「僕はこの連想試験の結果から見て蕗屋が犯人だと思うのですよ。しかしまだ確実にそうだとは言いきれませんけれど。あの男はもううちへ帰したのでしょうね。どうでしょう。それとなく彼をここへ呼ぶわけにはいきませんかしら、そうすれば、僕はきっと真相をつき止めてお眼にかけますがね」

「なんですって、それは何か確かな証拠でもあるのですか」

判事が少なからず驚いて訊ねた。

明智は別に得意らしい色もなく、詳しく彼の考えを述べた。そして、それが判事をすっかり感心させてしまった。明智の希望が容れられて、蕗屋の下宿へ使いが走った。

「御友人の斎藤氏はいよいよ有罪と決した。それについてお話ししたいこともあるから、私の私宅まで御足労を煩《わずらわ》したい」

これが呼び出しの口上だった。蕗屋はちょうど学校から帰ったところで、それを聞くと早速やってきた。さすがの彼もこの吉報には少なからず興奮していた。嬉《うれ》しさのあまり、そこに恐ろしい罠《わな》のあることを、まるで気づかなかった。

6

笠森判事は、ひと通り斎藤を有罪と決定した理由を説明したあとで、こうつけ加えた。

「君を疑ったりして、まったく相すまんと思っているのです。きょうは、実はそのお詫びかたがた、事情をよくお話ししようと思って、来て頂いたわけですよ」

そして、蕗屋のために紅茶を命じたりして、ごくうちくつろいだ様子で雑談をはじめた。明智も話に加わった。判事は彼を知り合いの弁護士で、死んだ老婆の遺産相続者から、貸金の取り立てなどを依頼されている男だといって紹介した。むろん半分は嘘だけれど、親族会議の結果、老婆の甥《おい》が田舎から出てきて、遺産を相続することになったのは事実だった。

三人のあいだには、斎藤の噂をはじめとして、いろいろの話題が話された。すっかり安心した蘆屋は、中でもいちばん雄弁な話し手だった。

そうしているうちに、いつの間にか時間がたって、窓のそとに夕暗が迫ってきた。蕗屋はふとそれに気づくと、帰り支度をはじめながら言った。

「では、もう失礼しますが、別にご用はないでしょうか」

「おお、すっかり忘れてしまうところだった」明智が快活に言った。「なあに、どうでもいいようなことですがね。ちょうど序《ついで》だから……ご承知かどうですか、あの殺人のあった部屋に二枚折りの金屏風が立ててあったのですが、それにちょっと傷がついていたといって問題になっているのですよ。というのは、その屏風は婆さんのものではなく、貸金の抵当に預かってあった品で、持ち主の方では、殺人の際についた傷に違いないから弁償しろというし、婆さんの甥は、これがまた婆さんに似たけちん坊でね、元からあった傷かもしれないといって、なかなか応じないのです。実際つまらない問題で、閉口してるんです。尤《もっと》もその屏風は可なり値うちのある品物らしいのですがね。ところで、あなたはよくあの家へ出入りされたのですから、その屏風も多分ご存じでしょうが、以前に傷があったかどうか、ひょっと御記憶じゃないでしょうか、どうでしょう、屏風なんか別に注意しなかったでしょうね。実は斎藤にも聞いてみたんですが、先生興奮しきっていて、よくわからないのです。それに、女中は国へ帰ってしまって、手紙で聞き合わせても要領を得ないし、ちょっと困っているのですが……」

屛風が抵当物だったことはほんとうだが、そのほかの点はむろん作り話にすぎなかった。蕗屋は屛風という言葉に思わずヒヤッとした。しかしよく聞いてみるとなんでもないことなので、すっかり安心した。

「何をビクビクしているのだ。事件はもう決定してしまったのじゃないか」

彼はどんなふうに答えてやろうかと、ちょっと思案したが、例によってありのままにやるのがいちばんいい方法のように考えられた。

「判事さんはよく御承知ですが、僕はあの部屋へはいったのはたった一度きりなんです。それも、事件の二日前にね。つまり先月の三日ですね」彼はニヤニヤ笑いながら言った。こうした言い方をするのが愉快でたまらないのだ。

「しかし、その屛風なら覚えてますよ。僕の見た時には確か傷なんかありませんでした」

「そうですか。間違いないでしょうね。あの小野小町の顔のところに、ほんのちょっとした傷があるだけなんですが」

「そうそう、思い出しましたよ」蕗屋はいかにも今思い出したふうを装って言った。「あれは六歌仙の絵でしたね。小野小町も覚えてますよ。しかし、もしその傷がついていたとすれば、見おとしたはずがありません。だって、極彩色の小野小町の顔に傷があれば、ひと目でわかりますからね」

「じゃあ、ご迷惑でも、証言をして頂くわけにはいきませんかしら。屏風の持ち主というのが、実に欲の深いやつで、始末にいけないのですよ」

「ええ、よござんすとも、いつでもご都合のいい時に」

蕗屋はいささか得意になって、弁護士と信ずる男の頼みを承諾した。

「ありがとう」明智はモジャモジャと伸ばした髪の毛を指でかきまわしながら、嬉しそうに言った。これは彼が興奮した際にやる一種の癖なのだ。「実は、僕は最初から、あなたが屏風のことを知っておられるに違いないと思ったのですよ。というのはね、この、きのうの心理試験の記録のなかで、『絵』という問に対して、あなたは『屏風』という特別の答え方をしていますね。これですよ。下宿屋にはあんまり屏風なんて備えてありませんし、あなたは斎藤のほかには別段親しいお友だちもないようですから、これはさしずめ老婆の座敷の屏風が、何かの理由で特別に深い印象になって残っていたのだろうと想像したのですよ」

蕗屋はちょっと驚いた。それは確かにこの弁護士のいう通りに違いなかった。でも、彼はきのうどうして屏風なんて口走ったのだろう。そして、不思議にも今までまるでそれに気づかないとは。これは危険じゃないかな。しかし、どういう点が危険なのだろう。あの時彼は、その傷跡をよく調べて、なんの手掛りにもならぬことを確かめておいたではないか。なあに、平気だ、平気だ。彼は一応考えてみてやっと安心した。ところが、ほんとうは、彼は明白すぎるほど明白な大間違いをやっていたことを少しも気づかなかったのだ。

「なるほど、僕はちっとも気づきませんでしたけれど、確かにおっしゃる通りですよ。なかなか鋭い御観察ですね」

蕗屋はあくまで、無技巧主義を忘れないで、平然として答えた。

「なあに、偶然気づいたのですよ」弁護士を装った明智が謙遜した。「だが、気づいたといえば、実はもうひとつあるのですが、いや、いや、決して御心配なさるようなことじゃありません。きのうの連想試験の中には八つの危険な単語が含まれていたのですが、あなたはそれを実に完全にパスしましたね。実際完全すぎたほどですよ。少しでもうしろ暗いところがあれば、こうは行きませんからね。その八つの単語というのは、ここに丸が打ってあるでしょう。これですよ」といって明智は記録の紙片を示した。「ところが、あなたのこれらに対する反応時間は、ほかの無意味な言葉よりも、皆ほんの僅かずつではありますけれど、早くなってますね。たとえば『植木鉢』に対して『松』と答えるのに、たった〇・六秒しかかかってない。これは珍らしい無邪気さですよ。この三十箇の単語の内で、いちばん連想し易いのは先ず『緑』に対する『青』などでしょうが、あなたはそれにさえ〇・七秒かかってますからね」

蕗屋は非常な不安を感じはじめた。この弁護士は、いったいなんのためにこんな饒舌《じょうぜつ》を弄《ろう》しているのだろう。好意でか、それとも悪意でか。何か深い下心があるのじゃないかしら。彼は全力を傾けて、その意味を探ろうとした。

「『植木鉢』にしろ『油紙』にしろ『犯罪』にしろ、そのほか、問題の八つの単語は、皆、決して『頭』だとか『緑』だとかいう平凡なものより、連想しやすいとは考えられません。それにもかかわらず、あなたは、そのむずかしい連想の方をかえって早く答えているのです。これはどういう意味でしょう。僕が気づいた点というのはここですよ。ひとつあなたの心持を当ててみましょうか。え、どうです。なにも一興ですからね。しかしもし間違っていたらごめんくださいよ」

蕗屋はブルッと身震いした。しかし、何がそうさせたかは彼自身にもわからなかった。

「あなたは、心理試験の危険なことをよく知っていて、あらかじめ準備していたのでしょう。犯罪に関係のある言葉について、ああ言えばこうと、ちゃんと腹案ができていたんでしょう。いや、僕は決して、あなたのやり方を非難するのではありませんよ。実際、心理試験というやつは、場合によっては非常に危険なものですからね。有罪者を逸して無実のものを罪に陥れることがないとは断言できないのですからね。ところが、準備があまり行き届き過ぎていて、もちろん別に早く答えるつもりはなかったのでしょうけれど、その言葉だけが早くなってしまったのです。これは確かに大へんな失敗でしたね。あなたは、ただも

も少しもことを危険だということに同じように過ぎるのも早それが、心配して早過ぎるのもことばかり遅れる

う遅れることばかり心配して、それが早過ぎるのも同じように危険だということを少しも気づかなかったのです。もっとも、この時間の差は非常に僅かずつですから、よほど注意深い観察者でないと、うっかり見逃がしてしまいますがね。ともかく、こしらえ事というものは、どっかに破綻があるものですよ」明智の蕗屋を疑った論拠は、ただこの一点にあったのだ。「しかし、あなたはなぜ『金』だとか『人殺し』だとか『隠す』だとか、嫌疑を受け易い言葉を選んで答えたのでしょう。言うまでもない。そこがそれ、あなたの無邪気なところですよ。もしあなたが犯人だったら決して『油紙』と問われて『隠す』などとは答えませんからね。そんな危険な言葉を平気で答え得るのは、少しもやましいところのない証拠ですよ。ね、そうでしょう。僕のいう通りでしょう」

蕗屋は話し手の眼をじっと見詰めていた。どういうわけか、そらすことができないのだ。そして、鼻から口の辺にかけて筋肉が硬直して、笑うことも、泣くことも、驚くことも、一切の表情が不可能になったような気がした。むろん口は利けなかった。もし無理に口を利こうとすれば、それは直ちに恐怖の叫び声になったに違いない。

「この無邪気なこと、つまり小細工を弄しないということが、あなたのいちじるしい特徴ですよ。僕はそれを知ったものだから、あのような質問をしたのです。え、おわかりになりませんか。例の屏風のことです。僕は、あなたがむろん無邪気にありのままにお答えくださることを信じて疑わなかったのですよ。実際その通りでしたがね。ところで、笠森さ

んに伺いますが、問題の六歌仙の屏風は、いつあの老婆の家に持ち込まれたのですかしら」

明智はとぼけた顔をして、判事に訊ねた。

「犯罪事件の前日ですよ。つまり先月の四日です」

「え、前日ですって、それはほんとうですか。妙じゃありませんか、今蕗屋君は、事件の前々日即ち三日に、それをあの部屋で見たと、ハッキリ言っているじゃありませんか。どうも不合理ですね。あなた方のどちらかが間違っていないとしたら」

「蕗屋君は何か思い違いをしているのでしょう」判事がニヤニヤ笑いながら言った。「四日の夕方までは、あの屏風が、そのほんとうの持ち主の家にあったことは、明白にわかっているのです」

明智は深い興味をもって、蕗屋の表情を観察した。それは、今にも泣き出そうとする小娘の顔のように変なふうにくずれかけていた。これが明智の最初から計画した罠だった。彼は事件の二日前には、老婆の家に屏風のなかったことを、判事から聞いて知っていたのだ。

「どうも困ったことになりましたね」明智はさも困ったような声で言った。「これはもう取り返しのつかぬ大失策ですよ。なぜあなたは見もしないものを見たなどと言うのです。あなたは事件の二日前から一度もあの家へ行っていないはずじゃありませんか。殊に六歌仙の絵を覚えていたのは致命傷ですよ。おそらくあなたは、ほんとうのことを言おう、ほんとうのことを言おうとして、つい嘘をついてしまったのでしょう。ね、そうでしょう。

あなたは事件の二日前にあの座敷へはいった時、そこに屏風があるかないかというようなことを注意したでしょうか。むろん注意しなかったでしょう。実際それはあなたの計画にはなんの関係もなかったのですし、もし屏風があったとしても、あれは御承知の通り時代のついたくすんだ色合いで、ほかのいろいろの道具の中で、殊さら目立っていたわけでもありませんからね。で、あなたが今、事件の当日そこで見た屏風が、二日前にも同じようにそこにあっただろうと考えたのは、ごく自然ですよ。それに僕はそう思わせるような調子で問いかけたのですものね。これは一種の錯覚みたいなものですが、よく考えてみると、われわれには日常ザラにあることです。しかし、もし普通の犯罪者だったら決してあなたのようには答えなかったでしょう。彼らは、なんでもかんでも、隠しさえすればいいと思っているのですからね。ところが、僕にとって好都合だったのは、あなたが世間なみの裁判官や犯罪者より、十倍も二十倍も進んだ頭を持っていられたことです。つまり、急所にふれない限りは、できるだけあからさまにしゃべってしまう方が、かえって安全だという信念を持っていられたことです。裏の裏を行くやり方ですね。そこで僕は更にその裏を行ってみたのですよ。まさか、あなたは、この事件になんの関係もない弁護士が、あなたを白状させるために、罠を作っていようとは想像もしなかったでしょうね。ハハハハハハ」

蕗屋は真青になった顔の、ひたいのところにビッショリ汗を浮かせて、じっとだまり込んでいた。彼はもうこうなったら、弁明すればするだけボロを出すばかりだと思った。彼は頭がよいだけに、自分の失言がどんなに雄弁な自白だったかということを、よくわきまえていた。彼の頭の中には、妙なことだが、子供の時分からのさまざまの出来事が、走馬燈のように、めまぐるしく現われては消えて行った。長い沈黙がつづいた。

「聞こえますか」明智がしばらくしてから言った。「そら、サラサラ、サラサラという音がしているでしょう。あれはね、さっきから、隣の部屋で、僕たちの問答を書きとめているのですよ……君、もうよござんすから、それをここへ持ってきてくれませんか」

すると、襖がひらいて、一人の書生ふうの男が手に洋紙の束を持って出てきた。

「それを一度読み上げてください」

明智の命令にしたがって、その男は最初から朗読した。

「では、蕗屋君、これに署名して、拇印《ぼいん》で結構ですから捺《お》してくれませんか。君はまさかいやだとは言いますまいね。だって、さっき、屏風のことはいつでも証言してやると約束したばかりじゃありませんか。もっとも、こんなふうな証言だろうとは想像しなかったかもしれませんがね」

蕗屋は、ここで署名を拒んだところで、なんの甲斐《かい》もないことを、充分知っていた。彼は明智の驚くべき推理をも、あわせて承認する意味で、署名捺印《なついん》した。そして、今はもうすっかりあきらめ果てた人のようにうなだれていた。

「先にも申し上げた通り」明智は最後に説明した。「ミュンスターベルヒは、心理試験の真の効能は、嫌疑者が、ある場所、人、または物について知っているかどうかを試す場合に限って、決定的だといっています。今度の事件でいえば、蕗屋君が屏風を見たかどうかという点が、それなんです。この点をほかにしては、百の心理試験もおそらくむだでしょう。なにしろ相手が蕗屋君のような、なにもかも予想して、綿密な準備をしている男なのですからね。それからもう一つ申し上げたいのは、心理試験というものは、必ずしも、書物に書いてある通り、一定の刺戟語を使い、一定の機械を用意しなければできないものではなくて、いま僕が実験してお眼にかけたように、ごく日常的な会話によってでも充分やれるということです。昔からの名判官は、たとえば大岡越前守というような人は、皆自分でも気づかないで、最近の心理学が発明した方法をちゃんと応用していたのですよ」

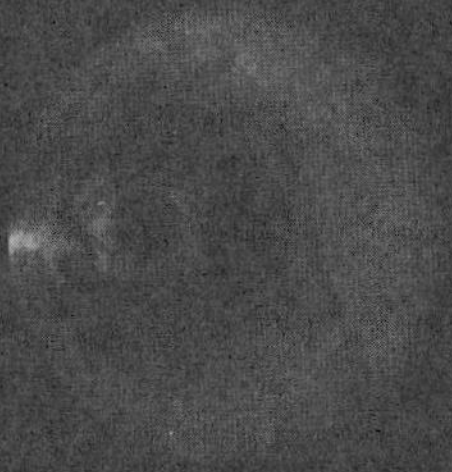

黒手組

顕れたる事実

またしても明智小五郎の手柄話です。

それは、私が明智と知合いになってから一年ほどたったころの出来事なのですが、事件に一種劇的な色彩があってなかなか面白かったばかりでなく、それが私の身内のものの家庭を中心にして行なわれたという点で、私には一そう忘れがたいのです。

この事件で、私は、明智に暗号解読のすばらしい才能のあることを発見しました。読者諸君の興味のために、彼の解いた暗号文というのをまず冒頭に掲げておきましょうか。

一度おうかがいしたいと存じながらつい好い折がなく失礼ばかり致しております割合にお暖かな日がつづきますのね是非

此頃にお邪魔させていただきますわ一日《いっ》
外《ぞや》×つまらぬ品物をお贈りしました処御
叮嚀なお礼を頂き痛み入りますあの手提
袋は実はわたくしがつれづれのすさびに
自×ら拙い刺繡をしました物で却ってお
叱りを受けるかと心配したほどですのよ
歌の方は近頃はいかが？時節柄お身お大
切に遊ばして下さいまし　　さよなら

これは或《あ》る葉書の文面です。忠実に原文通りしるしておきました。文字を抹消したところから各行の字詰めにいたるまですべて原文のままです。

さてお話ですが、当時私は避寒かたがた少し仕事をもって熱海温泉の或る旅館に逗留《とうりゅう》していました。毎日いくどとなく湯につかったり、散歩したり、寝ころんだり、そしてそのひまに筆をとったりして、のんびりと日を送っていたのです。ある日のことでした。又しても一と風呂あびて好い気持に暖まったからだを、日あたりのいい縁側の籐椅子《とういす》*に投げか

＊籐椅子＝籐（ヤシ科の植物）の茎などを使って作った椅子。

け、なにげなくその日の新聞を見ていますと、ふとたいへんな記事が眼につきました。

当時都には「黒手組」と自称する賊徒の一団が人もなげに跳梁《ちょうりょう》＊していまして、警察のあらゆる努力もその甲斐《かい》なく、きのうは某《なにがし》の富豪がやられた。きょうは某の貴族がおそわれたと、噂《うわさ》は噂をうんで、都の人心は兢々《きょうきょう》＊＊として安き日もなかったのです。したがって新聞の社会面なども、毎日々々その事とで賑《にぎ》わっていましたが、きょうも「神出鬼没の怪賊伝々」というような三段抜きの大見出しで、相もかわらず書き立てています。しかし私はそうした記事にはもうなれっこになっていて別に興味をひかれませんでしたが、その記事の下の方に、いろいろと黒手組の被害者の消息をならべたうちに、小さい見出しで「××××氏襲わる」という十二三行の記事を発見して非常に驚きました。といいますのは、その××××氏はかくいう私の伯父だったからです。記事が簡単でよく分りませんけれど、なんでも娘の富美子が賊に誘拐され、その身代金として一万円を奪われたということらしいのです。

私の実家はごく貧乏で、私自身もこうして温泉場にきてまで筆かせぎをしなければならぬほどですが、伯父はどうしてなかなか金持なのです。二、三の相当な会社の重役なども勤めていますし、充分「黒手組」の目標になる資格はありました。日頃なにかと世話にな

＊跳梁＝はびこって自由に動きまわること。＊＊兢々＝おそれつつしむさま。びくびくするさま。

っている伯父のことですから、私は何をおいても見舞に帰らなければなりません。身代金をとられてしまうまで知らずにいたのは迂闊《うかつ》千万です。きっと伯父の方では私の下宿へ電話ぐらいはかけていたのでしょうが、こんどの旅行はどこへも知らせずにきていましたので、新聞の記事になってから、はじめてこの不祥事を知ったわけなのです。

そこで、私は早速荷物をまとめて帰京しました。そして旅装をとくや否や伯父の屋敷へ出掛けました。行ってみますと、どうしたというのでしょう。伯父夫婦が仏壇の前で一心不乱に団扇太鼓《うちわだいこ》や拍子木《ひょうしぎ》をたたいてお題目を唱えているではありませんか。いったい彼らの一家は狂的な日蓮宗《にちれんしゅう》の信者で、一にも二にもお祖師様*なんです。ひどいのは、ちょっとした商人でさえも、まず宗旨《しゅうし》**を確かめた上でなければ出入りを許さないという始末でした。しかしそれにしても、いつもお勤めをする時間ではないのにおかしなこともあるものだと思い、様子をききますと、驚いたことには事件はまだ解決していないのでした。身代金は賊の要求どおり渡したにもかかわらず、肝心の娘がいまだに帰ってこないというのです。彼らがお題目を唱えていたのは、いわゆる苦しい時の神頼みで、お祖師様のお袖にすがって娘を取戻してもらおうというわけだったのでしょう。

ここでちょっと当時の「黒手組」のやり口を説明しておく必要があるようです。あれか

＊お祖師様＝日蓮宗の開祖、日蓮上人の尊称。＊＊宗旨＝宗門。宗派。

らまだ数年にしかなりませんから、読者諸君のうちには当時の模様を御記憶のかたもあるでしょうが、彼らはきまったように、まず犠牲者の子女を誘拐し、それを人質にして巨額の身代金を要求するのです。脅迫状には、いつ何日の何時にどこそこへ金何万円を持参せよと、くわしい指定があって、その場所には「黒手組」の首領がちゃんと待ちかまえています。つまり身代金は被害者から直接賊の手に渡されるのです。なんと大胆なやりかたではありませんか。しかも、それでいて彼らには寸分の油断もありません。誘拐にしろ、脅迫にしろ、金円の受授にしろ、少しの手掛りも残さないようにやってのけるのです。また被害者があらかじめ警察に届け出て、身代金を手渡す場所に刑事などを張り込ませておきますと、どうして察知するのか、彼らは決してそこへやってきません。そして後になって、その被害者の人質は手ひどい目にあわされるのです。思うにこんどの黒手組事件は、よくある不良青年の気まぐれなどではなくて、非常に頭の鋭い、しかもきわめて豪胆な連中の仕業に違いありません。

さて、この兇賊《きょうぞく》のお見舞いを受けた伯父の一家では、今も言いますように、伯父夫妻をはじめ青くなってうろたえていました。一万円の身代金はとられる、娘は返してもらえないというのでは、さすが実業界では古狸《ふるだぬき》とまでいわれている策士の伯父も、手のつけようがないのでしょう。いつになく私のような青二才をたよりにして、何かと相談をする始末です。従妹《いとこ》の富美子は当時十九のしかも非常な美人でしたから、身代金をあたえても戻さぬところを見ると、ひょっとしたら無残にも賊の毒手にもてあそばれているのかもしれません。そうでなかったら、賊は伯父を組みしやすしと見て、一度ではあきたらず、二度、三度身代金を脅喝しようとしているのでしょう。いずれにしても伯父としてはこんな心配なことはありません。

伯父には富美子のほかに一人の息子がありましたが、まだ中学へはいったばかりで力にはなりません。で、さしずめ私が、伯父の助言者という格でいろいろと相談したことですが、よく聞いてみますと、賊のやり方はうわさにたがわず実に巧妙をきわめていて、なんとなく妖怪じみたすごいところさえあるのです。私も犯罪とか探偵とかいうことには人並み以上の興味があり、「D坂の殺人事件」でもご承知のように、時にはみずから素人探偵を気取るほどの稚気《ちき》も持ち合わせているのですから、できることなら一つ本職の探偵の向こうを張ってやろうと、さまざまに頭をしぼってみましたものの、これはとてもだめです。てんで手がかりというものがないのですからね。警察へはもちろん伯父から届け出てありましたけれど、果たして警察の手でこれが解決できましょうか。少なくともきょうまでの成績を見ると、まず覚束《おぼつか》ないものです。

そこで、当然、私は友だちの明智小五郎のことをおもいだしました。彼なればこの事件にもなんとか眼鼻をつけてくれるかもしれません。そう考えますと、私は早速それを伯父に相談してみました。伯父は一人でも余計に相談相手のほしい際ではあり、それに私が日頃明智の探偵的手腕についてよく話をしていたものですから、もっとも、伯父としてはたいして彼の才能を信用してはいなかったようですけれど、ともかく呼んできてくれということになりました。

私は御承知の煙草屋へ車を飛ばしました。そして、いろいろの書物を山と積み上げた例の二階の四畳半で明智に会いました。都合のよかったことには、彼は数日来「黒手組」についてあらゆる材料を蒐集《しゅうしゅう》し、ちょうど得意の推理を組み立てつつあるところでした。しかも彼の口ぶりではどうやら何か端緒をつかんでいる様子なのです。で、私が伯父のことを話しますと、そういう実例にぶっつかるのは願ってもないことだというわけで、早速承諾してくれ、時を移さず連れだって伯父の家へ帰ることができました。

間もなく、明智と私とは伯父の屋敷の数寄《すき》*を凝らした応接間で伯父と対座していました。伯母や書生の牧田なども出てきて話に加わりました。この牧田というのは身代金手交**の当日、伯父の護衛役として現場へ同行した男なので、参考のために伯父に呼ばれたのでした。

取り込みの中で、紅茶だ菓子だといろいろのものが運ばれました。明智は舶来の接待煙草を一本つまんで、つつましやかに煙をはいていましたっけ。伯父はいかにも実業界の古狸といった形で、生来大男のところへ、美食と運動不足のためにデブデブ肥っていますの

＊数寄＝風流の趣向を尽くす。　＊＊身代金手交＝身代金を相手に直接手渡すこと。

で、こんな場合にも、多分に相手を威圧するようなところを失いません。その伯父の両隣に伯母と牧田が坐《すわ》っているのですが、これがまた二人とも痩形《やせがた》で、ことに牧田は人並みはずれた小男ですから、一そう伯父の恰幅《かっぷく》が引き立って見えます。一通り挨拶がすみますと、事情はすでに私からざっと話してあったのですけれど、もう一度詳しく聞きたいという明智の希望で、伯父が説明をはじめました。

「事の起こりは、さよう、今日から六日前、つまり十三日でした。その日のちょうど昼ごろ、娘の富美がちょっと友だちの所までといって、着がえをして家を出たまま晩になっても帰らない。われわれはじめ『黒手組』のうわさに脅かされている際でしたから、先ずこの家内が心配をはじめましてね、その友だちの家へ電話で問い合わせたところが、娘はきょうは一度も行っていないという返事です。さあ驚いてね、わかっているだけの友だちの所へはすっかり電話をかけさせてみたが、どこへも寄っていない。それから、書生や出入りの者などを狩り集めて八方捜索につくしました。その晩はとうとうわれわれは一睡もせずでしたよ」

「ちょっとお話し中ですが、その時、お嬢さんがお出ましになるところを実際に見られたかたがありましたでしょうか」

明智がたずねますと、伯母がかわって答えました。

「はあ、それはもう女どもや書生などがたしかに見たのだそうでございます。ことに梅と中す女中などは、あれが門を出る後姿を見送ってよくおぼえているると申しておりますので……」

「それからあとは一切不明なのですね。ご近所の人とか通行人などで、お嬢さんのお姿を見かけたものもないのですね」

「そうです」と伯父が答えます。「娘は車にも乗らないで行ったのだから、もし知った人に行きあえば、充分顔を見られるはずですが、ここはご存じの通り淋《さび》しい屋敷町で、近所の人といっても、そう出あるかないようだし、それはずいぶんたずね廻《まわ》ってみたのですが、だれ一人娘を見かけたものがないのです。そういうわけで警察へ届けたものかどうだろうと迷っているところへ、その翌日の昼すぎでした。心配していた『黒手組』の脅迫状が舞い込んだのです。もしやと思っていたものの、実に驚かされました。家内などは手ばなしで泣きだす始末でね。脅迫状は警察へ持って行って今ありませんが、文句は、身代金一万円を、十五日午後十一時に、T原の一本松まで現金で持参せよ。持参人は必らず一人きりでくること、若し警察へ訴えたりすれば、人質の生命はないものと思え……娘は身代金を受取った翌日返還する。ざっとまあこんなものでした」

T原というのは、あの都の近郊にある練兵場のT原のことですが、原の東の隅っこの所にちょっとした灌木林《かんぼくりん》*があって、一本松はそのまん中に立っているのです。練兵場といっ

*灌木林＝二〜三メートル以内の低木林。

ても、その辺は昼間でもまるで人の通らぬ淋しい場所で、ことに今は冬のことですから一そう淋しく、秘密の会合場所には持ってこいなのです。

「その脅迫状を警察で検べた結果、何か手掛りでも見つかりませんでしたか」とこれは明智です。

「それがね、まるで手掛りがないというのです。紙はありふれた半紙だし、封筒も茶色の一重の安物で目印もなにもない。刑事は、手跡などもいっこう特徴がないといっていました」

「警視庁にはそういうことを検べる設備はよくととのっていますから、先ず間違いはありますまい。で、消印はどこの局になっていましたでしょう」

「いや、消印はありません。というのは、郵便で送ったのではなく、誰かが表の郵便受函《うけばこ》へ投げ込んで行ったらしいのです」

「それを函からお出しになったのはどなたでしょう」

「私です」書生の牧田が答えた。「郵便物はすべて私が取りまとめて奥様の所へさし出しますんで、十三日の午後の第一回の配達の分を取り出した中に、その脅迫状がまじっておりました」

「何者がそれを投げ込んだかという点も」伯父がつけ加えました。「交番の警官などにもたずねてみたり、いろいろ調べたが、さっぱりわからないのです」

明智はここでしばらく考え込みました。彼はこれらの意味のない問答のうちから、何物かを発見しようとして苦しんでいる様子でした。

「で、それからどうなさいました」

やがて顔を上げた明智が話の先をうながしました。

「わしはよほど警察沙汰にしてやろうかと思いましたが、たとえ一片のおどし文句にもせよ、娘の生命をとると言われては、そうもなりかねる。そこへ、家内もたって止めるものですから、可愛い娘には替えられぬと観念して、残念だが一万円出すことにしました。

脅迫状の指定は今もいう通り、十五日の午後十一時、T原の一本松までということで、わしは少し早目に用意をして、百円札で一万円、白紙に包んだのを懐中し、脅迫状には必ず一人でくるようにとありましたが、家内がばかに心配してすすめますし、それに書生の一人ぐらいつれて行ったって、まさか賊の邪魔にもなるまいと思ったので、もしもの場合の護衛役としてこの牧田をつれて、あの淋しい場所へ出掛けました。笑ってください。わしはこの年になってはじめてピストルというものを買いましたよ。そしてそれを牧田に持たせておいたのです」

伯父はそういって苦笑いをしました。私は当夜の物々しい光景を想像して思わずふき出しそうになるのを、やっとこらえました。この大男の伯父が、世にもみすぼらしい小男のしかも幾ぶん愚鈍な牧田を従えて、闇夜の中をおずおずと現場へ進んで行った、珍妙な様子が眼に見えるようです。

「あのT原の四、五丁手前で自動車をおりると、わしは懐中電燈で道を照らしながら、やっと一本松の下までたどりつきました。牧田は、闇のことで見つかる心配はなかったけれど、なるべく木陰《こかげ》をつたうようにして、五、六間の間隔でわしのあとからついてきました。ご承知の通り一本松のまわりは一帯の灌木林で、どこに賊が隠れているやらわからぬので、可なり気味がわるい。が、わしはじっと辛抱してそこに立っていました。さあ三十分も待ったでしょうかな。牧田、お前はあのあいだどうしていたっけかなあ」

「はあ、ご主人の所から十間ぐらいもありましたかと思いますが、繁みの中に腹這《はらばい》いになって、ピストルの引金に指をかけて、じっとご主人の懐中電燈の光を見詰めておりました。ずいぶん長うございました。私は二、三時間も待ったような気がいたします」

「で、賊はどの方角から参りました？」

明智が熱心に訊《たず》ねました。彼は少からず興奮している様子です。と言いますのは、ソラ、例の頭の毛をモジャモジャと指でかきまわす癖がはじまったのでわかります。

「賊は原っぱの方から来たようです。つまりわれわれが通って行った路とは反対のほうから現われたのです」

「どんなふうをしていました」

「よくはわからなかったが、なんでも真っ黒な着物を着ていたようです。頭から足の先までまっ黒で、ただ顔の一部分だけが、闇の中にほの白く見えていました。それというのが、わしはそのとき賊に遠慮して懐中電燈を消してしまったのでね。だが、非常に背の高い男だったことだけは間違いない。わしはこれで五尺五寸あるのですが、その男はわしよりも二三寸も高かったようです」

「何か言いましたか」

「だんまりですよ。わしの前までくると、一方の手でピストルをさしむけながら、もう一方の手をぐっと突き出したもんです。で、わしも無言で金の包みを手渡ししました。そして、娘の事を言おうとして、口をききかけると、賊のやつやにわに人差指を口の前に立てて、底力のこもった声でシーッというのです。わしはだまってろという合図だと思って何も言いませんでした」

「それからどうしました」

「それっきりですよ。賊はピストルをわしの方に向けたまま、あとじさりにだんだん遠ざかって行って、林の中に見えなくなってしまったのです。わしはしばらく身動きもできないで立ちすくんでいましたが、そうしていても際限がないので、うしろの方を振り向いて小声で牧田を呼びました。すると、牧田は繁みからごそごそ出てきて、もう行きましたかとビクビクもので聞くのです」

「牧田さんの隠れていたところからも賊の姿は見えましたか」

「はあ、暗いのと樹が茂っていたために、姿は見えませんでしたが、何かこう賊の足音のようなものを聞いたかと思います」

「それからどうしました」

「で、わしはもう帰ろうというと、牧田が賊の足跡を検べてみようというのです。つまりあとになって警察に教えてやれば非常な手懸りになるだろうという意見でね。そうだったね牧田」

「はあ」

「足跡が見つかりましたか」

「それがね」伯父は変な顔つきをして言うのです。「わしはどうも不思議でしようがないのですて。賊の足跡というものがなかったのです。これは決してわしたちの見誤まりではないので、きのうも刑事が検べに行ったそうですが、淋しい場所でその後人も通らなかったとみえ、わしたち両人の足跡はちゃんと残っているのに、そのほかの足跡は一つもないということでした」

「ほう、それは非常に面白いですね。もう少し詳しくお話し願えませんでしょうか」

「地面の現われているのは、あの一本松の真下の所だけで、そのまわりには落葉がたまっていたり、草がはえていたりして、足跡はつかないわけですが、その地面の現われている部分には、わしと牧田の下駄の跡しか残っていないのです。ところが、わしの立っている所へきて金包みを受取るためには、どうしたって賊はその足跡の残るような部分へ立ち入っていなければならないのに、それがない。わしの立っていた地面から草のはえている所までは、一ばん短いので二間は充分あったのですからね」

「そこには何か動物の足跡のようなものはありませんでしたか」

明智が意味あり気に訊ねました。伯父はけげんな顔をして、

「え、動物ですって」

と聞き返します。

「例えば、馬の足跡とか犬の足跡とかいうようなものです」

私はこの問答を聞いて、ずっと以前にストランド・マガジンか何かで読んだ一つの犯罪物語を想い浮かべました。それは或る男が、馬の蹄鉄《ていてつ》を靴の底につけて犯罪の場所へ往復したために、殺人の嫌疑を免れたという話でした。明智もきっとそんな事を考えていたのに違いありません。

「さあ、そこまではわしも気がつかなかったが、牧田お前覚えていないかね」

「はあ、どうもよく覚えませんですが、たぶんそんなものはなかったようでございます」

明智はここでまた黙想をはじめました。

私は最初伯父から話を聞いた時にも思ったことですが、今度の事件の中心は、この賊の足跡のないという点にあるのです。それは実に一種不気味な事実でした。

長いあいだ沈黙がつづきました。

「しかし何はともあれ」やがてまた伯父が話しはじめます。「これで事件は落着したのだとわしは大いに安心して帰宅しました。そして翌日は娘が帰ってくるものと信じていました。偉い賊になればなるほど、約束などは必ず守る、一種の泥棒道徳というようなものがあることをかねて聞き及んでいたので、まさか嘘《うそ》はいうまいと安心しておりました。ところがどうでしょう、きょうでもう四日目になるのに娘は帰ってこない。実に言語道断です。たまりかねて、わしはきのう警察に委細《いさい》を届け出ました。けれども、警察はどうも、事件の多い中のことで、余り当てにもなりません。ちょうど幸い甥《おい》があんたとお心安いというので、実は大いに頼みにして御足労を願ったような次第で……」

これで伯父の話は終りました。明智は更にいろいろ細かい点について巧みな質問をして、一つ一つ事実を確かめて行きました。

「ところで」明智は最後に訊ねました。「近頃お嬢さんの所へ、何か疑わしい手紙のようなものでも参っていないでしょうか」

これには伯母が答えました。

「私どもでは娘の所へ参りました手紙類は、必ず一応私が眼を通すことにしておりますので、怪しいものがあればじきにわかるはずでございますが、さようでございますね、近頃べつにこれといって……」

「いや、ごくつまらないような事でも結構です。どうかお気づきの点をご遠慮なくお話し願いたいのですが」

明智は伯母の口調から何か感じたのでしょう、畳みかけるように訊ねました。

「でも、今度の事件にはたぶん関係のないことでしょうと存じますが……」

「ともかくお話なすってみてください。そういうところに往々思わぬ手掛りがあるものです。どうか」

「では申し上げますが、一と月ばかり前から娘の所へ、私どものいっこう聞き覚えのないお名前のかたから、ちょくちょく葉書が参るのでございますよ。いつでしたか。一度私は娘に、これは学校時代のお友だちですかって聞いてみたことがございましたが、娘は、ええと答えはいたしましたものの、どうやら何か隠している様子なのでございます。私も妙に存じまして、一度よく糺《ただ》してみようと考えていますうちに、今度の出来事でございましょう。もうそんな些細《ささい》なことはすっかり忘れておりましたのですが、お言葉でふとおもい出したことがございます。と申しますのは、娘がかどわかされますちょうど前日に、その変な葉書が参っているのでございますよ」

「では、それをいちど拝見願えませんでしょうか」

「よろしゅうございます。たぶん娘の手文庫の中にございましょうから」

そうして伯母は問題の葉書というのを探し出してきました。見ると日付は伯母の言った通り十二日で、差出人は匿名なのでしょう、ただ「やよい」となっています。そして市内の某局の消印がおされていました。文面はこの話の冒頭に掲げておきました「一度おうかがい云々《うんぬん》」のあれです。

私もその葉書を手に取って充分吟味してみましたが、なんの変てつもない、いかにも少女らしい要《よう》でもない文句を並べたものにすぎません。ところが、明智は何を思ったのか、さも一大事という調子で、その葉書をしばらく拝借して行きたいと言うではありませんか。もちろん拒むべき事でもなく、伯父は即座に承諾しましたが、私には明智の考えがちっともわからないのです。

こうして明智の質問はようやく終りを告げましたが、伯父は待ちかねたように彼の意見を問うのでした。すると、明智は考え考え次のように答えました。

「いや、お話を伺っただけでは別段これという意見も立ちかねますが……ともかくやってみましょう。ひょっとしたら、二、三日のうちにお嬢さんをお連れすることができるかもしれません」

さて、伯父の家を辞した私たちは、肩を並べて帰途についたことですが、その折、私がいろいろ言葉を構えて明智の考えを聞き出そうと試みたのに対して、彼はただ、捜査方針の一端をにぎったにすぎないと答え、そのいわゆる捜査方針については、一とことも打ち明けませんでした。

その翌日、私は朝食をすませますと、直ぐに明智の宿を訪ねました。彼がどんなふうにこの事件を解決して行くか、その経路が知りたくてたまらなかったからです。

私は例の書物の山の中に埋没して、得意の瞑想にふけっている彼を想像しながら、心安い間柄なので、ちょっと煙草屋のおかみさんに声をかけて、いきなり明智の部屋への階段を上がろうとしますと、

「あら、きょうはいらっしゃいませんよ。珍らしく朝早くからどっかへお出かけになりましたの」

といって呼び止められました。驚いて行先を訊ねますと、別に言い残してないということです。

さてはもう活動をはじめたかしら、それにしても朝寝坊の彼が、こんな早くから外出するというのは、あまり例のないことだと思いながら、私は一と先ず下宿へ帰りましたが、どうも気になるものですから、少しあいだをおいて、二度も三度も明智を訪問したことです。ところが、何度行って見ても彼は帰っていないのです。そして、とうとう翌日の昼ごろまで待ちましたが、彼はまだ姿を見せないではありませんか。私は少々心配になってきました。宿のおかみさんも非常に心配して、明智の部屋に何か書き残してないか調べてみたりしましたが、そういうものもありません。

私は一応伯父の耳に入れておく方がいいと思いましたので、早速彼の屋敷を訪ねました。伯父夫妻は相変らずお題目を唱えてお祖師様を念じていましたが、事情を話しますと、そ

れは大変だ。明智までも賊の虜になってしまったのではあるまいか。探偵を依頼したのだから、こちらにも充分責任がある。もしやそんなことがあったら明智の親許に対してもなんとも申しわけがないと言って騒ぎ出す始末です。私は明智に限って万々《ばんばん》へまなまねはしまいと信じていましたが、こう周囲で騒がれては、心配しないわけにはいきません。どうしよう、どうしようというちに時間がたつばかりです。

ところが、その日の午後になって、私たちが伯父の家の茶の間へ集まって、小田原評定《おだわらひょうじょう》*をやっているところへ、一通の電報が配達されました。

フミコサンドウコウイマタツ

それは意外にも明智が千葉から打ったものでした。私たちは思わず歓呼の声を上げました。明智も無事だ。娘も帰る。打ちしめっていた一家は、にわかに陽気にざわめいて、まるで花嫁でも迎える騒ぎです。

そうして、待ちかねた私たちの前に、明智のニコニコ顔が現われたのは、もう日暮れごろでした。見ると幾ぶん面《おも》やつれのした富美子が彼のあとに従っていました。ともかく疲れているだろうからという伯母の心づかいで、富美子だけは居間に退《しりぞ》き床についた様子で

＊小田原評定＝戦国大名の北条氏直が豊臣軍に包囲されたため和解の評議を小田原城内でするが、お互いが主張を譲らず話し合いは長引くだけで評議の結論が出ないまま豊臣軍に攻め込まれ、北条家は滅ぼされる。ここから、会議が長引き結論がでないことをいう。

したが、私たちの前にはお祝いとあって、用意の酒肴《しゅこう》がはこばれる。伯父夫妻は明智の手を取らんばかりにして、上座にすえ、お礼の百万遍を並べるという騒ぎでした。無理もありません。国家の警察力をもってしても、長いあいだどうすることもできなかった「黒手組」です。いかに明智が探偵の名人だからといって、そうやすやすと娘が取り戻せようとは、誰にしたって思いもかけなかったのです。それがどうでしょう。明智はたった一人の力でやってのけたではありませんか。伯父夫妻が凱旋《がいせん》将軍でも迎えるように歓待したのは、ほんとうにもっともなことです。彼はまあなんという驚くべき男なのでしょう。さすがの私も、今度こそすっかり参ってしまいました。そこで、皆がこの大探偵の冒険談を聞こうとつめよったものです。黒手組の正体は果たして何者でしょう。

「非常に残念ですが、何もお話しできないのです」明智が少し困ったような顔をして言いました。「いくら私が無謀でも、単身であの兇賊を逮捕するわけにはいきません。私はいろいろ考えた結果、極くおだやかにお嬢さんを取り戻す工夫をしたのです。つまり、賊の方から熨斗《のし》をつけて返上させるといった方法ですね。で、私と『黒手組』とのあいだにこういう約束が取りかわされたのです。すなわち、『黒手組』の方ではお嬢さんも身代金の一万円も返すこと、そして、将来ともお宅に対しては絶対に手出しをしないこと、私の方では、『黒手組』に関しては一切口外しないこと、そして、将来とも『黒手組』逮捕の助力など絶対にやらぬこと、こういうのです。私としてはお宅の損害を回復しさえすれば、それで役目がすむのですから、下手をやって虻蜂《あぶはち》とらずに終るよりはと思って、賊の申し出を承知して帰ったような次第です。そういうわけですから、どうかお嬢さんにも『黒手組』については一切おたずねなさいませんように……で、これが例の一万円です。確かにお渡しします」

そういって彼は白紙に包んだものを伯父に手渡しました。折角楽しみにしていた探偵談を聞くことができないのです。しかし私は失望しませんでした。それは伯父や伯母には話せないかもしれませんが、いくら固い約束だからといって、親友の私だけには打ち明けてくれるだろう。そう考えますと、私は酒宴の終るのが待ち遠しくてしようがありません。

伯父夫妻としては、自分の一家さえ安全なら、賊が逮捕されようとされまいと、そんなことは問題ではないのですから、ただもう明智への礼心で、賑かな杯の献酬《けんしゅう》*がはじめられました。あまり酒のいけぬ明智はじきにまっ赤になってしまって、いつものニコニコ顔を更らに笑みくずしています。罪のない雑談に花が咲いて、陽気な笑い声が座敷一杯にひろがります。その席でどんなことが話されたか、それは、ここにしるす必要もありませんが、ただ次の会話だけはちょっと読者諸君の興味をひきはしないかと思います。

「いやもう、あんたは全く娘の生命の親です。わしはここで誓っときます。将来ともあん

*献酬＝酒を飲み交わすこと。

たのお頼みならどんな無理なことでもきっと承知するということをね。どうです。さし当り何かお望みくださることでもありませんかな」

伯父は明智に杯をさしながら、恵美須《えびす》様のような顔をして言いました。

「それは有難いですね」明智が答えます。「例えばどうでしょう。私の友人の或る男が、お嬢さんに大変こがれているのですが、その男にお嬢さんを頂戴するというような望みでも構いませんでしょうか」

「ハハハハハハ、あんたもなかなか隅に置けない。いや、あんたが先の人物さえ保証してくださりゃ、娘をさし上げまいものでもありませんよ」

伯父はまんざら冗談でもない様子で言いました。

「その友人はクリスチャンなんですが、この点はどうでしょう」

明智の言葉は座興《ざきょう》にしては少し真剣すぎるように思われます。日蓮宗に凝り固まっている伯父は、ちょっといやな顔をしましたが、

「よろしい。わしはいったい耶蘇《やそ》教は大嫌いですが、ほかならんあんたのお頼みとあれば、一つ考えてみましょう」

「いやありがとう。きっといつかお願いに上りますよ。どうか今のお言葉をお忘れないように願います」

この一くさりの会話は、ちょっと妙な感じのものでした。座興と見ればそうとも考えら

れますが、真剣な話と思えば、又そうらしくもあるのです。ふと私は、バリモアの芝居では、あのシャーロック・ホームズが、事件で知合いになった娘と恋におちいり、ついに結婚する筋になっているのを思い出して、密かにほほ笑みました。

伯父はいつまでも引き止めようとしましたが、余り長くなりますので、やがて私たちは暇《いとま》をつげることにしました。伯父は明智を玄関まで送り出して、お礼の寸志だと言いながら、彼が辞退するのも聞かないで、無理に二千円の金包みを明智の懐《ふところ》へ押し込みました。

隠れたる事実

「君、いくら『黒手組』との約束だって、僕にだけは様子を話してくれたっていいだろう」

私は伯父の家の門を出るのを待ちかねて、こう明智に問いかけたものです。

「ああ、いいとも」彼は案外たやすく承知しました。

「じゃ、コーヒーでも飲みながら、ゆっくり話そうじゃないか」

そこで、私たちは一軒のカフェーにはいり、奥まったテーブルを選んで席につきました。

「今度の事件の出発点はね。あの足跡のなかったという事実だよ」

明智はコーヒーを命じておいて、探偵談の口を切りました。

「あれには少なくとも六つの可能な場合がある。第一は伯父さんや刑事が賊の足跡を見落としたという解釈、賊は例えば獣類とか鳥類とかの足跡をつけてわれわれの眼を欺瞞《ぎまん》することができるからね。第二は、これは少し突飛な想像かもしれないが、賊が何かにぶら下がるか、それとも綱渡りでもするか、とにかく足跡のつかぬ方法で現場へやってきたという解釈、第三は伯父さんか牧田かが賊の足跡をふみ消してしまったという解釈、第四は偶然賊の履物と伯父さん又は牧田の履物と同じだったという解釈、この四つは現場を綿密に検べてみたらわかる事柄だ。それから第五は、賊が現場へこなかった、つまり伯父さんが何かの必要から独り芝居を演じたのだという解釈、第六は牧田と賊とが同一人物だったという解釈、この六つだ。

「僕はともかく現場を検べてみる必要を感じたので、あの翌朝、早速T原へ行ってみた。もしそこで第一から第四までの痕跡を発見することができなかったら、さしずめ第五と第六の場合が残るばかりだから、非常に捜査範囲をせばめることができるわけだ。ところがね、僕は現場で一つの発見をしたんだ。警察の連中は大変な見落としをやっていたのだよ。というのは、地面にたくさん、なんだかこう尖《とが》ったもので突いたような跡があるんだ。もっともそれは伯父さんたちの足跡（といっても大部分は牧田の下駄の跡）の下に隠れていて、ちょっと見たんではわからないのだがね。僕はそれを見ていろいろ想像をめぐらしているうちに、ふとある事をおもい出した。天来の妙音とでもいうか、実にすばらしい考えなんだよ。それはね、書生の牧田が小さなからだに似合わない太い黒メリンス*の兵児帯《へこおび》を、大きな結び目をこしらえて締めているだろう。うしろから見るちょっと滑稽な感じだね。僕は偶然あれを覚えていたんだ。これでもう僕には何もかもわかってしまったような気がしたよ」

明智はこう言ってコーヒーを一と口なめました。そして、なんだかじらすような眼つきをして私を眺めるのです。しかし、私には残念ながらまだ彼の推理の跡をたどる力がありません。

「で、結局どうなんだい」

私はくやしまぎれにどなりました。

「つまりね、さっきいった六つの解釈のうち、第三と第六とが当っているんだ。言い換えると、書生の牧田と賊とが同一人物だったのさ」

「牧田だって」私は思わず叫びました。「それは不合理だよ。あんな愚かな、それに正直者で通っている男が……」

「それじゃあね」明智は落ついて言うのです。「君が不合理だと思う点を一つ一つ言ってみたまえ。答えるから」

＊メリンス＝薄く柔らかく織った毛織物。

「数えきれぬほどあるよ」

私はしばらく考えてから言いました。

「第一、伯父は賊が大男の彼よりも二、三寸も背が高かったといっている。そうすると五尺七、八寸はあったはずだ。ところが牧田は反対にあんな小っぽけな男じゃないか」

「反対もこう極端になるとちょっと疑ってみる必要があるよ。一方は日本人としては珍しい大男で、一方は畸形《きけい》に近い小男だね。これは、いかにもあざやかな対照だ。惜しいことに少しあざやか過ぎたよ。もし牧田がもう少し短い竹馬を使ったら、かえって僕は迷わされたかもしれない。ハハハハハハ、わかるだろう。彼はね。竹馬を短くしたようなものをあらかじめ現場に隠しておいて、それを手で持つ代りに両足に縛りつけて用を弁じたんだよ。闇夜でしかも伯父さんからは十間も離れていたんだから、何をしたってわかりやしない。そして、賊の役目を勤めたあとで、今度は竹馬の跡を消すために、わざと賊の跡を調べまわったりなんかしたのさ」

「そんな子供だましみたいなことを、どうして伯父が看破できなかったのだろう。第一、賊は黒い着物だったというのに、牧田はいつも白っぽい田舎縞《いなかじま》を着ているじゃないか」

「それが例のメリンスの兵児帯なんだ。実にうまい考えだろう。あの大幅の黒いメリンスをグルグルと頭から足の先までまきつけりゃ、牧田の小さなからだぐらいわけなく隠れてしまうからね」

あんまり簡単な事実なので、私はすっかりばかにされたような気がしました。

「それじゃ、あの牧田が『黒手組』の手先を勤めていたとでもいうのかい。どうもおかしいね。黒手……」

「おや、まだそんな事を考えているのか、君にも似合わない、ちときょうは頭が鈍っているようだね。伯父さんにしろ、警察にしろ、はては君までも、すっかり、『黒手組』恐怖症にとっつかれているんだからね。まあ、それも時節がら無理もない話だけれど、もし君がいつものように冷静でいたら、なにも僕を待つまでもなく、君の手で充分今度の事件は解決できただろうよ。これには『黒手組』なんてまるで関係がないんだ」

なるほど、私は頭がどうかしていたのかもしれません。こうして明智の説明を聞けば聞くほど、かえって真相がわからなくなってくるのです。無数の疑問が、頭の中でゴッチャになって、こんぐらがって、何から訊ねていいのかわからないくらいです。

「じゃあ、さっき君は、『黒手組』と約束したなんて、なぜあんなでたらめをいったのだい。第一わからないのは、もし牧田の仕業とすれば、彼をだまってほうっておくのも変じゃないか。それから、牧田はあんな男で、富美子を誘拐したり、それを、数日のあいだも隠しておいたりする力がありそうにも思われぬし。現に富美子が家を出た日には、彼は終日伯父の屋敷にいて、一歩もそとへ出なかったというではないか。いったい牧田みたいな男に、こんな大仕事ができるものだろうか。それから……」

「疑問百出だね。だがね、もし君がこの葉書の暗号文を解いていたら、少なくともこれが暗号文だということを看破していたら、そんなに不思議がらないですんだろうよ」

明智はこういって、いつかの日、伯父のところから借りてきた例の「やよい」という署名の葉書を取り出しました（読者諸君、はなはだご面倒ですが、どうかもう一度冒頭のあの文面を読み返してください）。

「もしこの暗号文がなかったら、僕はとても牧田を疑う気になれなかったに違いない。だから、今度の発見の出発点はこの葉書だったといってもいいわけだ。しかもこれが暗号文だと最初からハッキリわかっていたのではない。ただ疑ってみたんだ。疑ったわけはね、この葉書が富美子さんのいなくなるちょうど前日にきていたこと、手跡《しゅせき》がうまくごまかしてあるがどうやら男らしいこと、富美子さんがこれについて聞かれたとき、妙なそぶりを示したことなどもあったが、それよりもね、これを見たまえ、まるで原稿用紙へでも書いたように各行十八字詰めに実に綺麗《きれい》に書いてある。で、ここへ横にずっと線を引いてみるんだ」

彼はそう言いながら、鉛筆を取り出して、ちょうど原稿用紙の横線のようなものを引きました。

「こうするとよくわかる。この線にそってずっと横に眼を通してみたまえ。どの列も半分ぐらい仮名がまじっているだろう。ところがたった一つの例外がある。それは、この一ばんはじめの線に沿った各行の第一字目だ、漢字ばかりじゃないか。

一好割此外町袋自叱歌切

ね、そうだろう」彼は鉛筆でそれを横にたどりながら説明するのです。「これはどうも偶然にしては変だ。男の文章ならともかく、全体として仮名の方がずっと多い女の文章に、一列だけ、こんなにうまく漢字の揃《そろ》うはずがないからね。とにかく僕は研究してみるねうちがあると思ったのだ。あの晩帰ってから一所懸命考えた。幸い、以前暗号についてはちょっと研究したことがあるので、結局、解けたことは解けたがね。一つやってみようか。先ずこの漢字の一列を拾い出して考えるんだ。しかしこのままではおみくじの文句みたいで、いっこう意味がない。何か漢詩か経文などに関係していないかと思って調べてみたが、そうでもない。いろいろやっているうちに、僕はふと二字だけ抹消した文字のあるのに気づいた。こんなに綺麗に書いた文章の中に汚ない消しがあるのはちょっと変だからね。しかもそれが二つとも第二字目なんだ。僕は自分の経験では知っているが、日本語で暗号文を作るとき、一ばん困るのは濁音半濁音の始末だよ。でね、抹消文字はその上に位する漢字の濁音を示すための細工じゃないかと考えたんだ。果たしてそうだとすると、この漢字はおのおの一字ずつの仮名を代表するものでなければならない。それから、紙を何枚も何枚も書きつぶして、ずいぶん考えたが、とうとう解読することができた。つまりこれは漢字の字画がキイなんだよ。それも偏《へん》と旁《つくり》を別々に勘定するんだ。例えば『好』は偏が三画で旁が三画だから３３という組合わせになる。で、それを表にしてみるとこうだ。この中に一つ当て字がある。『叮嚀』は、ほんとうは『丁寧』だが、それでは暗号にぐわいがわるいので、わざと当て字を使ったんだね」

彼は手帳を出して左のような表を書きました。

	偏	旁
一	1	
好	3	3
割	10	2
此	4	2
外	3	2
叮	3	2
袋	11	
自	6	
叱	3	2
歌	10	4
切	2	2

「この数字を見ると、偏の方は十一まで、旁の方は四までしかない。これが何かの数に符合しやしないか。例えばアイウエオ五十音をどうかいうふうに配列した場合の順序を示すものではあるまいか。ところが、アカサタナハマヤラワンと並べてみると、その数はちょうど十一だ。こいつは偶然かもしれないが、まあやってみよう。偏の画の数はアカサタナすなわち子音の順序を示し、旁の画の数はアイウエオすなわち母音の順序を示すものと仮定するのだ。すると『一』は一画で旁がないからア行の第一字目すなわち『ア』となり、『好』は偏が三画だからサ行で、旁が三画だから第三字目の『ス』だ。こうして当てはめて行くと、

『アスヰチジシンバシヱキ』

となる。『ヰ』と『ヱ』はあて字だろう。『ハ』は偏が六で旁が一でなければならないが、適当な字が見当らなかったので、偏だけでごまかしておいたのだろう。果たして暗号だった。ね、『明日一時新橋駅』。さて、年ごろの女のところへ暗号文で時間と場所を知らせてくる。しかもそれがどうやら男の手跡らしい。この場合ほかに考え方があるだろうか。逢引《あいび》きの打ち合わせと見るほかにはね。そうなると、事件は『黒手組』らしくなくなってくるじゃないか。少なくとも『黒手組』を捜索する前に一応この葉書の差出人を取り調べてみる必要があるだろう。ところが、葉書の主は富美子さんのほかに知っている者がない。ちょっと難関だね。しかし一とたびこれを牧田の行為と結びつけて考えてみると、疑問はたちまち解けるのだよ、というのは、もし富美子さんが自分で家出をしたものとすれば、両親のところへ詫状《わびじょう》の一本ぐらいよこしてもよさそうなものじゃないか。この点と、牧田が郵便物を取りまとめる役目だということと結びつけると、ちょっと面白い筋書きが出来上る。つまりこうだ。牧田がどうかして富美子さんの恋を感づいていたとするんだ。ああして不具者みたいな男のことで、その方の猜疑心《さいぎしん》は人一倍発達しているのだろうからね。で、彼は富美子さんからの手紙をにぎりつぶして、その代りに手製の『黒手組』の脅迫状を伯父さんのところへさし出したという順序だ。これは脅迫状が郵便でこなかった点にもあてはまる」

明智はここでちょっと言葉を切った。

「驚いた。だが……」

私がなおもさまざまの疑問について糺そうとすると、

「まあ待ちたまえ」彼はそれを押えつけておいてつづけました。「僕は現場を検《しら》べると、その足で伯父さんの屋敷の門前へ行って牧田の出てくるのを待ち伏せしていた。そして彼が使いにでも行くらしいふうで出てきたのを、うまくごまかして、このカフェーへ連れ込んだ。ちょうど今僕らが坐っているこのテーブルだったよ。僕は彼が正直者だということは、はじめから君と同様に認めていたので、今度の事件の裏には何か深い事情がひそんでいるに違いないと睨《にら》んでいた。でね、絶対に他言しないし、場合によっては相談相手になってやるからと安心させて、とうとう白状させてしまったのだ。

君は多分服部時雄という男を知っているだろう。キリスト教信者だという理由で、富美子さんに対する結婚の申し込みを拒絶されたばかりでなく、伯父さんのところへお出入りまで止められてしまった、あの気の毒な服部君をね。親というものは馬鹿なもので、さすがの伯父さんも、富美子さんと服部君とがとうから恋仲だったことに気づかなかったのだよ。また富美子さんも富美子さんだ。何も家出までしないでも、可愛い娘のことだ、いかに宗教上の偏見があったって、できてしまったものを今さら無理に引き離す伯父さんでもあるまいに、そこは娘心の浅はかというやつだ。それとも案外家出をして脅かしたら頑固な伯父さんも折れるだろうという横着な考えだったかもしれないが、いずれにしても二人は手に手をとって、服部君の田舎の友人の所へ駈落《かけお》ちとしゃれたのさ。むろんそこからたびたび手紙を出したそうだ。それを牧田のやつ一つももらさずにぎりつぶしていたんだね。僕は千葉へ出張して、家では『黒手組』騒動が持ち上がっているのも知らないで、ひたすら甘い恋に酔っている二人を、一と晩かかってくどいたものだよ。あんまり感心した役目じゃなかったがね。で、結局きっと二人が一緒になれるように取り計ろうという約束で、やっと引き離して連れてきたのさ。だが、その約束もどうやら果たせそうだよ。きょうの伯父さんの口ぶりではね。

ところで、今度は牧田の方の問題だが、これもやっぱり女出入りなのだ。可哀そうに先生涙をぽろぽろこぼしていたっけ。あんな男にも恋はあるんだね。相手が何者かは知らないが、おそらく商売人か何かにうまく持ちかけられたとでもいうのだろう。ともかく、その女を手に入れるために、まとまった金が入用だったのだ。そして、聞けば富美子さんが帰ってこないうちに出奔《しゅっぽん》するつもりでいたんだそうだ。僕はつくづく恋の偉力を感じた。あの愚かしい男に、こんな巧妙なトリックを考えださせたのも、全く恋なればこそだよ」

私は聞き終って、ほっと溜息《ためいき》を吐いたことです。なんとなく考えさせられる事件ではありませんか。明智もしゃべり疲れたのか、ぐったりとしています。二人は長いあいだだまって顔を見合わせていました。

「すっかりコーヒーが冷えてしまった。じゃあ、もう帰ろうか」

やがて明智は立ち上がりました。そして、私たちはそれぞれ帰途についたのですが、別れる前に明智は何かおもい出したふうで、先刻伯父から貰《もら》った二千円の金包みを私の方へ差し出しながら言うのです。

「これをね、ついでの時に牧田君にやってくれたまえ。婚資にといってね。君、あれは可哀そうな男だよ」

私は快よく承諾しました。

「人生は面白いね。このおれがきょうは二た組の恋人の仲人《なこうど》をつとめたわけだからね」

明智はそう言って、心から愉快そうに笑うのでした。

幽霊

「辻堂《つじどう》のやつ、とうとう死にましたよ」

腹心のものが、多少手柄顔にこう報告した時、平田《ひらた》氏は少なからず驚いたのである。もっとも、だいぶ以前から、彼が病気で床《とこ》についたきりだということは聞いていたのだけれど、それにしても、あの自分をうるさくつけ狙って、敵《かたき》を（あいつは勝手にそうきめていたのだ）討つことを生涯の目的にしていた男が、「きゃつのどてっ腹へ、この短刀をぐっさりと突きさすまでは、死んでも死にきれない」と口ぐせのようにいっていたあの辻堂が、その目的を果たしもしないで死んでしまったとは、どうにも考えられなかった。

「ほんとうかね」

平田氏は思わずその腹心の者にこう問い返したのである。

「ほんとうになんにも、私は今あいつの葬式の出るところを見とどけてきたんです。念のために近所で聞いてみましたがね。やっぱりそうでした。親子ふたり暮らしのおやじが死んだのですから、息子のやつ可哀そうに、泣き顔で棺《ひつぎ》のそばへついて行きましたよ。おやじに似合わない、あいつは弱虫ですね」

それを聞くと、平田氏はがっかりしてしまった。屋敷のまわりに高いコンクリート塀をめぐらしたのも、その塀の上にガラスの破片を植えつけたのも、門長屋*をほとんどただのような家賃で警官の一家に貸したのも、屈強なふたりの書生を置いたのも、夜分はもちろん、昼間でも、止むを得ない用事のほかはなるべく外出しないことにしていたのも、止むを得ず外出する場合には、必らず書生を伴なうようにしていたのも、それもこれも皆、ただひとりの辻堂が怖いからであった。平田氏は一代で今の大身代を作り上げたほどの男だから、それは時にはずいぶん罪なこともやってきた。彼に深い恨みをいだいている者もふたりや三人ではなかった。といって、それを気にする平田氏ではないのだが、あの半狂乱の辻堂老人ばかりは、彼はほとほと持てあましていたのである。その相手が今死んでしまったと聞くと、彼はホッと安心のため息をつくと同時に、なんだか張合いが抜けたような、淋《さび》しい気持もするのであった。

その翌日、平田氏は念のために自身で辻堂の住まいの近所へ出掛けて行って、それとなく様子をさぐってみた。そして、腹心のものの報告がまちがっていなかったことを確かめることができた。そこで、いよいよ大丈夫だと思った彼は、これまでの厳重な警戒をとい

*門長屋＝武家屋敷などで、両側に家臣や使用人の住む長屋を備えた門。

て、久しぶりでゆったりした気分を味わったことである。

詳しい事情を知らぬ家族の者は、日頃陰気な平田氏が、にわかに快活になって、彼の口からついぞ聞いたことのない笑い声がもれるのを、少なからずいぶかしがった。ところが、この彼の快活な様子はあんまり長くはつづかなかった。家族の者は、今度は、前よりも一そうひどい主人公の憂鬱に悩まされなければならなかった。

辻堂の葬式があってから、三日のあいだは何事もなかったが、その次の四日目の朝のことである。書斎の椅子にもたれて、何心なくその日とどいた郵便物を調べていた平田氏は、たくさんの封書やはがきの中にまじって、一通の、かなりみだれてはいたが、確かに見覚えのある手蹟《しゅせき》で書かれた手紙を発見して、青くなった。


この手紙は、おれが死んでから貴様の所へとどくだろう。貴様は定めしおれの死んだことを小躍りして喜んでいるだろうな。そして、ヤレヤレこれで安心だと、さぞのうのうした気でいるだろうな。ところが、どっこいそうは行かぬぞ。おれのからだは死んでも、おれの魂は貴様をやっつけるまでは決して死なないのだからな。なるほど、貴様のあのばかばかしい用心は生きた人間には利き目があるだろう。たしかにおれは手も足も出なかった。だがな、どんな厳重なしまりでも、すうっと、煙のように通りぬけることのできる魂というやつには、いくら貴様が大金持ちでも策のほどこしようがないだろう。

おい、おれはな、身動きもできない大病にとっつかれて寝ているあいだに、こういうことを誓ったのだよ。この世で貴様をやっつけることができなければ、死んでからも怨霊になって、きっと貴様をとり殺してやるということをな。何十日というあいだ、おれは寝床の中でそればっかり考えていたぞ。その思いが通らないでどうするものか。用心しろ、怨霊というものはな、生きた人間よりもよっぽど恐ろしいものだぞ。

筆蹟《ひっせき》がみだれている上に、漢字のほかは全部片仮名で書かれていて、ずいぶん読みにくいものだったが、そこには大体右のような文句がしるされていた。いうまでもなく、辻堂が病床で呻吟《しんぎん》*しながら、魂をこめて書いたものに違いない。そして、それを自分の死んだあとで息子に投函《とうかん》させたものに違いない。

「なにをばかな。こんな子供だましのおどし文句で、おれがビクビクするとでも思っているのか。いい年をして、さてはやつも病気のせいで、いくらかもうろくしていたんだな」

平田氏は、その場ではこの死人の脅迫状を一笑に付してしまったことだが、さて、だんだん時がたつにつれて、なんともいえない不安が、そろそろと彼の心にわき上がってくるのをどうすることもできなかった。どうにも防禦《ぼうぎょ》の方法がないということが、相手がどん

*呻吟＝うめくこと。苦しみうなること。

なふうに攻めてくるのだか、まるでわからないことが、少なからず彼をイライラさせた。彼は夜となく昼となく、気味のわるい妄想に苦しめられるようになった。不眠症がますますひどくなって行った。

一方においては、辻堂の息子の存在も気がかりであった。あのおやじとはちがって気の弱そうな男に、まさかそんなこともあるまいが、もしやおやじの志をついで、やっぱりおれをつけ狙っているのだったら大変である。そこへ気づくと、彼はさっそく以前辻堂を見張らせるために雇ってあった男を呼びよせ、今度は息子の方の監視を命じるのであった。

それから数ヵ月のあいだは何事もなく過ぎ去った。平田氏の神経過敏と不眠症は容易に回復しなかったけれど、心配したような怨霊のたたりらしいものもなく、又辻堂の息子の方にもなんら不穏の形勢は見えなかった。さすが用心深い平田氏も、だんだん無益なとりこし苦労をばかばかしく思うようになってきた。

ところが、ある晩のことである。

平田氏は珍らしく、たったひとりで書斎にとじこもって何か書き物をしていた。屋敷町のことで、まだ宵のうちであったにもかかわらず、あたりはいやにシーンとしずまり返っていた。ときどき犬の遠吠《とおぼえ》えが物淋しく聞えてくるばかりだった。

「これが参りました」

突然書生がはいってきて、一封の郵便物を彼の机の端に置くと、だまって出て行った。

それは一と目見て写真だということがわかった。十日ばかり前に或《あ》る会社の創立祝賀会が催された時、発起人たちが顔を揃《そろ》えて写真をとったことがある。平田氏もそのひとりだったので、それを送ってきたものに違いない。

平田氏はそんなものに大して興味もなかったけれど、ちょうど書きものに疲れて一服したい時だったので、すぐ包み紙を破って写真を取り出してみた。彼はちょっとのあいだそれを眺めていたが、ふと何か汚ないものにでもさわった時のように、ポイと机の上にほうり出した。そして不安らしい眼つきで、部屋の中をキョロキョロと見廻《まわ》すのであった。

しばらくすると、彼の手がおじおじと、今ほうり出したばかりの写真の方へ伸びて行った。しかし拡げてちょっと見ると、又ポイとほうり出すのだ。二度三度この不思議な動作をくりかえしたあとで、彼はやっと気を落ちつけて写真を熟視することができた。

それは決して幻影ではなかった。眼をこすってみたり、写真の表をなでてみたりしても、そこにある恐ろしい影は消え去りはしなかった。ゾーッと彼の背中を冷たいものが這《は》い上がった。彼はいきなりその写真をずたずたに引きさいてストーブの中に投げ込むと、フラフラと立ちあがって、書斎から逃げ出した。

とうとう恐れていたものがやってきたのだ。辻堂の執念深い怨霊が、その姿を現わしはじめたのだ。

そこには、七人の発起人の明瞭な姿の奥に、朦朧《もうろう》として、ほとんど写真の表面一杯にひろがって、辻堂の無気味な顔が大きく大きく写っていたではないか。そして、そのもやもやのような顔の中にまっ暗な二つの眼が平田氏の方を恨めしげに睨《にら》んでいたではないか。

平田氏はあまりの恐ろしさに、ちょうど物におびえた子供のように、頭から蒲団《ふとん》をひっ被って、その晩はよっぴてブルブルとふるえていたが、翌朝になると、太陽の力は偉いものだ！　彼は少しばかり元気づいたのである。

「そんなばかなことがあろうはずはない。ゆうべはおれの眼がどうかしていたのだ」

しいてそう考えるようにして、彼は朝日のカンカン照りこんでいる書斎へはいっていった。見ると残念なことには、写真は焼けてしまって跡形もなくなっていたけれど、それが夢でなかった証拠には、写真の包み紙が机の上にちゃんと残っていた。

よく考えてみると、どちらにしても、恐ろしいことだった。もしあの写真にほんとうに辻堂の顔が写っていたのだったら、それはもう、例の脅迫状もあることだし、こんな無気味な話はない。世の中には理外の理というものがないとも限らないのだ。それとも又、実はなんでもない写真が、平田氏の眼にだけあんなふうに見えたのだとしても、それでは、いよいよ辻堂の呪いにかかって、気が変になりはじめたのではないかと、一そう恐ろしく感ぜられるのだ。

二、三日のあいだというもの、平田氏はほかのことは何も思わないで、ただあの写真のことばかり考えていた。もしや、どうかして同じ写真屋で辻堂が写真をとったことがあって、その種板《たねいた》*と今度の写真の種板とが二重に焼き付けられたとでもいうことではないかしら、そんなばかばかしいことまで考えて、わざわざ写真屋へ使いをやって調べさせたが、むろんそのような手落ちのあろうはずもなく、それに、写真屋の台帳には辻堂という名前はひとりもないこともわかった。

それから一週間ばかりのちのことである。関係している会社の支配人から電話だというので、平田氏が何心《なにごころ》なく卓上電話の受話器を耳にあてると、そこから変な笑い声が聞こえてきた。

「ウフフフフフ……」

遠いところのようでもあり、そうかと思うと、すぐ耳のそばで非常な大きな声で笑っているようにも思われた。こちらからいくら声をかけても、先方は笑っているだけだった。

「モシモシ、君は××君ではないのかね」

平田氏がかんしゃくを起こしてこうどなりつけると、その声はだんだん小さくなって、ウ、ウ、ウ、ウ、と、すうっと遠くの方へ消えて行った。そして、「ナンバン、ナンバン、ナンバン」という交換手のかんだかい声がそれに代わった。

平田氏はいきなりガチャンと受話器をかけると、しばらくのあいだじっと一つ所を見つ

*種板＝写真の原板。乾板。

めて身動きもしないでいた。そうしているうちに、なんとも形容できない恐ろしさが、心の底からジリジリと込み上げてきた……あれは聞き覚えのある辻堂自身の笑い声ではなかったか……平田氏はその卓上電話器が何か恐ろしいものででもあるように、でもそれから眼を離すことはできないで、あとじさりにそろそろとその部屋を逃げ出すのであった。

平田氏の不眠症はだんだんひどくなって行った。やっと睡りついたかと思うと、突然気味わるい叫び声を立てて飛び起きるようなこともたびたびあった。家族の者は主人の妙な様子に少なからず心配した。そして医者に見てもらうことをくどく勧めた。平田氏は、もしできることなら、ちょうど幼い子供が「怖いよう」といって母親にすがりつくように、誰かにすがりつきたかった。そして、このごろの怖さ恐しさをすっかり打ち明けたかった。でもさすがにそうもなりかねるので、「なあに、神経衰弱だろう」といって、家族の手前をとりつくろい、医者の診察を受けようともしなかった。

そしてまた数日が過ぎ去った。ある日のこと、平田氏が重役を勤めている会社の株主総会があって、彼はその席で少しばかりおしゃべりをしなければならなかった。その半年のあいだの会社の営業状態はこれまでにない好成績を示していたし、ほかに別段心配するような問題もなかったので、ただ通り一ぺんの報告演説をすれば事はすむのであった。彼は百人近くも集まった株主たちの前に立って、もうそういう事には慣れきっているので、至極板についた態度口調で、話を進めるのであった。

ところが、しばらくおしゃべりをつづけているうちに、むろんそのあいだには、聴衆である株主たちの顔をそれからそれへと眺め廻していたのだが、ふと変なものが眼にはいった。彼はそれに気づくと、思わず演説をやめて、人々があやしむほども長いあいだ、だまったまま棒立ちになっていた。

そこには、たくさんの株主たちのうしろから、あの死んだ辻堂と寸分ちがわない顔がじっとこちらを見つめていたのだ。

「上述の事情でございまして」

平田氏は気を取りなおしたように一段と声をはり上げて、演説をつづけようとした。だがどうしたものか、いくら元気を出してみても、その気味のわるい顔から眼をそらすことができないのである。彼はだんだんうろたえ出した。話の筋もしどろもどろになってきた。すると、その辻堂と寸分ちがわない顔が、平田氏の狼狽《ろうばい》をあざけりでもするように、いきなりニヤリと笑ったではないか。

平田氏はどうして演説を終ったか、ほとんど無我夢中であった。彼はヒョイとおじぎをしてテーブルのそばを離れると、人々が怪しむのもかまわず、部屋の出口の方へ走って行って、彼をおびやかしたあの顔の持ち主を物色した。しかし、いくら探してもそんな顔は見あたらないのだ。念のために一度上座の方へ戻って、元の位置に近い所から、株主たちの顔を一人々々見直しても、もう辻堂に似た顔さえ見いだすことができなかった。

その会場の大広間は、人の出入り自由な或るビルディングの中にあったのだが、考えようによっては、偶然、聴衆の中に辻堂と似た人物がいて、それが平田氏の探した時には、もう立去ったあとだったかもしれない。でも世の中にあんなによく似た顔があるものだろうか。平田氏はどう考え直してみても、それが瀕死《ひんし》の辻堂のあの恐ろしい宣言に関係があるような気がしてしようがなかった。

それ以来、平田氏はしばしば辻堂の顔を見た。ある時は劇場の廊下で、ある時は公園の夕闇の中で、ある時は旅行先の都会のにぎやかな往来で、ある時は彼の屋敷の門前でさえ。この最後の場合などは、平田氏は危うく卒倒するところであった。ある夜ふけに、よそから帰った彼の自動車が今門をはいろうとした時だった。門の中から一つの人影がすうっと出てきて自動車とすれちがったが、すれちがう時に、実に瞬間の出来事だった、その顔が自動車の窓からヒョイと覗《のぞ》いたのである。

それがやっぱり辻堂の顔だった。しかし、玄関について、そこに出迎えていた書生や女中などの声でやっと元気を回復した平田氏が、運転手に命じて探させた時分には、人影はもうその辺には見えなかった。

「ひょっとしたら、辻堂のやつ、生きているのではないかな。そして、こんなお芝居をやっておれを苦しめようというのではないかな」

平田氏はふとそんなふうに疑ってみた。しかし、絶えず辻堂の息子を見張らせてある腹心の者からの報告では、少しも怪しむべきところはなかった。もし辻堂が生きているのだったら、長いあいだには一度ぐらいは息子のところへやってきそうなものだが、そんなけぶりも見えないのだ。それに第一おかしいのは、生きた人間に、あんなにこちらの行く先がわかるものだろうか。平田氏は平常から秘密主義の男で、外出する場合にも召使いはもちろん家族の者にさえ、行く先を知らさないことが多かった。だから例の顔が彼の行く先々へ現われるためには、絶えず彼の屋敷の門前に張り込んでいて自動車のあとをつけるほかはないのだが、その辺の淋しい場所で、ほかの自動車がくればそれに気のつかぬはずはなく、また自動車を雇おうにも、近くにガレージはないのだ。といって、まさか徒歩であとをつけるわけにも行くまい。どう考えてみても、やっぱりこれは怨霊の祟《たた》りと思うほかはなかった。

「それともおれの気の迷いかしら」

だが、たとえ気の迷いであっても、恐ろしさに変わりはなかった。彼ははてしもなく思いまどった。

ところが、そうしていろいろと頭を悩ましているうちに、ふと一つの妙案が浮かんできた。

「これならもう確かなもんだ。なぜ早くそこへ気がつかなかったのだろう」

平田氏はいそいそと書斎へはいって行って、筆をとると、辻堂の郷里の役場へあてて、彼の息子の名前で、戸籍謄本下付願を書いた。もし戸籍謄本の表に辻堂が生きて残っているようだったらもう占めたものだ。どうかそうあってくれるようにと平田氏は祈った。

数日たつと、役場から戸籍謄本が届いた。しかし平田氏のがっかりしたことには、そこには、辻堂の名前の上に十文字に朱線が引かれて、上欄には死亡の年月日時間と届書を受け付けた日付けとが明瞭に記入されていた。もはや疑う余地はないのだ。

「近頃どうかなすったのではありませんか。おからだのぐあいでも悪いんじゃないんですか」

平田氏に会うと誰もが心配そうな顔をしてこんなことを言った。平田氏自身でも、なんだかめっきり年をとったような気がした。頭のしらがも一、二ヵ月以前にくらべると、ずっとふえたように思われた。

「いかがでしょう。どこかへ保養にでもいらしってみては」

医者に見てもらうことはいくら言ってもだめなので、家族の者は今度は彼に転地をすすめるのであった。平田氏とても、門前であの顔に出あってからというものは、もう家にいても安心できないような気がして、旅行でもして気分を変えてみたらと思わないではなかったので、そこで、そのすすめをいれて、しばらく或る暖かい海岸へ転地することにした。

あらかじめ行きつけの旅館へ、部屋を取って置くようにハガキを出させたり、当座の入用の品を調《ととの》えさせたり、お供の人選をしたり、そんなことが平田氏を久しぶりで明かるい気持にした。彼は、いくらかわざとではあったけれど、若い者が遊山にでも行く時のようにはしゃいでいた。

さて、海岸へ行ってみると、予期した通りすっかり気分が軽くなった。海岸のはればれした景色も気に入った。醇朴《じゅんぼく》*なあけっぱなしな町の人たちの気風も気に入った。旅館の部屋も居心地がよかった。そこは海岸ではあったけれど、海水浴場というよりはむしろ温泉町として名高い所だった。彼はその温泉へはいったり、暖かい海岸を散歩したりして日を暮らした。

心配していた例の顔も、この陽気な場所へ現われそうにもなかった。平田氏は今では人のいない海岸を散歩する時にも、もうあまりビクビクしないようになっていた。

ある日、彼はこれまでになく、少し遠くまで散歩したことがあった。うかうかと歩いているうちに、ふと気がつくといつの間にか夕闇が迫っていた。あたりには、広い砂浜に人影もなく、ドドン……ザー、ドドン……ザーッと寄せては返す波の音ばかりが、思いなしか何か不吉なことを告げ知らせでもするように、気味わるく響いていた。

彼は大急ぎで宿の方へ引き返した。可なりの道のりであった。悪くすると半分も行かぬうちに日が暮れきってしまうかもしれなかった。彼はテクテク、テクテク、汗を流して急いだ。


*醇朴＝すなおでかざりけのないこと。人情厚くいつわりのないこと。

あとから誰かついてくるように聞こえる自分の足音に、彼は思わずハッとふり返ったりした。何かがひそんでいそうな松並木のうす暗い影も気になった。

しばらく行くと、行く手の小高い砂丘の向こう側に、チラと人影が見えた。それが平田氏をいくらか心丈夫にした。早くあのそばまで行って話しかけでもしたら、この妙な気持が直るだろうと、彼は更に足を早めてその人影に近づいた。

近づいてみると、それはひとりの男が、もうだいぶ年寄りらしかったが、向こうをむいてじっとうずくまっているのだった。そのようすは、何か一心不乱に考え込んでいるらしく見えた。

それが、平田氏の足音に気づいたのか、びっくりしたように、いきなりヒョイとこちらをふり向いた。灰色の背景の中に、蒼白《あおじろ》い顔がくっきりと浮き出して見えた。

「アッ」

平田氏はそれを見ると、押しつぶされたような叫び声を発した。そしてやにわに走り出した。五十男の彼が、まるでかけっこをする小学生のように滅多無性に走った。

ふりむいたのは、もうここでは大丈夫だと安心しきっていた、あの辻堂の顔だったのである。

「危ない」

夢中になって走っていた平田氏が、何かにつまずいてばったり倒れたのを見ると、ひとりの青年がかけ寄ってきた。

「どうなすったのです。ア、怪我をしましたね」

平田氏は生爪をはがして、うんうん唸《うな》っているのだ。青年は袂《たもと》から取り出した新らしいハンケチで手ぎわよく傷の上に包帯をすると、極度の恐怖と傷の痛みとで、もう一歩も歩けぬほど弱っている平田氏を、ほとんどだくようにしてその宿へつれ帰った。

自分でも寝込んでしまうかと心配したのが、そんなこともなく、平田氏は翌日になると割合い元気に起き上がることができた。足の痛みで歩き廻るわけにはいかなかったけれど、食事など普通にとった。

ちょうど朝飯をすませたところへ、きのう世話をしてくれた青年が見舞いにきた。彼もやっぱり同じ宿に泊まっていたのだ。見舞いの言葉やお礼の挨拶が、だんだん世間話に移って行った。平田氏はそういう際で、話し相手がほしかったのと、礼心とで、いつになく快活に口をきいた。

同席していた平田氏の召使いがいなくなると、それを待っていたように、青年は少し形を改めてこんなことを言った。

「実は僕はあなたがここへいらした最初から、ある興味をもってあなたのご様子に注意していたのですよ……何かあるのでしょう。お話しくださるわけにはいきませんかしら」

平田氏は少からず驚いた。この初対面の青年が、いったい何を知っているというのだろう。それにしてもあまりぶしつけな質問ではないか。彼はこれまで一度も辻堂の怨霊について人に話したことはなかった。恥かしくってそんなばかばかしいことは言えなかったのだ。だから今この青年の質問に対しても、彼はむろんほんとうのことを打ち明けようとはしなかった。

だが、しばらく問答をくり返しているあいだに、それはまあなんという不思議な話術であったか。青年はまるで魔法使いのように、さしもに堅い平田氏の口をなんなくひらかせてしまったのである。平田氏がちょっと口をすべらしたのがいとぐちだった。もし相手が普通の人間だったら、なんなく取り繕うこともできたであろうけれど、青年にはだめだった。彼は世にもすばらしい巧みさをもって、次から次へと話を引き出して行った。一つは、ゆうべあの恐ろしい出来事のあったけさであったためもあろうが、平田氏はまるで自由を失った人のように、話をそらそうとすればするほど、だんだん深みへはまって行くのだった。そしてついには、辻堂の怨霊に関するすべてのことが、あますところなく語りつくされてしまったのである。

聞きたいだけ聞いてしまうと、今度は、青年は話を引き出した時にも劣らぬ、実に巧みな話術をもって、ほかの世間話に移っていった。そして、彼が長座を詫《わ》びて部屋を出て行った時には、平田氏は無理に打ち明け話をさせられたことを不快に感じていなかったばかりか、その青年がどうやらたのもしくさえ思われたのである。

それから十日ほどは別段のこともなく過ぎ去った。平田氏はもうこの土地にもあきていたけれど、足の傷がまだ痛むのと、それを無理に帰京して淋しい屋敷へ帰るよりは、この賑やかな宿屋住いの方がいくらか居心地がよかろうと思ったのとで、ずっと滞在をつづけていた。一つは新らしく知り合いになった青年がなかなか面白い話し相手だったことも、彼を引き止めるのにあずかって力があった。

その青年がきょうもまた彼の部屋をおとずれた。そして、突然、変に笑いながらこんなことを言うのだった。

「もうどこへいらっしゃっても大丈夫ですよ。幽霊は出ませんよ」

一瞬間、平田氏はその言葉の意味がわからなくて、まごついた。彼のあっけにとられたような表情のうちには、痛いところへさわられた人の不快がまじっていた。

「突然申し上げては、びっくりなさるのもごもっともですが、決して冗談ではありません。幽霊はもういけどってしまったのです。これをごらんなさい」

青年は片手に握った一通の電報をひろげて平田氏に示した。そこにはこんな文句がしるされていた。

「ゴメイサツノトオリ一サイジハクシタホンニンノショチサシズコウ」

「これは東京の僕の友人からきたのですが、この一サイジハクシタというのは、辻堂の幽霊、いや幽霊ではない生きた辻堂が自白したことですよ」

とっさの場合、判断をくだす暇もなく、平田氏はただあっけにとられて、青年の顔とその電報とを見くらべるばかりであった。

「実は僕はこんな事を探して歩いている男なんですよ。この世の中の隅々から、何か秘密な出来事、奇怪な事件を見つけ出しては、それを解いて行くのが僕の道楽なんです」

青年はニコニコしながら、さも無造作に説明するのだった。

「先日あなたからあの怪談をうけたまわった時も、その僕のくせで、これには何かからくりがありやしないかと考えてみたんです。お見受けするところ、あなたは御自分で幽霊を作り出すような、そんな弱い神経の持ち主でないように思われます。それに、ご当人はお気づきがないかもしれませんが、幽霊の現われる場所がどうやら制限されているではありませんか。なるほど、御旅行先などへついてくるところを見ると、いかにもどこへでも自由自在に現われるように思われますが、よく考えてみますと、それがほとんど屋外に限られていることに気づきます。たとえ屋内の場合があっても、劇場の廊下だとか、ビルディングの中だとか、誰でも出入りできる場所に限られています。ほんとうの幽霊なら何も不自由らしくそとばかりに姿を現わさないだって、あなたのお屋敷へ出たってよさそうなものではありませんか。ところがお屋敷へはというと、例の写真と電話のほかは、これも誰でも出入りできる門のそばでちょっと顔を見せたばかりです。そういうことは少し幽霊の自然に反していやしないでしょうか。そこで、僕はいろいろ考えてみたのですよ。ちょっと面倒な点があって時間をとりましたが、でもとうとう幽霊をいけどってしまいました」

平田氏はそう聞いても、どうも信じられなかった。彼も一度はもしや辻堂が生きているのではないかと疑って、戸籍謄本までとり寄せたのだ。そして失敗したのだ。いったいこの青年はどういう方法でこんなにやすやすと幽霊の正体をつきとめることができたのであろう。

「なあに、実に簡単なからくりなんです。それがちょっとわからなかったのは、あまり手段が簡単すぎたためかもしれませんよ。でも、あのまことしやかな葬式には、あなたでなくともごまかされそうですね。翻訳物の探偵小説ではあるまいし、まさか東京のまん中でそんなお芝居が演じられようとは、ちょっと想像できませんからね。それから辻堂が辛抱強く息子との往来を絶っていたこと、これが非常に重大な点です。他の犯罪の場合でもそうですが、相手をごまかす秘訣《ひけつ》は、自分の感情を押し殺して、世間普通の人情とはまるで反対のやり方をすることです。人間というやつは兎角《とにかく》わが身に引き比べて人の心をおしはかるもので、その結果一度誤まった判断をくだすとなかなか間ちがいに気がつかぬものですよ。又幽霊を現わす手順もうまく行っていました。先日あなたもおっしゃった通り、あしてこちらの行く先、行く先へついて来られては、誰だって気味がわるくなりますよ。そこへもってきて戸籍謄本です。道具立てがよく揃っていたじゃありませんか」

「それです。もし辻堂が生きているとすれば、どうしても腑に落ちないのは、第一はあの変な写真ですが、しかしこれはまあ私の見誤まりだったとしても、今おっしゃった行く先を知っていること、それから、戸籍謄本です。まさか戸籍謄本に間ちがいがあろうとも考えられないではありませんか」

いつの間にか青年の話につり込まれた平田氏は、思わずこうたずねるのであった。

「僕もおもにその三つの点を考えたのですよ。これらの不合理らしく見える事実を合理化する方法がないものかということをね。そして、結局、このまるでちがった三つの事柄に或る共通点のあることを発見しました。なあにくだらないことですがね。でもこの事件を解決する上には非常に大切なんです。それは、どうも皆郵便物に関係があるということでした。写真は郵送してきたのでしょう。戸籍謄本も同じことです。そして、あなたの外出なさる先は、これもやっぱり日々の御文通に関係があるではありませんか。ハハハハ、おわかりになったようですね。辻堂はあなたのご近所の郵便局の配達夫を勤めていたのですよ。むろん変装はしていたでしょうが。よく今までわからないでいたものです。お宅へくる郵便物もお宅から出る郵便物も、すっかり彼は見ていたに違いありません。わけはないのです。封じ目を蒸気に当てれば、少しもあとの残らないように開封できるのですから、写真や謄本はこういうふうにして彼が細工したものですよ。あなたの行く先とても、いろいろな手紙を見ていれば自然わかるわけですから、郵便局の非番の日なり、口実をかまえて欠勤してなり、あなたの行く先へ先廻りして幽霊を勤めていたのでしょう」

「しかし写真の方は少し苦心をすればまあできぬこともありますまいが、戸籍謄本なんかがそんなに急に偽造できるでしょうか」

「偽造ではないのです。ただちょっと戸籍吏《り》の筆蹟をまねて書き加えさえすればいいのですよ。謄本の紙では書いてあるやつを消しとることはむずかしいでしょうけれど、書き加えるのはわけはありません。万遺漏《ばんいろう》*のないお役所の書類にもちょいちょい抜け目があるものですね。変な言い方ですが、戸籍謄本には人が生きていることを証明する力はないのです。戸主ではだめですが、その他の者だったら、ただ名前の上に朱を引き上欄に死亡届を受け付けたことを記入さえすれば、生きているものでも死んだことになるのですからね。誰にしたって、お役所の書類といえば、もうめくら滅法に信用してしまうくせがついていますからね。僕はあの日にあなたからうかがった辻堂の本籍地へ、もう一通戸籍謄本を送ってくれるように手紙を出しました。そして送ってきたのを見ますと、僕の思った通りでした。これですよ」

青年はそういってふところから一通の戸籍謄本を取り出すと、平田氏の前にさし置いた。そこには、戸主の欄には辻堂の息子が、そして次の欄には当の辻堂の名前がしるされていた。彼は死亡を装う前に既に隠居していたのだ。見ると、名前の上に朱線も引かれていな

*万遺漏＝万が一にも手ぬかりのあること。

ければ、上欄には隠居届を受け付けたむね記載してあるばかりで、死亡の死の字も見えないのであった。

実業家平田氏の交友録に、素人探偵明智小五郎の名前が書き加えられたのは、こうしたいきさつからであった。

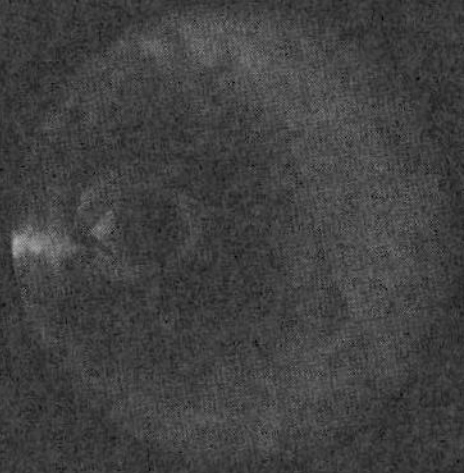

屋根裏の散歩者

1

多分それは一種の精神病ででもあったのでしょう。郷田三郎《ごうださぶろう》は、どんな遊びも、どんな職業も、何をやってみても、いっこうこの世が面白くないのでした。

学校を出てから——その学校とても一年に何日と勘定のできるほどしか出席しなかったのですが——彼にできそうな職業は、片っ端からやってみたのです、けれど、これこそ一生を捧《ささ》げるに足ると思うようなものには、まだひとつも出くわさないのです。おそらく彼を満足させる職業などは、この世に存在しないのかもしれません。長くて一年、短かいのは一と月ぐらい、彼は職業から職業へと転々しました。そして、とうとう見切りをつけたのか、今では、もう次の職業を探すでもなく、文字通り何もしないで、面白くもないその日その日を送っているのでした。

遊びの方もその通りでした。かるた、球突き、テニス、水泳、山登り、碁、将棋、はては各種の賭博《とばく》に至るまで、とてもここには書き切れないほどの、遊戯という遊戯はひとつ残らず、娯楽百科全書というような本まで買い込んで、探し廻《まわ》って試みたのですが、職業同様、これはというものもなく、彼はいつも失望させられていました。だが、この世には「女」と「酒」という、どんな人間だって一生涯飽きることのない、すばらしい快楽があるではないか。諸君はきっとそうおっしゃるでしょうね。ところが、わが郷田三郎は、不思議とその二つのものに対しても興味を感じないのでした。酒は体質に適しないのか、一滴も飲めませんし、女の方は、むろんその慾望《よくぼう》がないわけではなく、相当遊びなどもやっているのですが、そうかといって、これあるがために生き甲斐《がい》を感じるというほどには、どうしても思えないのです。

「こんな面白くない世の中に生き長らえているよりは、いっそ死んでしまった方がましだ」ともすれば、彼はそんなことを考えました。しかし、そんな彼にも、生命をおしむ本能だけは備わっていたとみえて、二十五歳のきょうが日まで、「死ぬ死ぬ」といいながら、つい死に切れずに生き長らえているのでした。

親許から月々いくらかの仕送りを受けることのできる彼は、職業を離れても別に生活には困らないのです。一つはそういう安心が、彼をこんな気まま者にしてしまったのかもしれません。そこで彼は、その仕送り金によって、せめていくらかでも面白く暮らすことに腐心しました。たとえば、職業や遊戯と同じように、頻繁に宿所を換えて歩くことなどもそのひとつでした。彼は、少し大げさにいえば、東京中の下宿屋を一軒残らず知っていました。一と月か半月もいると、すぐに次の別の下宿屋へと住みかえるのです。むろんそのあいだには、放浪者のように旅をして歩いたこともあります。或《あ》いはまた仙人のように山奥へ引き込んでみたこともあります。でも、都会に住みなれた彼には、とても淋《さび》しい田舎に長くいることはできません。ちょっと旅に出たかと思うと、いつのまにか、都会のともし火に、雑沓《ざっとう》に、引き寄せられるように、彼は東京へ帰ってくるのでした。そして、そのたびごとに下宿を換えたことはいうまでもありません。

さて、彼が今度移ったうちは、東栄館という、新築したばかりの、まだ壁に湿り気のあるような、新らしい下宿屋でしたが、ここで彼はひとつのすばらしい楽しみを発見しました。そして、この一篇《いっぺん》の物語は、その彼の新発見に関連したある殺人事件を主題とするのですが、お話をその方に進める前に、主人公の郷田三郎が、素人探偵の明智小五郎と知り合いになり、今までいっこう気づかないでいた「犯罪」という事柄に、新らしい興味を覚えるようになったいきさつについて、少しばかりお話ししておかねばなりません。

二人が知り合いになったきっかけは、或るカフェで彼らが偶然一緒になり、その時同伴していた友だちが、明智を知っていて紹介したことからでしたが、三郎はその時、明智の聡明《そうめい》らしい容貌や、話しっぷりや、身のこなしなどに、すっかり引きつけられてしまって、それからはしばしば彼を訪ねるようになり、また時には彼の方からも三郎の下宿へ遊びにくるような仲になったのです。明智の方では、ひょっとしたら、三郎の病的な性格に（一種の研究材料として）興味を見いだしていたのかもしれませんが、三郎は明智からさまざまの魅力に富んだ犯罪談を聞くことを、他意もなく喜んでいるのでした。

　同僚を殺害して、その死体を実験室の竈《かまど》で灰にしてしまおうとしたウェブスター博士の話、数ヵ国の言葉に通暁《つうぎょう》し、言語学上の大発見までしたユージン・エアラムの殺人罪、いわゆる保険魔で、同時にすぐれた文芸批評家であったウエーンライトの話、小児の臀肉《でんにく》を煎《せん》じて義父の癩病《らいびょう》を治そうとした野口男三郎の話、さては、あまたの女を女房にしては殺して行った、いわゆるブルーベヤドのランドルーだとか、アームストロングなどの残虐な犯罪談、それらが退屈しきっていた郷田三郎をどんなに喜ばせたことでしょう。明智の雄弁な話しぶりを聞いていますと、それらの犯罪物語は、まるで、けばけばしい極彩色の絵巻物のように、底知れぬ魅力をもって、三郎の眼前にまざまざと浮かんでくるのでした。

　明智を知ってから、二、三ヵ月というものは、三郎は殆《ほと》んどこの世の味気なさを忘れたかに見えました。彼はさまざまの犯罪に関する書物を買い込んで、毎日毎日それに読み耽《ふけ》るのでした。それらの書物の中には、ポーだとかホフマンだとか、或いはガボリオだとか、そのほかいろいろの探偵小説なども混じっていました。「ああ、世の中には、まだこんな面白いことがあったのか」彼は書物の最終のページをとじるごとに、ホッとため息をつきながら、そう思うのでした。そして、できることなら、自分も、それらの犯罪物語の主人公のような、目ざましい、けばけばしい遊戯をやってみたいものだと、大それたことまで考えるようになりました。

しかし、いかな三郎も、さすがに法律上の罪人になることだけは、どう考えてもいやでした。彼はまだ、両親や、兄弟、親戚知己《ちき》などの悲歎《ひたん》や侮辱を無視してまで、楽しみに耽る勇気はないのです。それらの書物によりますと、どのような巧妙な犯罪でも、必ずどこかに破綻があって、それが犯罪発覚のいと口になり、一生涯警察の眼をのがれているということは、ごく僅かの例外を除いては、全く不可能のように見えます。彼にはただそれが恐ろしいのでした。彼の不幸は、世の中のすべての事柄に興味を感じないで、事もあろうに「犯罪」にだけ、いい知れぬ魅力を覚えたことでした。そして、いっそうの不幸は、発覚を恐れるために、その「犯罪」を行ない得ないということでした。

そこで彼は、ひと通り手に入るだけの書物を読んでしまうと、今度は「犯罪」のまね事をはじめました。まね事ですから、むろん処罰を恐れる必要はないのです。それはたとえばこんなことを。

彼はもうとっくに飽き果てていた、あの浅草に再び興味を覚えるようになりました。おもちゃの箱をぶちまけて、その上からいろいろのあくどい絵の具をたらしかけたような浅草の遊園地は、犯罪嗜好者《しこうしゃ》にとっては、こよなき舞台でした。彼は、そこへ出かけては、映画館と映画館のあいだの、人ひとり漸く通れるくらいの細い暗い路地や、共同便所のうしろなどにある、浅草にもこんな余裕があるのかと思われるような、妙にがらんとした空き地を、好んでさ迷いました。そして、犯罪者が同類と通信するためでもあるかのように、白墨でその辺の壁に矢の印を書いて廻ったり、金持ちらしい通行人を見かけると、自分がスリにでもなった気で、どこまでもどこまでも、そのあとを尾行してみたり、妙な暗号文を書いた紙切れを――それにはいつも恐ろしい殺人に関する事柄などを認めてあるのです――公園のベンチの板のあいだへはさんでおいて、木かげに隠れて、誰かがそれを発見するのを待ち構えていたり、そのほかこれに類したさまざまの遊戯を行なっては、独り楽しむのでした。

彼はまた、しばしば変装をして、町から町をさまよい歩きました。労働者になってみたり、乞食になってみたり、学生になってみたり、いろいろの変装をした中でも、女装をすることが、最も彼の病癖を喜ばせました。そのためには、彼は着物や時計などを売りとばして金を作り、高価なかつらだとか女の古着だとかを買い集め、長い時間かかって、好みの女すがたになりますと、頭の上からすっぽりと外套《がいとう》*をかぶって、夜ふけに下宿屋の入口を出るのです。そして、適当な場所で外套をぬぐと、あるときは淋しい公園をぶらついてみたり、あるときはもうはねる時分の映画館へはいって、わざと男子席の方へ紛れ込んで

＊外套＝防寒・防雨のため洋服の上に着る衣類。オーバー。

みたり〔註、大正時代の映画館は男女の席がわかれていた〕はては、そこの男たちに、きわどいいたずらまでやってみるのです。そして、服装による一種の錯覚から、さも自分が妲《だっ》己《き》のお百だとか、うわばみお由だとかいう毒婦にでもなった気持で、いろいろな男たちを自由自在に翻弄する有様を想像しては、喜んでいたのです。

しかし、これらの犯罪のまねごとは、或る程度まで彼の慾望を満足させてはくれましたけれども、そして、時にはちょっと面白い事件を惹《ひ》き起こしなぞして、その当座は充分慰めにもなったのですけれど、まねごとはどこまでもまねごとで、危険がないだけに——「犯罪」の魅力は見方によってはその危険にこそあるのですから——興味も乏しく、そういつまでも彼を有頂天にさせる力はありませんでした。ものの三ヵ月もたちますと、いつとなく彼はこの楽しみから遠ざかるようになりました。そして、あんなにもひきつけられていた明智との交際も、だんだん遠々しくなって行くのでした。

2

以上のお話によって、郷田三郎と明智小五郎との交渉、または三郎の犯罪嗜好癖などについて、読者に呑《の》み込んでいただいた上、さて、本題に戻って、東栄館という新築の下宿屋で、郷田三郎がどんな楽しみを発見したかという点に、お話を進めることにいたしましょう。

　三郎が東栄館の建築ができ上がるのを待ちかねて、いの一番にそこへ引き移ったのは、彼が明智と交際を結んだ時分から、一年以上もたっていました。従ってあの「犯罪」のまねごとにも、もうほとんど興味がなくなり、といって、ほかにそれにかわるような楽しみもなく、彼は毎日毎日の退屈な長々しい時間を、過ごしかねていました。東栄館に移った当座は、それでも、新しい友だちができたりして、いくらか気がまぎれていましたけれど、人間というものはなんと退屈きわまる生きものなのでしょう。どこへ行ってみても、同じような思想を、同じような表情で、同じような言葉で、繰り返し繰り返し発表し合っているにすぎないのです。せっかく下宿屋を替えて、新らしい人たちに接してみても、一週間たつかたたないうちに、彼はまたしても、底知れぬ倦怠《けんたい》の中に沈みこんでしまうのでした。

　そうして、東栄館に移って十日ばかりたった或る日のことです。退屈のあまり、彼はふと妙なことを考えつきました。

　彼の部屋には——それは二階にあったのですが——安っぽい床の間の隣に、一間《けん》の押入れがついていて、その内部は、鴨居《かもい》と敷居とのちょうど中程に、押入れ一杯の頑丈な棚があって、上下二段にわかれているのです。彼はその下段の方に数個の行李《こうり》*を納め、上段には蒲団《ふとん》をのせることにしていましたが、一々そこから蒲団を取り出して、部屋のまん中へ

＊行李＝竹や柳で編んだ箱形の荷物入れ。旅行で荷物を運ぶのに使ったが、衣類入れにも使う。

敷くかわりに、始終棚の上に寝台のように蒲団《ふとん》を重ねておいて、眠くなったらそこへ上がって寝ることにしたらどうだろう。彼はそんなことを考えたのです。これが今までの下宿屋であったら、たとえ押入れの中に同じような棚があっても、壁がひどく汚れていたり、天井に蜘蛛《くも》の巣が張っていたりして、ちょっとその中へ寝る気にはなれなかったのでしょうが、ここの押入れは、新築早々のことですから非常に綺麗《きれい》で、天井もまっ白なれば、黄色く塗った滑らかな壁にも、しみひとつできてはいませんし、そして、全体の感じが、棚の作り方にもよるのでしょうが、なんとなく船の中の寝台に似ていて、妙に、一度そこへ寝てみたいような誘惑を感じさえするのです。

そこで、彼はさっそくその晩から押入れの中へ寝ることをはじめました。この下宿は、部屋ごとに内部から戸締まりができるようになっていて、女中などが無断ではいってくるようなこともなく、彼は安心してこの奇行をつづけることができるのでした。さて、そこへ寝てみますと、予期以上に感じがいいのです。四枚の蒲団を積み重ね、その上にフワリと寝ころんで、眼の上二尺ばかりの所に迫っている天井を眺める心持は、ちょっと異様な味わいのあるものです。襖《ふすま》をピッシャリ締め切って、隙間から洩《も》れてくる糸のような電気の光を見ていますと、なんかこう自分が探偵小説の中の人物にでもなったような気がして、愉快ですし、またそれを細目にあけて、そこから、自分自身の部屋を、泥棒が他人の部屋をでも覗《のぞ》くような気持で、いろいろの激情的な場面を想像しながら、眺めているのも、興味がありました。時によると、彼は昼間から押入れにはいり込んで、一間と三尺の長方形の箱のような中で、大好物の煙草をプカリプカリとふかしながら、取りとめもない妄想に耽ることもありました。そんな時には、しめ切った襖の隙間から、押入れの中で火事でもはじまったのではないかと思われるほど、おびただしい白煙が洩れているのでした。

ところが、この奇行を二、三日つづけるあいだに、彼はまたしても、妙なことに気がついたのです。飽きっぽい彼は、三日目あたりになると、もう押入れの寝台にも興味がなくなって、所在なさに、そこの壁や、寝ながら手の届く天井板に、落書きなどをしていましたが、ふと気がつくと、ちょうど頭の上の一枚の天井板が、釘《くぎ》を打ち忘れたのか、なんだかフカフカと動くようなのです。どうしたのだろうと思って、手で突っぱって持ち上げてみますと、なんなく上の方へはずれることははずれるのですが、妙なことには、その手を離すと、釘づけにした箇所はひとつもないのに、まるでバネ仕掛けのように、もと通りになってしまいます。どうやら、何者かが上からおさえつけているような手ごたえなのです。

はてな、ひょっとしたら、ちょうどこの天井板の上に、何か生きものが、たとえば大きな青大将か何かがいるのではあるまいかと、三郎は俄《にわ》かに気味がわるくなってきましたが、そのまま逃げ出すのも残念なものですから、なおも手で押し試みていますと、ズッシリと重い手ごたえを感じるばかりでなく、天井板を動かすたびに、その上でなんだかゴロゴロと鈍い音がするではありませんか。いよいよ変です。そこで彼は思い切って、力まかせにその天井板をはねのけてみました。すると、その途端、ガラガラという音がして、上から何かが落ちてきたのです。彼はとっさの場合、ハッと片わきへ飛びのいたからよかったものの、もしそうでなかったら、その物体に打たれて大怪我をしているところでした。

「なあんだ、つまらない」

ところが、その落ちて来た物体を見ますと、何か変ったものであればよいがと、少なからず期待していた彼は、あまりのことに呆《あき》れてしまいました。それは漬物石を小さくしたような、ただの石ころにすぎないのでした。よく考えてみれば、別に不思議でもなんでもありません。電燈工夫が天井裏へもぐる通路にと、天井板を一枚だけわざとはずして、そこからゴミなどが押入れにはいらぬように、石ころで重しがしてあったのです。

それはいかにも、とんだ喜劇でした。でも、その喜劇が機縁となって、郷田三郎は、あるすばらしい楽しみを発見することになったのです。

彼はしばらくのあいだ、自分の頭の上にひらいている、ほら穴の入口とでもいった感じのする、その天井の穴を眺めていましたが、ふと、持ち前の好奇心から、いったい天井裏というものは、どんなふうになっているのだろうと、おそるおそるその穴に首を入れて、四方を見まわしました。それはちょうど朝のことで、屋根の上にはもう陽が照りつけているとみえ、方々の隙間からたくさんの細い光線が、まるで大小無数の探照燈を照らしてでもいるように、屋根裏の空洞へさし込んでいて、そこは存外明かるいのです。

先ず眼につくのは、縦に長々と横たえられた、太い、曲がりくねった、大蛇のような棟《むな》木《ぎ》*です。明かるいといっても屋根裏のことで、そう遠くまでは見通しが利かないのと、それに、細長い建物ですから、実際長い棟木でもあったのですが、それが、向こうの方は霞《かす》んで見えるほど、遠く遠く連なっているように思われます。そして、その棟木と直角にこれは大蛇の肋骨《ろっこつ》に当たるたくさんの梁《はり》が、両側へ、屋根の傾斜に沿ってニョキニョキと突き出ています。それだけでもずいぶん雄大な景色ですが、その上、天井を支えるために、梁から無数の細い棒が下がっていて、それがまるで鍾乳洞の内部を見るような感じを起こさせます。

「これはすてきだ」

一応屋根裏を見まわしてから、三郎は思わずそうつぶやくのでした。病的な彼は、世間普通の興味にはひきつけられないで、常人には下らなく見えるような、こうしたことに、かえって、言い知れぬ魅力をおぼえるのです。

その日から、彼の「屋根裏の散歩」がはじまりました。夜となく昼となく、暇さえあれば、彼は泥棒猫のように足音を盗んで、棟木や梁の下を伝い歩くのです。幸いなことには、建てたばかりの家ですから、屋根裏につき物のクモの巣もなければ、煤《すす》やホコリもまだ少

＊棟木＝棟（むね）に用いる材木。

しも溜《たま》っていず、鼠《ねずみ》の汚したあとさえありません。ですから、着物や手足の汚なくなる心配はないのです。彼はシャツ一枚になって、思うがままに屋根裏を跳梁《ちょうりょう》*しました。時候もちょうど春のことで、屋根裏だからといって、さして暑くも寒くもないのです。

3

東栄館の建物は、下宿屋などにはよくある、中央に庭を囲んで、そのまわりに、桝型《ますがた》に、部屋が並んでいるような作り方でしたから、したがって、屋根裏もずっとその形につづいていて、行き止まりというものがありません。彼の部屋の天井裏から出発して、グルッとひと廻りしますと、また元の彼の部屋の上まで帰ってくるようになっています。

下の部屋々々には、さも厳重に壁の仕切りができていて、その出入口には締まりをするための金具まで取りつけてあるのに、一度天井裏に上がってみますと、これはまたなんという開放的な有様でしょう。誰の部屋の上を歩き廻ろうと、自由自在なのです。もしその気があれば、三郎の部屋のと同じような、石ころの重しのしてある箇所が方々にあるのですから、そこから他人の部屋へ忍び込んで、盗みを働くこともできます。廊下を通って、

＊跳梁＝はねまわること。

それをするのは、今もいうように、桝型の建物の各方面に人眼があるばかりでなく、いつなん時ほかの下宿人や女中などが通り合わさないとも限りませんから、非常に危険ですけれど、天井裏の通路からでは、絶対にその危険がありません。

それからまた、ここでは他人の秘密を隙見することも、勝手次第なのです。新築とはいっても、下宿屋の安普請《やすぶしん》*のことですから、天井には到る所に隙間があります――部屋の中にいては気がつきませんけれど、暗い屋根裏から見ますと、その隙間が意外に多いのに一驚《いっきょう》を喫《きっ》します――稀《まれ》には、節穴さえもあるのです。

この屋根裏という屈強の舞台を発見しますと、郷田三郎の頭には、いつの間にか忘れてしまっていた、あの犯罪嗜好癖がまたムラムラと湧き上がってくるのでした。この舞台でならば、あの当時試みたそれよりも、もっともっと刺戟《しげき》の強い、「犯罪のまね事」ができるに違いない。そう思うと、彼はもう嬉《うれ》しくてたまらないのです。どうしてまあ、こんな手近な所に、こんな面白い興味があるのを、今日まで気づかないでいたのでしょう。魔物のように暗闇の世界を歩き廻って、二十人に近い東栄館の二階じゅうの下宿人の秘密を、次から次へと隙見して行く、そのことだけでも、三郎はもう充分愉快なのです。そして、久かたぶりで、生き甲斐を感じさえするのです。

＊安普請＝安い費用で家屋などを立てること。

彼はまた、この「屋根裏の散歩」を、いやが上にも、興深くするために、先ず、身支度からして、さも本ものの犯罪人らしく装うことを忘れませんでした。ピッタリ身についた、濃い茶色の毛織のシャツ、同じズボン下――なろうことなら、昔映画で見た、女賊プロテアのように、真っ黒なシャツを着たかったのですけれど、あいにくそんな物は持ち合わせていないので、まあ我慢することにして……足袋をはき手袋をはめ――天井裏は、皆荒削りの木材ばかりで、指紋の残る心配などはほとんどないのですが――そして、手にはピストルが……欲しくても、それがないので、懐中電燈を持つことにしました。

夜ふけなど、昼とは違って、洩れて来る光線の量がごく僅かなので、一寸《すん》先も見分けられぬ闇の中を、少しも物音を立てないように注意しながら、その姿で、ソロリソロリと天井裏を這《は》っていますと、何かこう、自分が蛇にでもなったような気がして、われながら妙に恐ろしくなってきます。でも、その恐ろしさが、なんの因果か、彼にはゾクゾクするほど嬉しいのです。

こうして、数日、彼は有頂天になって、「屋根裏の散歩」をつづけました。そのあいだには、予期にたがわず、いろいろと彼を喜ばせるような出来事があって、それをしるすだけでも、充分一篇の小説ができ上がるほどですが、この物語の本題には直接関係のない事柄ですから、残念ながら端折《はしょ》って、ごく簡単に二、三の例をお話しするにとどめましょう。

天井からの隙見というものが、どれほど異様に興味のあるものだかは、実際やってみた人でなければおそらく想像もできますまい。たとえ、その下に別段の事件が起こっていなくても、誰も見ているものがないと信じて、その本性をさらけ出した人間というものを観察するだけで、充分面白いのです。よく注意してみますと、ある人々は、そのそばに他人のいる時と、ひとり切りの時とでは、立居ふるまいはもちろん、その顔の相好《そうごう》までが、まるで変るものだということを発見して、彼は少なからず驚きました。それに、ふだん、横から同じ水平線で見るのと違って、真上から見おろすのですから、この、眼の角度の相違によって、あたり前の座敷が、ずいぶん異様な景色に感じられます。人間は頭のてっぺんや両肩が、本箱、机、箪笥《たんす》、火鉢などは、その上方の面だけが主として眼に映ります。そして、壁というものは、ほとんど見えなくて、そのかわりに、すべての品物のバックには、畳が一杯にひろがっているのです。

何事がなくても、こうした興味がある上に、そこには、往々にして、滑稽な、悲惨な、或いは物凄い光景が展開されています。ふだん過激な反資本主義の議論を吐いている会社員が、誰も見ていない所では、貰《もら》ったばかりの昇給の辞令を、折鞄《おりかばん》から出したり、しまったり、幾度も幾度も、飽かず打ち眺めて喜んでいる光景、ゾロリとしたお召の着物を不断着にして、はかない豪奢《ごうしゃ》*ぶりを示している或る相場師が、いざ床につく時には、その、昼

*豪奢＝ぜいたくで、はでなこと。

間はさも無造作に着こなしていた着物を、女のように、丁寧に畳んで、蒲団の下へ敷くばかりか、しみでもついたのと見えて、それを丹念に口で舐《な》めて――お召などの小さな汚れは、口で舐めとるのがいちばんいいのだといいます――一種のクリーニングをやっている光景、何々大学の野球の選手だというニキビづらの青年が、運動家にも似合わない臆病さをもって、女中への付け文*を、食べてしまった夕飯のお膳の上へ、のせてみたり、思い返して引っ込めてみたり、またのせてみたり、モジモジと同じことを繰り返している光景。中には、大胆にも、淫売婦(?)を引き入れて、茲《ここ》に書くことを憚《はばか》るような、すさまじい狂態を演じている光景さえも、たれ憚らず、見たいだけ見ることができるのです。

三郎はまた、下宿人と下宿人との、感情の葛藤を研究することに、興味を持ちました。同じ人間が、相手によって、さまざまに態度をかえて行く有様、今の先まで、笑顔で話し合っていた相手を、隣の部屋へきては、まるで不倶戴天《ふぐたいてん》**の仇《あだ》でもあるように罵っている者もあれば、コウモリのように、どちらへ行っても、都合のいいお座なりを言って、蔭《かげ》でペロリと舌を出している者もあります。そして、それが女の止宿人《ししゅくにん》***――東栄館の二階には一人の女画学生がいたのです――になるといっそう興味があります。「三角関係」どころではありません。五角六角と、複雑した関係が、手に取るように見えるばかりか、競争者

*付け文＝恋文。**不倶戴天＝親のかたき。命をかけても報復しなければやまないほど深く怨むこと。***止宿人＝宿泊する人。

たちの誰も知らない本人の真意が、局外者の「屋根裏の散歩者」にだけ、ハッキリとわかるではありませんか。おとぎ話に隠れ蓑《みの》というものがありますが、天井裏の三郎は、いわばその隠れ蓑を着ているも同然なのです。

もしその上、他人の部屋の天井板をはがして、そこへ忍び込み、いろいろないたずらをやることができたら、いっそう面白かったでしょうが、三郎には、その勇気がありませんでした。そこには、三室に一ヵ所くらいの割合で、三郎の部屋のと同様に、石ころで重しをした抜け道があるのですから、忍び込むのは造作もありませんけれど、いつ部屋のぬしが帰ってくるかしれませんし、そうでなくとも、窓はみな透明なガラス障子になっていますから、そとから見つけられる危険もあり、それに、天井板をめくって押入れの中へ降り、襖をあけて部屋にはいり、また押入れの棚へよじのぼって、元の屋根裏へ帰る、そのあいだには、どうかして物音を立てないとも限りません。それを廊下や隣室から気づかれたら、もうおしまいなのです。

さて、或る夜ふけのことでした。三郎は、一巡《ひとまわり》「散歩」をすませて、自分の部屋へ帰るために、梁から梁を伝っていましたが、彼の部屋とは、庭を隔てて、ちょうど向かい側になっている棟の、一方の隅の天井に、ふと、これまで気のつかなかった、かすかな隙間を発見しました。径二寸*ばかりの雲形をして、糸よりも細い光線が洩れているのです。なんだろうと思って、彼はソッと懐中電燈をともして、調べてみますと、それは可なり大きな木の節で、半分以上まわりの板から離れているのですが、その半分で、やっとつながり、あやうく節穴になるのをまぬがれたものでした。ちょっと爪でこじりさえすれば、なんなく離れてしまいそうなのです。そこで、三郎はほかの隙間から下を見て、部屋のあるじがすでに寝ていることを確かめた上、音のしないように注意しながら、長いあいだかかって、とうとうそれをはがしてしまいました。都合のいいことには、はがしたあとの節穴が杯形に下側が狭くなっていますので、その木の節を元々通りつめてさえおけば、下へ落ちるようなことはなく、そこにこんな大きな覗き穴があるのを、誰にも気づかれずにすむのです。

これはうまいぐあいだと思いながら、その節穴から下を覗いてみますと、ほかの隙間のように、縦には長くても、幅はせいぜい一分内外の不自由なのと違って、下側の狭い方でも直径一寸以上はあるのですから、部屋の全景が楽々と見渡せます。そこで、三郎は思わず道草を食って、その部屋を眺めたことですが、それは偶然にも、東栄館の止宿人の内で、三郎のいちばん虫の好かぬ、遠藤という歯科医学校卒業生で、目下はどっかの歯医者の助手を勤めている男の部屋でした。その遠藤が、いやにのっぺりしたむしずの走るような顔を、いっそうのっぺりさせて、すぐ眼の下に寝ているのでした。

ばかに几帳面《きちょうめん》な男と見えて、部屋の中は、ほかのどの止宿人のそれにもまして、キチン

＊二寸＝約六・〇六㎝。

と整頓しています。机の上の文房具の位置、本箱の中の書物の並べ方、蒲団の敷き方、枕許に置き並べた、舶来物でもあるのか、見なれぬ形の眼覚し時計、漆器の巻煙草入れ、色硝子の灰皿、いずれを見ても、それらの品物の主人公が、世にも綺麗好きな人物であることがわかります。また遠藤自身の寝姿も実に行儀がいいのです。ただ、それらの光景にそぐわぬのは、彼が大きな口をあいて、雷のような鼾《いびき》をかいていることでした。

三郎は、何か汚ないものでも見るように眉をしかめて、遠藤の寝顔を眺めました。彼の顔は、綺麗といえば綺麗です。なるほど彼自身で吹聴する通り、女などには好かれる顔かもしれません。しかし、なんという間伸びな、長々とした顔の造作でしょう。濃い頭髪、顔全体が長い割には変に狭い富士額《びたい》、短かい眉、細い眼、始終笑っているような目尻の皺《しわ》、長い鼻、そして異様に大ぶりな口。三郎はこの口がどうにも気に入らないのでした。鼻の下の所から段をなして、上顎と下顎とが、オンモリと前方へせり出し、その部分一杯に、青白い顔と妙な対照をなして、大きな紫色の唇がひらいています。そして、肥厚性鼻炎ででもあるのか、始終鼻を詰まらせ、その大きな口をポカンとあけて呼吸をしているのです。鼾をかくのも、やっぱり鼻の病気のせいなのでしょう。

三郎は、いつでもこの遠藤の顔を見さえすれば、何だかこう背中がムズムズしてきて、彼ののっぺりした頬っぺたを、いきなり殴りつけてやりたいような気持になるのでした。

4

そうして、遠藤の寝顔を見ているうちに、三郎はふと妙なことを考えました。それは、その節穴から唾をはけば、ちょうど遠藤の大きくひらいた口の中へ、うまくはいりはしないかということでした。なぜなら、彼の口は、まるで誂《あつら》えでもしたように、節穴の真下の所にあったのです。三郎は物好きにも、腿引《ももひき》の下にはいていた、猿股*の紐《ひも》を抜き出して、それを節穴の上に垂直に垂らし、片眼を紐にくっつけて、ちょうど銃の照準でも定めるように、ためしてみますと、不思議な偶然です。紐と、節穴と、遠藤の口とが、全く一点に見えるのです。つまり節穴から唾を吐けば、必ず彼の口へ落ちるに違いないことがわかったのです。

しかし、まさかほんとうに唾を吐きかけるわけにもいきませんので、三郎は、節穴を元通りに埋めておいて、立ち去ろうとしましたが、その時、不意にチラリと、或る恐ろしい考えが彼の頭に閃《ひら》めきました。彼は思わず、屋根裏のくら闇の中で、まっ青になってブルブルと震えました。それは実に、なんの恨みもない遠藤を殺害するという考えだったのです。

＊猿股＝男子が用いる腰や股をおおう短いももひき。

彼は遠藤に対してなんの恨みもないばかりか、まだ知合いになってから半月もたってはいないのでした。それも、偶然二人の引っ越しが同じ日だったものですから、それを縁に、二、三度部屋を訪ね合ったばかりで、別に深い交渉があるわけではないのです。では、なぜその遠藤を殺そうなどと考えたかといいますと、今もいうように、彼の容貌や言動が殴りつけたいほど虫が好かぬということも、多少手伝っていましたけれど、三郎のこの考えの主たる動機は、相手の人物にあるのではなくて、ただ殺人行為そのものの興味にあったのです。さっきからお話ししてきた通り、三郎の精神状態は非常に変態的で、犯罪嗜好癖ともいうべき病気を持っていて、その犯罪の中でも彼が最も魅力を感じたのは殺人罪なのですから、こうした考えの起こるのも決して偶然ではないのです。ただ、今までは、たとえしばしば殺意を生ずることがあっても、罪の発覚を恐れて、一度も実行しようなどと思ったことがないばかりです。

ところが、今の遠藤の場合は、全然疑いを受けないで、発覚のおそれなしに、殺人が行なわれそうに思われます。わが身に危険さえなければ、たとえ相手が見ず知らずの人間であろうと、三郎はそんなことを顧慮するのではありません。むしろ、その殺人行為が残虐であればあるほど、彼の異常な欲望は、いっそう満足させられるのでした。それでは、なぜ遠藤に限って殺人罪が発覚しないか——少なくとも三郎がそう信じていたか——と言いますと、それには次のような事情があったのです。

東栄館へ引っ越して四、五日たった時分でした。三郎は懇意になったばかりの、或る同宿者と、近所のカフェへ出掛けたことがあります。その時、同じカフェに遠藤も来ていて、三人がひとつテーブルへ寄って酒を――もっとも酒の嫌いな三郎はコーヒーでしたけれど――飲んだりして、三人とも大分いい心持になって、連れ立って下宿へ帰ったのですが、少しの酒に酔っぱらった遠藤は、「まあ僕の部屋へ来てください」と無理に二人を彼の部屋へ引っぱり込みました。遠藤は独りではしゃいで、夜がふけているのも構わず、女中を呼んでお茶を入れさせたりして、カフェから持ち越しののろけ話を繰り返すのでした――三郎が彼を嫌い出したのはその晩からです――その時、遠藤は、まっ赤に充血した唇をペロペロと舐め廻しながら、さも得意らしくこんなことを言うのでした。

「その女とですね、僕は一度情死*をしかけたことがあるのですよ。まだ学校にいたころですが、ホラ、僕のは医学校でしょう。薬を手に入れるのはわけないんです。で、二人が楽に死ねるだけのモルヒネを用意して、聞いてください、塩原へ出かけたもんです」

そう言いながら、彼はフラフラと立ち上がって、押入れの前へ行き、ガタガタ襖をあけると、中に積んであった行李の底から、ごく小さい、小指の先ほどの、茶色の瓶を探してきて、聴き手の方へさし出すのでした。瓶の中には、底の方にホンのぽっちり、何か白い

＊情死＝相愛の男女が一緒に自殺すること。

ものがはいっていました。

「これですよ。これっぽっちで、充分二人の人間が死ねるのですからね……しかし、あなた方、こんなことをしゃべっちゃいやですよ、ほかの人に」

そして、彼ののろけ話は、さらに長々と、止めどもなくつづいたことですが、三郎は今、その時の毒薬のことを、計らずも思い出したのです。

「天井の節穴から、毒薬を垂らして、人殺しをする！　まあ何という奇想天外な、すばらしい犯罪だろう」

彼は、この妙案に、すっかり有頂天になってしまいました。よく考えてみれば、その方法は、いかにもドラマティックなだけ、可能性に乏しいものだということがわかるのですが、そしてまた、何もこんな手数のかかることをしないでも、ほかにいくらも簡便な殺人法があったはずですが、異常な思いつきに眩惑《げんわく》させられた彼は、何を考える余裕もないのでした。そして、彼の頭には、ただもうこの計画についての都合のいい理窟ばかりが、次から次へと浮んでくるのです。

先ず薬を盗み出す必要がありました。が、それはわけのないことです。遠藤の部屋を訪ねて話し込んでいれば、そのうちには、便所へ立つとかなんとか、彼が席をはずすこともあるでしょう。そのすきに、見覚えのある行李から、茶色の小瓶を取り出しさえすればいいのです。遠藤は、始終その行李の底を調べているわけではないのですから、二日や三日で気のつくこともありますまい。たとえまた、気づかれたところで、その毒薬の入手径路が、すでに違法なのですから、表沙汰になるはずもなく、それに、上手にやりさえすれば、誰が盗んだのかもわかりはしません。

そんなことをしないでも、天井から忍び込む方が楽ではないでしょうか。いやいや、それは危険です。先にもいうように、部屋のぬしがいつ帰ってくるかしれませんし、ガラス障子のそとから見られる心配もあります。第一、遠藤の部屋の天井には、三郎の室のように、石ころで重しをした、あの抜け道がないのです。どうしてどうして、釘づけになっている天井板をはがして忍び入るなんて危険なことができるものですか。

さて、こうして手に入れたこな薬を、水に溶かして、鼻の病気のために始終ひらきっぱなしの遠藤の大きな口へ垂らし込めば、それでいいのです。ただ心配なのは、うまく呑み込んでくれるかどうかという点ですが、なに、それも大丈夫です。なぜといって、薬がごく少量で、溶き方を濃くしておけば、ほんの数滴で足りるのですから、熟睡している時なら、気もつかないくらいでしょう。また、気がついたにしてもおそらく吐き出す暇なんかありますまい。それから、モルヒネが苦い薬だということも、三郎はよく知っていましたが、たとえ苦くとも分量が僅かですし、なおその上に砂糖でも混ぜておけば、万々失敗する気遣いはありません。誰にしても、まさか天井から毒薬が降ってこようなどとは想像もしないでしょうから、遠藤がとっさの場合、そこへ気のつくはずはないのです。

しかし、薬がうまく利くかどうか、遠藤の体質に対して、多すぎるか或いは少なすぎるかして、ただ苦悶《くもん》するだけで死に切らないというようなことはあるまいか。これが問題です。なるほどそんなことになれば非常に残念ではありますが、でも、三郎の身に危険を及ぼす心配はないのです。というのは、節穴は元々通り蓋をしてしまいますし、天井裏にも、そこにはまだホコリなど溜まっていないのですから、なんの痕跡も残りません。指紋は手袋で防いであります。たとえ天井から毒薬を垂らしたことがわかっても、誰の仕業だか知れるはずはありません。殊に彼と遠藤とは、昨今の交際で、恨みを含むような間柄でないことは周知の事実なのですから、彼に嫌疑のかかる道理がないのです。いや、そうまで考えなくても、熟睡中の遠藤に、薬の落ちてきた方角などが、わかるものではありません。

これが、三郎の屋根裏で、また部屋へ帰ってから、考え出した虫のいい理窟でした。読者はすでに、たとえ以上の諸点がうまく行くとしても、そのほかにひとつの重大な錯誤のあることを気づかれたことと思います。が、彼はいよいよ実行に着手するまで、不思議にも、そこへ気がつかないのでした。

5

三郎が、都合のよい折を見計らって、遠藤の部屋を訪問したのは、それから四、五日たった時分でした。むろんそのあいだには、彼はこの計画について、繰り返し繰り返し考えた上、大丈夫危険がないと見極めをつけることができたのです。のみならず、いろいろと新らしい工夫をつけ加えもしました。たとえば、毒薬の瓶の始末についての考案もそれです。

もしうまく遠藤を殺害することができたならば、彼はその瓶を、節穴から下へ落としておくことにきめました。そうすることによって、彼は二重の利益が得られます。一方では、もし発見されれば重大な手掛りになるところのその瓶を、隠匿する世話がなくなること、他方では、死人のそばに毒物の容器が落ちていれば、誰しも遠藤が自殺したのだと考えるに違いないこと、そして、その瓶が遠藤自身の品であるということは、いつか三郎と一緒に彼ののろけ話を聞かされた男が、うまく証明してくれるに違いないのです。なお都合のよいのは、遠藤は毎晩、キチンと締まりをして寝ることでした。入口はもちろん、窓にも、中から金具で締まりがしてあるので、外部からは絶対にはいれないことでした。

さてその日、三郎は非常な忍耐力をもって、顔を見てさえむしずの走る遠藤と、長いあいだ雑談をかわしました。話のあいだに、しばしばそれとなく殺意をほのめかして、相手を怖わがらせてやりたいという、危険極まる慾望が起こってくるのを、彼はやっとのことで喰《く》い止めました。

「近いうちに、ちっとも証拠の残らないような方法で、お前を殺してやるのだぞ。お前がそうして、女のように多弁にペチャクチャしゃべるのも、もう長いことではないのだ、今のうちにせいぜいしゃべり溜めておくがいいよ」

三郎は、相手の止めどもなく動く、大ぶりな唇を眺めながら、心の内ではそんなことを繰り返していました。この男が、間もなく、青ぶくれの死骸になってしまうのかと思うと、彼はもう愉快でたまらないのです。

そうして話し込んでいるうちに、予想した通り、遠藤が便所に立って行きました。それはもう、夜の十時頃でもあったでしょうか、三郎は抜け目なくあたりに気を配って、ガラス窓のそとなども充分調べた上、音のしないように、しかし、手早く押入れをあけて、行李の中から、例の薬瓶を探し出しました。いつか入れた場所をよく見ておいたので、探すのに骨は折れません。でも、さすがに胸がドキドキして、脇の下から冷汗が流れました。実をいうと、彼の今度の計画のうち、いちばん危険なのはこの毒薬を盗み出す仕事でした。どうしたことで遠藤が不意に帰ってくるかもしれませんし、また誰かが隙見をしていないとも限らぬのです。が、それについては、彼はこんなふうに考えていました。もし見つかったら、或いは見つからなくても、遠藤が薬瓶のなくなったことを発見したら——それはよく注意していればじきわかることです。殊に彼には天井の隙見という武器があるのですから——殺害を思いとどまりさえすればいいのです。ただ毒薬を盗んだというだけでは、大した罪にもなりませんからね。

それはともかく、結局、彼は先ず誰にも見つからずに、うまうまと薬瓶を手に入れることができたのです。そこで遠藤が便所から帰ってくると間もなく、それとなく話を切り上げて、彼は自分の部屋へ帰りました。そして、窓には隙間なくカーテンを引き、入口の戸には締まりをしておいて、机の前に坐《すわ》ると、胸を躍らせながら、懐中から可愛らしい茶色の瓶を取り出して、さて、つくづくと眺めるのでした。

MORPHINE(o.×g.)

多分遠藤が書いたのでしょう。小さいレッテルにはこんな文字がしるしてあります。彼は以前に毒物学の書物を読んで、モルヒネのことは多少知っていましたけれど、実物にお眼にかかるのは今が始めてでした。瓶を電燈の前に持って行って、すかしてみますと、小匙《さじ》に半分もあるかなしの、ごく僅かの白いモヤモヤしたものが、綺麗に透いて見えます。いったいこんなもので、人間が死ぬのかしら、と不思議に思われるほどでした。

三郎は、むろん、それをはかるような精密な秤《はかり》を持っていないので、分量の点は遠藤の言葉を信用しておくほかはありませんでしたが、あの時の遠藤の態度口調は、酒に酔っていたとはいえ、決してでたらめとは思われません。それにレッテルの数字も、三郎の知っている致死量の、ちょうど二倍なのですから、よもや間違いはありますまい。

そこで、彼は瓶を机の上に置いて、そばに用意の砂糖やアルコールの瓶を並べ、薬剤師のような綿密さで、熱心に調合をはじめるのでした。止宿人たちはもう皆寝てしまったと見えて、あたりは森閑《しんかん》と静まり返っています。その中で、マッチの棒に浸したアルコールを、用心深く、一滴一滴と、瓶の中へ垂らしていますと、自分自身の呼吸が、悪魔のため息のように、変に物凄く響くのです。それがまあ、どんなに三郎の変態的な嗜好を満足させたことでしょう。ともすれば、彼の眼の前に浮かんでくるのは、くら闇の洞窟の中で、ふつふつと泡立ち煮える毒薬の鍋を見つめて、ニタリニタリと笑っている、あの古い物語の恐ろしい妖婆の姿でした。

しかしながら、一方においては、その頃から、これまで少しも予期しなかった、ある恐怖に似た感情が、彼の心の片隅に湧き出していました。そして、時間のたつにしたがって、少しずつ、少しずつ、それが拡がってくるのです。

MURDER CANNOT BE HID LONG, A MAN'S SON MAY, BUT AT THE LENGTH TRUTH WILL OUT.

誰かの引用で覚えていた、あのシェークスピアの不気味な文句が、眼もくらめくような光を放って、彼の脳髄に焼きつくのです。この計画には、絶対に破綻がないと、あくまで信じながらも、刻々に増大してくる不安を、彼はどうすることもできないのでした。

なんの恨みもない一人の人間を、ただ殺人の面白さのために殺してしまうとは、これが正気の沙汰か、お前は悪魔に魅入られたのか、お前は気が違ったのか。いったいお前は、自分自身の心を空恐ろしくは思わないのか。

長いあいだ、夜のふけるのも知らないで、調合してしまった毒薬の瓶を前にして、彼は物思いに耽っていました。いっそ、この計画を思いとどまることにしよう。幾度そう決心しかけたかしれません。でも、結局はどうしても、あの人殺しの魅力を断念する気にはなれないのでした。

ところが、そうして、とつおいつ考えているうちに、ハッと、ある致命的な事実が、彼の頭に閃めきました。

「ウフフフフ……」

突然、三郎は、おかしくてたまらないように、しかし寝静まったあたりに気を兼ねながら、笑いだしたのです。

「馬鹿野郎。お前はなんとよくできた道化役者だ！　大真面目でこんな計画を目論むなんて、もうお前の麻痺《まひ》した頭には、偶然と必然の区別さえつかなくなったのか。あの遠藤の大きくひらいた口が、一度、節穴の真下にあったからといって、その次にも同じようにそこにあるということが、どうしてわかるのだ。いや、むしろ、そんなことはまずあり得ないではないか」

それは実に滑稽きわまる錯誤でした。彼のこの計画は、すでにその出発点に於《おい》て、一大迷妄におちいっていたのです。しかし、それにしても、彼はどうしてこんなわかりきったことを今まで気づかずにいたのでしょう。実に不思議といわねばなりません。おそらくこれは、さも利口ぶっている彼の頭脳に、実は非常な欠陥があった証拠ではありますまいか。それはとにかく、彼はこの発見によって、一方では甚しく失望しましたけれど、同時に他の一方では、不思議な気安さを感じるのでした。

「お蔭でおれはもう、恐ろしい殺人罪を犯さなくてもすむのだ。やれやれ助かった」

そうはいうものの、その翌日からも、「屋根裏の散歩」をするたびに、彼は未練らしく例の節穴をあけて、遠藤の動静をさぐることを怠りませんでした。それはひとつは、毒薬を盗み出したことを遠藤が勘づきはしないかという心配からでもありましたけれど、しかしまた、どうかしてこのあいだのように、彼の口が節穴の真下へこないかと、その偶然を待ちこがれていなかったとはいえません。現に彼は、いつの「散歩」の場合にも、シャツのポケットからあの毒薬を離したことはないのでした。

6

ある夜のこと──それは三郎が「屋根裏の散歩」をはじめてからもう十日ほどもたっていました。十日のあいだも、少しも気づかれることなしに、毎日何回となく、屋根裏を這い廻っていた彼の苦心は、ひと通りではありません。綿密なる注意、そんなありふれた言葉では、とても言い表わせないようなものでした——三郎はまたしても遠藤の部屋の天井裏をうろついていました。そして、何かおみくじでも引くような心持で、吉か凶か、きょうこそは、ひょっとしたら吉ではないかな。どうか吉が出てくれますようにと、神に念じさえしながら、例の節穴をあけて見るのでした。

するとああ、彼の眼がどうかしていたのではないでしょうか。いつか見たときと寸分違わない恰好《かっこう》で、そこに鼾をかいている遠藤の口が、ちょうど節穴の真下へきていたではありませんか。三郎は、何度も眼をこすって見直し、また猿股の紐を抜いて、目測さえしてみましたが、もう間違いはありません。紐と穴と口とが、正しく一直線上にあるのです。彼は思わず叫び声を立てそうになるのを、やっとこらえました。遂にその時がきた喜びと、一方ではいいしれぬ恐怖と、その二つが交錯した、一種異様の興奮のために、彼は暗やみの中でまっ青になってしまいました。

彼はポケットから、毒薬の瓶を取り出すと、独りでに震え出す手先を、じっとためながら、その栓を抜き、紐で見当をつけておいて——おお、その時のなんとも形容できない心持！　——ポトリ、ポトリ、ポトリと十数滴。それがやっとでした。彼はすぐさま眼を閉じてしまったのです。

「気がついたか、きっと気がついた。きっと気がついた。そして、今にも、おお、今にもどんな大声で叫び出すことだろう」

彼はもし両手があいていたら、耳をもふさぎたいほどに思いました。ところが、彼のそれほどの気遣いにもかかわらず、下の遠藤はウンともスンとも言わないのです。毒薬が口の中へ落ちたところは確かに見たのですから、それに間違いはありません。でも、この静けさはどうしたというのでしょう。三郎は恐る恐る眼をひらいて、節穴をのぞいて見ました。すると、遠藤は口をムニャムニャさせ、両手で唇をこするような恰好をして、ちょうどそれが終ったところなのでしょう。またもやグーグー寝入ってしまうのでした。案ずるより産むがやすいとはよくいったものです。寝呆《ねぼ》けた遠藤は、恐ろしい毒薬を飲み込んだことを少しも気づかないのでした。

三郎は、可哀そうな被害者の顔を、身動きもしないで、食い入るように見つめていました。それがどれほど長く感じられたか、事実は、二十分とはたっていないのに、彼には二、三時間もそうしていたように思われたことです。するとその時、遠藤はフッと眼をひらきました。そして、半身を起こして、さも不思議そうに部屋の中を見廻しています。目まいでもするのか、首を振ってみたり、眼をこすってみたり、うわごとのような意味のないことをブツブツとつぶやいてみたり、いろいろ気違いめいた仕草をして、それでも、やっとまた枕につきましたが、今度は盛んに寝返りを打つのです。

やがて、寝返りの力がだんだん弱くなって行き、もう身動きをしなくなったかと思うと、そのかわりに、雷のような鼾声《かんせい》*が響きはじめました。見ると、顔の色がまるで酒にでも酔ったように、まっ赤になって、鼻の頭や額には、玉の汗がふつふつとふき出しています。熟睡している彼の身内で、今、世にも恐ろしい生死の闘争が行なわれているのかもしれません。それを思うと身の毛がよだつようです。

さて、しばらくすると、さしも赤かった顔色が、徐々にさめて、紙のように白くなったかと思うと、みるみる青藍色に変って行きます。そしていつの間にか鼾がやんで、どうやら、吸う息、吐く息の度数が減ってきました……ふと胸の所が動かなくなったので、いよいよ最期かと思っていますと、暫くして、思い出したように、また唇がピクピクして、鈍い呼吸が帰ってきたりします。そんなことが二、三度繰り返されて、それでおしまいでした……もう彼は動かないのです。グッタリと枕をはずした顔に、われわれの世界とはまるで別な一種のほほえみが浮かんでいます。彼はついに、いわゆるほとけになってしまったのでしょう。

息をつめ、手に汗を握って、その様子を見つめていた三郎は、はじめてホッとため息をつきました。とうとう彼は殺人者になってしまったのです。それにしても、なんという楽々とした死に方だったでしょう。彼の犠牲者は、叫び声ひとつ立てるでなく、苦悶の表情さえ浮かべないで、鼾をかきながら死んで行ったのです。

＊鼾声＝いびきの音。

「なあんだ。人殺しなんて、こんなあっけないものか」

三郎はなんだかガッカリしてしまいました。想像の世界では、もうこの上もない魅力であった殺人ということが、やってみれば、ほかの日常茶飯事となんの変りもないのでした。このあんばいなら、まだ何人だって殺せるぞ。そんなことを考える一方では、しかし、気抜けのした彼の心を、なんともえたいの知れぬ恐ろしさが、ジワジワと襲いはじめていました。節穴から死体を見つめている自分の姿が、三郎は俄かに気味わるくなってきました。妙に首筋の辺がゾクゾクして、ふと耳をすますと、どこかで、ゆっくりゆっくり、自分の名を呼びつづけているような気さえします。思わず、節穴から眼を離して、暗やみの中を見廻しても、久しく明かるい部屋を覗いていたせいでしょう。眼の前には、大きいのや、小さいのや、黄色い環《わ》のようなものが、次々に現われては消えていきます。じっと見ていますと、その環のうしろから、遠藤の異様に大きな唇が、ヒョイと出てきそうにも思われるのです。

でも彼は、最初計画したことだけは、先ず間違いなく実行しました。節穴から薬瓶——その中にはまだ十数滴の毒液が残っていたのです——を抛《ほう》り落とすこと、その跡の穴をふさぐこと、万一天井裏に何かの痕跡が残っていないか、懐中電燈を点じて調べること、そして、もうこれで手落ちがないとわかると、彼は大急ぎで梁を伝って、自分の部屋へ引っ返しました。

「いよいよこれですんだ」

頭もからだも、妙に痺《しび》れて、何かしら物忘れでもしているような不安な気持を、強いて引き立てるようにして、彼は押入れの中で着物を着はじめました。が、その時ふと気がついたのは、例の目測に使用した猿股の紐を、どうしたかということです。ひょっとしたら、あすこへ忘れてきたのではあるまいか。そう思うと、彼はあわただしく腰の辺を探ってみました。どうも無いようです。彼はますますあわてて、からだじゅうを調べました。すると、どうしてこんなことを忘れていたのでしょう。それはちゃんとシャツのポケットに入れてあったではありませんか。やれやれよかったと、ひと安心して、ポケットの中から、その紐と、懐中電燈とを取り出そうとしますと、ハッと驚いたことには、その中にまだほかの品物がはいっていたのです……毒薬の瓶の小さなコルクの栓がはいっていたのです。

彼は、さっき毒薬を垂らすとき、あとで見失っては大へんだと思って、その栓をわざわざポケットへしまっておいたのですが、それを胴忘れしてしまって、瓶だけ下へ落としてきたものとみえます。小さなものですけれど、このままにしておいては、犯罪発覚のもとです。彼はおびえる心を励まして、再び現場へ取って返し、それを節穴から落としてこなければなりませんでした。

その夜、三郎が床についたのは――もうその頃は、用心のために押入れで寝ることはやめていましたが――午前三時頃でした。それでも、興奮しきった彼は、なかなか寝つかれないのです。あんな栓を落とすのを忘れてくるほどでは、ほかにも何か手抜かりがあったかもしれない。そう思うと、彼はもう気が気ではないのです。そこで、乱れた頭を強いて落ちつけるようにして、その晩の行動を追って、一つ一つ思い出して行き、どこかに手抜かりがなかったかと調べてみましたが、少なくとも彼の頭では、何事も発見できませんでした。

彼はそうして、とうとう夜の明けるまで考えつづけていましたが、やがて、早起きの下宿人たちが、洗面所へ通るために廊下を歩く足音が聞こえだすと、つと立ち上がって、いきなり外出の用意をはじめました。彼は遠藤の死骸が発見されるときを恐れていたのです。そのとき、どんな態度をとったらいいのでしょう。ひょっとして、あとになって疑われるような、妙な挙動があってはたいへんです。そこで彼は、そのあいだ外出しているのがいちばん安全だと考えたのですが、しかし、朝飯もたべないで外出するのは、いっそう変ではないでしょうか。「ああ、そうだっけ、何をうっかりしているのだ」そこへ気がつくと、彼はまたもや寝床の中へもぐりこむのでした。

それから朝飯までの二時間ばかりを、三郎はどんなにビクビクして過ごしたことでしょう。が、幸いにも、彼が大急ぎで食事をすませて、下宿屋を逃げ出すまでは、何事も起こらないですみました。そして、下宿を出ると、彼はどこという当てもなく、ただ時間をつぶすために、町から町へとさまよい歩くのでした。

郵　便　は　が　き

料金受取人払郵便

小石川局承認

7766

差出有効期間
2025年9月13
日まで
(切手不要)

1 1 2 - 8 7 9 0

101

東京都文京区水道2−10−9
板倉ビル2階

(株)本の泉社　行

1128790　101

フリガナ お名前	年齢　　歳 性別(男・女)
ご住所　〒 電話　(　　)　FAX　(　　)	
メールアドレス	
メールマガジンを希望しますか?(YES・NO)	

読者カード

■このたびは本の泉社の本をご購入いただき、誠にありがとうございます。

ご購入いただいた書名は何でしょうか。

（　　　　　　　　　　　　　　　　　　　　）

■ご意見・感想などお聞かせください。なお小社ウェブサイトでご紹介させていただく場合がありますので、匿名希望や差し障りのある方はその旨お書き添えください。

■ありがとうございました。

※ご記入いただいた個人情報は正当な目的のためにのみ使用いたします。

また、本の泉社ウェブサイト（http://honnoizumi.co.jp）では、刊行書（単行本・定期誌）の詳細な書誌情報と共に、新刊・おすすめ・お知らせのご案内も掲載しています。ぜひご利用ください。

7

結局、彼の計画は見事に成功しました。

彼がお昼ごろそとから帰ったときには、もう遠藤の死骸は取り片づけられ、警察からの臨検もすっかりすんでいましたが、聞けば、誰一人遠藤の自殺を疑うものはなく、その筋の人たちも、ただ形ばかりの取調べをすると、じきに帰ってしまったということでした。

遠藤がなぜ自殺したかというその原因は、少しもわかりませんでしたが、彼の日ごろの素行から想像して、多分痴情の結果であろうということに、皆の意見が一致しました。現に最近、ある女に失恋していたというような事実まで現われてきたのです。なに、「失恋した、失恋した」というのは、彼のような男にとっては、一種の口癖みたいなもので、大した意味があるわけではないのですが、ほかに原因がないので、結局それにきまったわけでした。

のみならず、原因があってもなくても、彼の自殺したことは、一点の疑いもないのでした。入口も窓も、内部から戸締りがしてあったのですし、毒薬の容器が枕許にころがっていて、それが彼の所持品であったこともわかっているのですから、もうなんと疑ってみようもないのです。天井から毒薬を垂らしたのではないかなどと、そんなばかばかしい疑いを起こすものは、誰ひとりありませんでした。

それでも、なんだかまだ安心しきれないような気がして、三郎はその日一日、ビクビクものでいましたが、やがて一日二日とたつにしたがって、彼はだんだん落ちついてきたばかりか、はては、自分の手際を得意がる余裕さえ生じてきました。

「どんなもんだ。さすがはおれだな。見ろ、誰一人ここに、同じ下宿屋のひと間に、恐ろしい殺人犯人がいることを気づかないではないか」

彼は、この調子では、世間にどれくらい隠れた、処罰されない犯罪があるか、知れたものではないと思うのでした。「天網恢々疎《てんもうかいかいそ》にして漏らさず*」なんて、あれはきっと昔からの為政者《いせいしゃ》たち**の宣伝にすぎないので、或いは人民どもの迷信にすぎないので、その実は、巧妙にやりさえすれば、どんな犯罪だって、永久に顕われないですんで行くのだ。彼はそんなふうにも考えるのでした。もっとも、さすがに夜などは、遠藤の死に顔が眼先にちらつくような気がして、なんとなく気味がわるく、その夜以来、彼は例の「屋根裏の散歩」も中止している始末でしたが、それはただ、心の中の問題で、やがては忘れてしまうことです。実際、罪が発覚さえせねば、もうそれで充分ではありませんか。

さて、遠藤が死んでからちょうど三日目のことでした。三郎が今、夕飯をすませて小楊子《こようじ》を使いながら、鼻唄かなんか歌っているところへ、ヒョッコリと、久し振りの明智小五

＊天網恢々疎にして漏らさず＝天の網は広大で目があらいようだが、悪人は漏らさずこれを捕らえる。悪い事をすれば必ず天罰が下る意。　＊＊為政者＝政治を行う者。

郎が訪ねて来ました。

「やあ」

「ごぶさた」

彼らはさも心安げに、こんなふうの挨拶を取りかわしたことですが、三郎の方では、折が折なので、この素人探偵の来訪を、少々気味わるく思わないではいられませんでした。

「この下宿で毒を飲んで死んだ人があるっていうじゃないか」

明智は、座につくと、さっそくその三郎の避けたがっている事柄を話題にするのでした。おそらく彼は、誰かから自殺者の話を聞いて、幸い同じ下宿に三郎がいるので、持ち前の探偵的興味から、訪ねてきたのに違いありません。

「ああ、モルヒネでね。僕はちょうどその騒ぎの時に居合わせなかったから、詳しいことは分らないけれど、どうも痴情の結果らしいのだ」

三郎は、その話題を避けたがっていることを悟られまいと、彼自身もそれに興味を持っているような顔をして、こう答えました。

「いったいどんな男なんだい」

すると、すぐまた明智が尋ねるのです。それから暫くのあいだ、彼らは遠藤の人となりについて、死因について、自殺の方法について、問答をつづけました。三郎ははじめのうちこそ、ビクビクもので、明智の問いに答えていましたが、慣れてくるにしたがって、だんだん横着になり、はては、明智をからかってやりたいような気持にさえなるのでした。

「君はどう思うね。ひょっとしたら、これは他殺じゃあるまいか。なに、別に根拠があるわけではないけれど、自殺に違いないと信じていたのが、実は他殺だったりすることが、往々あるものだからね」


どうだ、さすがの名探偵もこればっかりはわかるまいと、心の中で嘲《あざけ》りながら、三郎はこんなことまで言ってみるのでした。それが彼には愉快でたまらないのです。

「それはなんとも言えないね。僕も実は、ある友だちからこの話を聞いたときに、死因が少し曖昧だという気がしたのだよ。どうだろう、その遠藤君の部屋を見るわけにはいくまいか」

「造作ないよ」三郎はむしろ得々として答えました。「隣の部屋に遠藤の同郷の友だちがいてね。それが遠藤のおやじから荷物の保管を頼まれているんだ。君のことを話せば、きっと喜んで見せてくれるよ」


それから、二人は遠藤の部屋へ行ってみることになりました。そのとき、廊下を先にたって歩きながら、三郎はふと妙な感じにうたれたことです。

「犯人自身が、探偵をその殺人の現場へ案内するなんて、じつに不思議なことだな」


ニヤニヤと笑いそうになるのを、彼はやっとのことでこらえました。三郎は、生涯のうちで、おそらくこの時ほど得意を感じたことはありますまい。「イヨー親玉あ」自分自身にそんな掛け声でもしてやりたいほど、水際立った悪党ぶりでした。

遠藤の友だち――それは北村といって、遠藤が失恋していたという証言をした男です――は、明智の名前をよく知っていて、快く遠藤の部屋をあけてくれました。遠藤の父親が国許から出てきて、仮葬をすませたのが、やっときょうの午後のことで、部屋の中には、彼の持物が、まだ荷造りもせず、置いてあるのです。

遠藤の変死が発見されたのは、北村が会社へ出勤したあとだったので、発見の刹那の有様はよく知らないようでしたが、人から聞いたことなどを総合して、彼は可なり詳しく説明してくれました。三郎もそれについて、さも局外者らしく、いろいろと噂話《うわさ》などを述べ立てるのでした。

明智は二人の説明を聞きながら、いかにも玄人らしい眼配りで、部屋の中をあちらこちらと見廻していましたが、ふと机の上に置いてあった眼覚まし時計に気づくと、何を思ったのか、長いあいだそれを眺めているのです。多分、その珍奇な装飾が彼の眼を惹いたのかもしれません。

「これは目覚まし時計ですね」

「そうですよ」北村は多弁に答えるのです。「遠藤の自慢の品です。あれは几帳面な男でしてね、朝の六時に鳴るように、毎晩欠かさずにこれを捲《ま》いておくのです。私なんかいつも、隣の部屋のベルの音で眼をさましていたくらいです。遠藤の死んだ日だってそうですよ。あの朝もやっぱりこれが鳴っていましたので、まさかあんなことが起こっていようとは想像もしなかったのですよ」

それを聞くと、明智は長く延ばした頭の毛を、指でモジャモジャ掻《か》き廻しながら、何か非常に熱心な様子を示しました。

「その朝、目覚ましが鳴ったことは間違いないでしょうね」

「ええ、それは間違いありません」

「あなたは、そのことを、警察の人におっしゃいませんでしたか」

「いいえ……でも、なぜそんなことをお聞きなさるのです」

「なぜって、妙じゃありませんか。その晩に自殺しようと決心した者が、翌日の朝の眼覚ましを捲いておくというのは」

「なるほど、そういえば変ですね」

北村は迂闊《うかつ》にも、今まで、まるでこの点に気づかないでいたらしいのです。そして、明智のいうことが、何を意味するかも、まだハッキリ呑みこめない様子でした、が、それも決して無理ではありません。入口の締まりがしてあったこと、毒薬の容器が死人のそばに落ちていたこと、その他すべての事情が、遠藤の自殺を疑いないものに見せていたのですから。

しかし、この問答を聞いた三郎は、まるで足許の地盤が不意にくずれはじめたような驚きを感じました。そして、なぜこんな所へ明智を連れてきたのだろうと、自分の愚かさを悔まないではいられませんでした。

明智はそれから、いっそうの綿密さで、部屋の中を調べはじめました。むろん天井も見逃がすはずはありません。彼は天井板を一枚々々叩《たた》き試みて、人間の出入りした形跡がないかを調べ廻ったのです。が、三郎の安堵《あんど》したことには、さすがの明智も、節穴から毒薬を垂らして、そこをまた元々通り蓋しておくという新手には、気づかなかったとみえて、天井板が一枚もはがれていないことを確かめると、もうそれ以上の穿鑿《せんさく》はしませんでした。

さて、結局その日は別段の発見もなくすみました。明智は遠藤の部屋を見てしまうと、また三郎の所へ戻って、しばらく雑談を取りかわした後、何事もなく帰って行ったのです。ただ、その雑談のあいだに、次のような問答のあったことを書き洩らすわけにはいきません。なぜといって、これは一見ごくつまらないように見えて、その実、このお話の結末に最も重大な関係を持っているのですから。

そのとき、明智は袂《たもと》から取り出した煙草に火をつけながら、ふと気がついたようにこんなことをいったのです。

「君はさっきから、ちっとも煙草を吸わないようだが、よしたのかい」

そういわれてみますと、なるほど、三郎はこの二、三日、あれほど大好物の煙草を、まるで忘れてしまったように、一度も吸っていないのでした。

「おかしいね。すっかり忘れていたんだよ。それに、君がそうして吸っていても、ちっとも欲しくならないんだ」

「いつから?」

「考えてみると、もう二、三日吸わないようだ。そうだ、ここにあるのを買ったのが、たしか日曜日だったから、もうまる三日のあいだ、一本も吸わないわけだよ。いったいどうしたんだろう」

「じゃあ、ちょうど遠藤君が死んだ日からだね」

それを聞くと、三郎は思わずハッとしました。しかし、まさか遠藤の死と、彼が煙草を吸わないこととのあいだに因果関係があろうとも思われませんので、その場は、ただ笑ってすませたことですが、あとになって考えてみますと、それは決して笑い話にするような、無意味な事柄ではなかったのです――そして、この三郎の煙草嫌いは、不思議なことに、その後いつまでもつづきました。

8

三郎は、その当座、例の眼覚まし時計のことが、なんとなく気になって、夜もおちおち眠れないのでした。たとえ遠藤が自殺したのでないということがわかっても、彼がその下《げ》手人《しゅにん》*だと疑われるような証拠はひとつもないはずですから、そんなに心配をしなくともよさそうなものですが、でも、それを知っているのがあの明智だと思うと、なかなか安心はできないのです。

ところが、それから半月ばかりは何事もなく過ぎ去ってしまいました。心配していた明智もその後一度もやってこないのです。

「やれやれ、これでいよいよおしまいか」

そこで三郎は、ついに気を許すようになりました。そして、時々恐ろしい夢に悩まされることはあっても、大体において、愉快な日々を送ることができたのです。殊《こと》に彼を喜ばせたのは、あの殺人罪を犯して以来というもの、これまで少しも興味を感じなかったいろいろな遊びが、不思議と面白くなってきたことです。ですから、このごろでは毎日のように、彼は家をそとにして、遊び廻っているのでした。

ある日のこと、三郎はその日もそとで夜をふかして、十時頃に自分の部屋へ帰ったのですが、さて寝ることにして、蒲団を出すために、なにげなく、スーッと押入れの襖をひらいたときでした。

「ワッ」


*下手人＝自ら手を下して人を殺した者。

彼はいきなり恐ろしい叫び声を上げて、二、三歩あとへよろめきました。

彼は夢を見ていたのでしょうか。それとも、気でも狂ったのではありますまいか。そこには、押入れの中には、あの死んだ遠藤の首が、髪の毛をふり乱して、薄暗い天井から、さかさまにぶらさがっていたのです。

三郎は、いったん逃げ出そうとして、入口の所まで行きましたが、何かほかのものを見違えたのではないかというような気もするものですから、恐る恐る、引き返して、もう一度、ソッと押入れの中を覗いてみますと、どうして、見違いでなかったばかりか、今度はその首が、いきなりニッコリ笑ったではありませんか。

三郎は、再びアッと叫んで、ひと飛びに入口の所まで行って障子をあけると、やにわにそとへ逃げ出そうとしました。

「郷田君。郷田君」

それを見ると、押入れの中では、頻《しき》りと三郎の名前を呼びはじめるのです。

「僕だよ。僕だよ。逃げなくってもいいよ」

それが、遠藤の声ではなくて、どうやら聞き覚えのある、ほかの人の声だったものですから、三郎はやっと逃げるのを踏みとどまって、こわごわふり返って見ますと、

「失敬々々」

そう言いながら、以前よく三郎自身がしたように、押入れの天井から降りてきたのは、

意外にも、あの明智小五郎でした。

「驚かせてすまなかった」押入れを出た洋服姿の明智が、ニコニコしながらいうのです。「ちょっと君のまねをしてみたのだよ」

それは実に、幽霊なぞよりはもっと現実的な、いっそう恐ろしい事実でした。明智はきっと、何もかも悟ってしまったのに違いありません。

その時の三郎の心持は、実になんとも形容のできないものでした。あらゆる事柄が、頭の中で風車のように旋転して、いっそ何も思うことがないときと同じように、ただボンヤリとして、明智の顔を見つめているばかりでした。

「さっそくだが、これは君のシャツのボタンだろうね」

明智は、いかにも事務的な調子ではじめました。手には黒っぽいボタンを持って、それを三郎の眼の前につき出しながら、

「ほかの下宿人たちも調べてみたけれど、誰もこんなボタンをなくしているものはないのだ。ああ、そのシャツのだね。ほら二番目のボタンがとれているじゃないか」

ハッと思って、胸を見ると、なるほど、ボタンがひとつとれています。三郎は、それがいつとれたものやら、少しも気づかないでいたのです。

「シャツのボタンとしては、ひどく変った型だから、これは君のにちがいない。ところで、このボタンをどこで拾ったと思う。天井裏なんだよ。それもあの遠藤君の部屋の上でだよ」

それにしても、三郎はどうして、ボタンなぞを落として、気づかないでいたのでしょう。あの時、懐中電燈で充分検べたはずではありませんか。

「君が殺したのではないかね、遠藤君を」

明智は無邪気にニコニコしながら――それがこの場合、いっそう気味わるく感じられるのです――三郎のやり場に困った眼の中を、覗き込んで、とどめを刺すように言うのでした。

三郎は、もうだめだと思いました。たとえ明智がどんな巧みな推理を組み立ててこようとも、ただ推理だけであったら、いくらでも抗弁の余地があります。けれども、こんな予期しない証拠物をつきつけられては、もうどうすることもできません。

三郎は今にも泣き出そうとする子供のような表情で、いつまでもいつまでもだまりこくって突っ立っていました。時々、ボンヤリと霞んでくる眼の前には、妙なことに、遠い遠い昔の、たとえば小学校時代の出来事などが、幻のように浮き出してきたりするのでした。

それから二時間ばかりののち、彼らはやっぱり元のままの状態で、その長いあいだ、ほとんど姿勢さえもくずさず、三郎の部屋に相対していました。

「ありがとう、よくほんとうのことを打ち明けてくれた」最後に明智が言うのでした。「僕は決して君のことを警察へ訴えなぞしないよ。ただね、僕の判断が当たっているかどうか、それが確かめたかったのだ。君も知っている通り、僕の興味はただ『真実』を知るという点にあるので、それ以上のことは、実はどうでもいいのだ。それにね、この犯罪には、ひとつも証拠というものがないのだよ。シャツのボタン？　ハハハハ、あれは僕のトリックさ。何か証拠品がなくては君が承知しまいと思ってね。この前君を訪ねた時、その二番目のボタンがとれていることに気づいたものだから、ちょっと利用してみたのさ。なに、これは僕がボタン屋へ行って仕入れてきたのだよ。ボタンがいつとれたなんていうことは、誰しもあまり気づかないことだし、それに、君は興奮している際だから、多分うまく行くだろうと思ってね。

僕が遠藤君の自殺を疑いだしたのは、君も知っているように、あの眼覚まし時計からだ。あれから、この管轄の警察署長を訪ねて、ここへ臨検した一人の刑事から、詳しく当時の模様を聞くことができたが、その話によると、モルヒネの瓶が、煙草の箱の中にころがっていて、中味が巻煙草にこぼれかかっていたというのだ。聞けば、遠藤は非常に几帳面な男だというし、ちゃんと床にはいって死ぬ用意までしているものが、毒薬の瓶を煙草の箱の中へ置くさえあるに、しかも中味をこぼすなどというのは、なんとなく不自然ではないか。

そこで、僕はますます疑いを深くしたわけだが、ふと気づいたのは、君が遠藤の死んだ日から煙草を吸わなくなっていることだ。この二つの事柄は、偶然の一致にしては、少し妙ではあるまいか。すると、僕は、君が以前犯罪のまねなどをして喜んでいたことを思い出した。君には変態的な犯罪嗜好癖があったのだ。

僕はあれからたびたびこの下宿へきて、君に知られないように遠藤の部屋を調べていたのだよ。そして、犯人の通路は天井のほかにないということがわかったものだから、君のいわゆる『屋根裏の散歩』によって、止宿人達の様子をさぐることにした。殊に、君の部屋の上では、たびたび、長いあいだうずくまっていた。そして、君のあのイライラした様子を、すっかり隙見してしまったのだよ。

さぐればさぐるほど、すべての事情が君を指している。だが残念なことには、確証というものがひとつもないのだ。そこでね、僕はあんなお芝居を考え出したのさ。ハハハハ……じゃあ、これで失敬するよ。多分もうお眼にかかれまい。なぜって、ソラ、君はもうちゃんと自首する決心をしているのだからね」

三郎は、この明智のトリックに対しても、もはやなんの感情も起こらないのでした。彼は明智の立ち去るのも知らず顔に、

「死刑にされる時の気持はいったいどんなものだろう」

ただそんなことを、ボンヤリと考えこんでいるのでした。

彼は毒薬の瓶を節穴から落としたとき、それがどこへ落ちたかを見なかったように思っていましたけれど、その実は、巻煙草に毒薬のこぼれたことまで、ちゃんと見ていたのです。そして、それが意識下に押しこめられて、心理的に彼を煙草嫌いにさせてしまったのでした。

何者

奇妙な盗賊

「この話は、あなたが小説にお書きになるのが一ばんふさわしいと思います。ぜひ書いてください」

ある人が私にその話をしたあとで、こんなことをいった。四、五年前の出来事だけれど、事件の主人公が現存していたので、憚《はばか》って話さなかった。その人が最近病死したのだということであった。

私はそれを聞いて、なるほど当然私が書く材料だと思った。なにが当然だかは、ここに説明せずとも、この小説を終りまでお読みになれば、自然にわかることである。

以下「私」とあるのは、この話を私に聞かせてくれた「ある人」をさすわけである。

ある夏のこと、私は甲田伸太郎《こうだしんたろう》という友人にさそわれて、甲田ほどは親しくなかったけれど、やはり私の友だちである結城弘一《ゆうきひろかず》の家に、半月ばかり逗留《とうりゅう》したことがある。そのあいだの出来事なのだ。

弘一君は陸軍省軍務局に重要な地位をしめている、結城少将の息子で、父の屋敷が鎌倉の少し向こうの海近くにあって、夏休みを過ごすには持ってこいの場所だったからである。

三人はその年大学を出たばかりの同窓であった。結城君は英文科、私と甲田君とは経済科であったが、高等学校時代同じ部屋に寝たことがあるので、科は違っても、非常に親しい遊び仲間であった。

私たちには、いよいよ学生生活にお別れの夏であった。甲田君は九月から東京のある商事会社へ勤めることになっていたし、弘一君と私とは兵隊にとられて、年末には入営である。いずれにしても、私たちは来年からはこんな自由な気持の夏休みを再び味わえぬ身の上であった。そこで、この夏こそは心残りのないように、充分遊び暮らそうというので、弘一君のさそいに応じたのである。

弘一君は一人息子なので、広い屋敷をわが物顔に、贅沢《ぜいたく》三昧に暮らしていた。おやじは陸軍少将だけれど、先祖が或《あ》る大名の重臣だったので、彼の家はなかなかのお金持ちである。したがってお客様の私たちも居心地が悪くなかった。そこへもってきて、結城家には、私たちの遊び友だちになってくれる一人の美しい女性がいた。志摩子さんといって、弘一君の従妹《いとこ》で、ずっと以前に両親を失ってから、少将邸に引き取られて育てられた人だ。女学校をすませて、当時は音楽の稽古に熱中していた。ヴァイオリンはちょっと聞けるぐらいひけた。

私たちは天気さえよければ海岸で遊んだ。結城邸は由比ヶ浜と片瀬との中間ぐらいのところにあったが、私たちは多くは派手な由比ヶ浜をえらんだ。私たち四人のほかに、たくさん男女の友だちがあったので、海にあきることはなかった。紅白碁盤縞《ごばんじま》*の大きなビーチ・パラソルの下で、私たちは志摩子さんやそのお友だちの娘さんたちと、まっ黒な肩をならべてキャッキャッと笑い興じた。

私たちは又、結城邸の池で鯉《こい》釣りをやった。その大きな池には、少将の道楽で、釣堀みたいに、たくさん鯉が放ってあったので、素人にもよく釣れた。私たちは将軍に釣のコツを教わったりした。

実に自由で、明かるくて、のびやかな日々であった。だが不幸という魔物は、どんな明かるいところへでも、明かるければ明かるいほど、それをねたんで、突拍子もなくやってくるものである。

ある日、少将邸に時ならぬ銃声が響いた。この物語はその銃声を合図に、幕があくのである。

＊碁盤縞＝碁盤の目のように方形をならべた模様。

ある晩、主人の少将の誕生祝いだというので、知人を呼んで御馳走《ごちそう》があった。甲田君と私もそのお相伴《しょうばん》をした。

母屋《おもや》の二階の十五、六畳も敷ける日本間がその席にあてられた。主客一同浴衣がけの気のおけぬ宴会であった。酔った結城少将が柄になく義太夫《ぎだゆう》*のさわりをうなったり、志摩子さんが一同に懇望《こんもう》されて、ヴァイオリンをひいたりした。

宴は別状なく終って、十時ごろには客はたいてい帰ってしまい、主人側の人たちと二、三の客が、夏の夜の興を惜しんで座に残っていた。結城氏、同夫人、弘一君、志摩子さん、私のほかに、退役将校の北川という老人、志摩子さんの友だちの琴野さんという娘の七人であった。

主人少将は北川老人と碁をかこみ、他の人々は志摩子さんをせびって、またヴァイオリンをひかせていた。

「さあ、僕はこれから仕事だ」

ヴァイオリンの切れ目に、弘一君が私にそうことわって座を立った。仕事というのは、当時彼はある地方新聞の小説を引き受けていて、毎晩十時になると、それを書くために、別棟の洋館の父少将の書斎へこもる例になっていたのだ。彼は在学中は東京に一軒家を借

＊義太夫＝江戸時代前期、大阪の竹本義太夫がはじめた浄瑠璃の一種。物語の筋、せりふに三味線の伴奏で節をつけ語るもので、操り人形劇と結びついて発達した。

りて住んでいて、中学時代の書斎は、現在では志摩子さんが使っているので、まだ本宅には書斎がないのである。

階段をおりて、廊下を通って、弘一君が洋館についたと思われる時分、突然何かをたたきつけるような物音が、私たちをビクッとさせた。あとで考えると、それが問題のピストルの音だったのである。

「なんだろう」と思っているところへ、洋館の方からけたたましいさけび声が聞こえてきた。

「誰か来てください。大変です。弘一君が大変です」

先ほどから座にいなかった甲田伸太郎君の声であった。

そのとき一座の人々が、誰がどんな表情をしたかは記憶がない。一同総立ちになって、梯子段《はしごだん》のところへ殺到した。

洋館へ行ってみると、少将の書斎の中に（のちに見取図を掲げる）弘一君が血に染まって倒れ、そのそばに甲田君が青い顔をして立っていた。

「どうしたんだ」

父将軍が不必要に大きな、まるで号令をかけるような声でどなった。

「あすこから、あすこから」

甲田君が、激動のために口もきけないというふうで、庭に面した南側のガラス窓を指さした。

見るとガラス戸はいっぱいにひらかれ、ガラスの一部にポッカリと不規則な円形の穴があいている。何者かが、外部からガラスを切ってとめ金をはずし、窓をあけてしのび込んだのであろう。現にジュウタンの上に、点々と無気味な泥足のあとがついている。

母夫人は倒れている弘一君にかけより、私はひらいた窓のところへかけつけた。だが、窓のそとには何者の影もなかった。むろん曲者がそのころまで、ぐずぐずしているはずはないのだ。

その同じ瞬間に、父少将は、どうしたかというと、彼は不思議なことに息子の傷を見ようともせず、まず第一に、部屋のすみにあった小金庫の前へ飛んで行って、文字盤を合わせて扉をひらき、その中を調べたのである。これを見て、私は妙に思った。この家に金庫があるさえ心得ぬに、手負いの息子をほうっておいて、先ず財産をしらべるなんて、軍人にもあるまじき仕草である。

やがて、少将の言いつけで、書生が警察と病院へ電話をかけた。

母夫人は気を失った結城君のからだにすがって、オロオロ声で名を呼んでいた。私はハンカチを出して、出血を止めるために、弘一君の足をしばってやった。弾丸が足首をむごたらしく射ぬいていたのだ。志摩子さんは気をきかして、台所からコップに水を入れて持ってきた。だが、妙なことには、彼女は夫人のようには悲しんでいない。椿事《ちんじ》に驚いているばかりだ。どこやら冷淡なふうが見える。彼女はいずれ弘一君と結婚するのだと思いこんでいた私は、それがなんとなく不思議に思われた。

しかし不思議といえば、金庫を調べた少将や、妙に冷淡な志摩子さんより、もっともっと不思議なことがあった。

それは結城家の下男の、常さんという老人のそぶりである。彼も騒ぎを聞いて、われわれより少しおくれて書斎へかけつけたのだが、はいってくるなり、何を思ったのか、弘一君のまわりを囲んでいた私たちのうしろを、例のひらいた窓の方へ走って行って、その窓際にペチャンとすわってしまった。騒ぎの最中で誰も老僕の挙動など注意していなかったけれど、私はふとそれを見て、親爺《おやじ》気でも違ったのではないかと驚いた。彼はそうして、一同の立ち騒ぐのをキョロキョロ見廻《まわ》しながら、いつまでも行儀よくすわっていた。腰が抜けたわけでもあるまいに。

そうこうするうちに、医者がやってくる。間もなく鎌倉の警察署から、司法主任の波多野警部が部下を連れて到着した。

弘一君は母夫人と志摩子さんがつきそって、担架で鎌倉外科病院へはこばれた。その時分には意識を取りもどしていたけれど、気の弱い彼は苦痛と恐怖のために、赤ん坊みたいに顔をしかめ、ポロポロと涙をこぼしていたので、波多野警部が賊の風体をたずねても、返事なぞできなかった。彼の傷は命にかかわるほどではなかったけれど、足首の骨をグチャグチャにくだいた、なかなかの重傷であった。

取調べの結果、この兇行《きょうこう》は盗賊の仕業であることが明らかになった。賊は裏庭から忍び込んで、品物を盗み集めているところへ、ヒョッコリ弘一君がはいって行ったので（たぶん賊を追いかけたのであろう。倒れていた位置が入口ではなかった）、恐怖のあまり所持のピストルを発射したものに違いなかった。

大きな事務デスクの引出しが残らず引き出され、中の書類などがそこいら一面に散乱していた。だが少将の言葉によれば、引出しの中には別段大切なものは入れてなかったという。同じデスクの上に、少将の大型の札入れ《さつい》が投げ出してあった。不思議なことに、中には可なりの額の紙幣がはいっていたのだが、それには少しも手をつけたあとがない。では何が盗まれたかというと、実に奇妙な盗賊である、まずデスクの上に（しかも札入れのすぐそばに）置いてあった小型の金製置時計、それから、同じ机の上の金の万年ペン、金側懐中時計（金鎖《きんぐさり》とも）、いちばん金目なのは、室の中央の丸テーブルの上にあった金製の煙草セット（煙草入れと灰皿だけで、盆は残っていた。盆は赤銅製である）の品々であった。

これが盗難品の全部なのだ。いくら調べてみても、ほかになくなった品はない。金庫の中も別状はなかった。

つまり、此《こ》の賊はほかのものには見向きもせず、書斎にあったことごとくの金製品を奪い去ったのである。

「気ちがいかもしれませんな。黄金収集狂とでもいう」

波多野警部が妙な顔をして言った。

消えた足跡

実に妙な泥棒であった。紙幣在中の札入れをそのままにしておいて、それほどの値打ちもない万年筆や懐中時計に執着したという、賊の気持が理解できなかった。

警部は少将に、それらの金製品のうち、高価というほかに、何か特別の値打ちをもったものはなかったかと尋ねた。

だが、少将は別にそういう心あたりもないと答えた。ただ、金製万年筆は、彼がある師団の連隊長を勤めていたころ、同じ隊にぞくしていられた高貴のお方から拝領したもので、少将にとっては金銭に替えがたい値打ちがあったのと、金製置時計は、三寸四方くらいの小さなものだけれど、洋行記念に親しくパリで買って帰ったので、あんな精巧な機械は二度と手に入らぬと惜しまれるくらいのことであった。両方とも、泥棒にとって別段の値打ちがあろうとも思われぬ。

さて波多野警部は室内から屋外へと、順序をおって、綿密な現場調査に取りかかった。彼が現場へ来着したのは、ピストルが発射されてから二十分もたっていたので、あわてて賊のあとを追うような愚はしなかった。

あとでわかったことだが、この司法主任は、犯罪捜査学の信者で、科学的綿密ということを最上のモットーとしていた。彼がまだ片田舎の平刑事であったころ、地上にこぼれていた一滴の血痕を、検事や上官が来着するまで完全に保存するために、その上にお椀《わん》をふせて、お椀のまわりの地面を、一と晩じゅう棒切れでたたいていた、という一つ話さえあった。彼はそうして、血痕をミミズがたべてしまうのをふせいでいたのである。

こんなふうな綿密周到によって地位を作った人だけに、彼の取調べには毛筋ほどのすきもなく、検事でも予審判事でも、彼の報告とあれば全然信用がおけるのであった。

ところが、その綿密警部の綿密周到な捜査にもかかわらず、室内には、一本の毛髪さえも発見されなかった。この上はガラス窓の指紋と、屋外の足跡とが唯一の頼みである。

窓ガラスは最初想像した通り、掛金をはずすために、賊がガラス切りと吸盤とを使って、丸く切り抜いたものであった。指紋の方はその係りのものがくるのを待つことにして、警部は用意の懐中電燈で窓のそとの地面を照らして見た。

幸いにも雨上がりだったので、窓のそとにはハッキリ足跡が残っていた。労働者などのはく靴足袋の跡で、ゴム裏の模様が型で押したように浮き出している。それが裏の土塀のところまで二列につづいているのは、賊の往復したあとだ。

「女みたいに内輪に歩くやつだな」警部のひとりごとに気づくと、なるほどその足跡はみな爪先の方が踵《かかと》よりも内輪になっている。ガニ股の男には、こんな内輪の足癖がよくあるものだ。

　そこで、警部は部下に靴を持ってこさせて、それをはくと、窓をまたいでそとの地面に降り、懐中電燈をたよりに、靴足袋のあとをたどって行った。

　それを見ると、人一倍好奇心の強い私は、邪魔になるとは知りながら、もうじっとしてはいられず、いきなり日本座敷の縁側から廻って警部のあとを追ったものである。むろん賊の足跡を見るためだ。

　ところが行ってみると足跡検分の邪魔者は私一人でないことがわかった。もうちゃんと先客がある。やはり誕生祝いに呼ばれていた赤井さんであった。いつの間に出てきたのか、実にすばしっこい人だ。

　赤井さんがどういう素姓の人だか、結城家とどんな関係があるのか、私は何も知らなかった。弘一君さえハッキリしたことは知らないらしい。二十七、八の、頭の毛をモジャモジャさせた痩せ形の男で、非常に無口なくせに、いつもニヤニヤと微笑を浮かべている、えたいの知れない人物であった。

　彼はよく結城家へ碁をうちに来た。そして、いつも夜ふかしをして、ちょいちょい泊り込んで行くこともあった。

　少将は彼をあるクラブで見つけた碁の好敵手だといっていた。その晩は招かれて宴会の席に列したのだが、事件の起こった時には、二階の大広間には見えなかった。どこか下の座敷にでもいたのであろう。

だが、私は或る偶然のことから、この人が探偵好きであることを知っていた。私が結城家に泊り込んだ二日目であったか、赤井さんと弘一君とが、事件の起こった書斎で話しているところへ行き合わせた。赤井さんはその少将の書斎に持ち込んであった弘一君の本棚を見て何か言っていた。弘一君は大の探偵好きであったから（それは、この事件で後に被害者の彼自身が探偵の役目を勤めたほどである）、そこには犯罪学や探偵談の書物がたくさん並んでいるのだ。

彼らは内外の名探偵について、論じあっているらしかった。ヴィドック以来の実際の探偵や、デュパン以来の小説上の探偵が話題にのぼった。また弘一君はそこにあった「明智小五郎探偵談」という書物を指さして、この男はいやに理屈っぽいばかりだとけなした。赤井さんもしきりに同感していた。彼らはいずれおとらぬ探偵通で、その方では非常に話が合うらしかった。

そういう赤井さんが、この犯罪事件に興味をもち、私の先を越して、足跡を見に来たのはまことに無理もないことである。

余談はさておき、波多野司法主任は、

「足跡を踏まぬように気をつけてください」

と、二人の邪魔者に注意をしながら、無言で足跡を調べて行った。賊が低い土塀を乗り越えて逃げたらしいことがわかると、土塀のそとを調べる前に、一度洋館の方へ引返して、何か邸内の人に頼んでいる様子だったが、間もなく炊事用の摺鉢《すりばち》をかかえてきて、もっともハッキリした一つの足跡の上にそれをふせた。あとで型をとる時まで原型をくずさぬ用心である。

やたらにふせたがる探偵だ。

それから私たち三人は裏木戸をあけて、塀のそとに廻ったが、そのあたり一帯、誰かの屋敷跡の空地で、人通りなぞないものだから、まぎらわしい足跡もなく、賊のそれだけが、どこまでもハッキリと残っていた。

ところが懐中電燈を振りふり、空地を半丁ほども進んだ時である。波多野氏は突然立ち止まって、当惑したようにさけんだ。

「おやおや、犯人は井戸の中へ飛び込んだのかしら」

私は警部の突飛な言葉に、あっけにとられたが、よく調べてみると、なるほど彼のいうのがもっともであった。足跡は空地のまんなかの一つの古井戸のそばで終っている。出発点もそこだ。いくら電燈で照らして見ても、井戸のまわり五、六間《けん》のあいだ、ほかに一つの足跡もない。しかもその辺は、決して足跡のつかぬような硬い土ではないのだ。又足跡を隠すほどの草もはえてはいない。

それは、漆喰《しっくい》の丸い井戸側《がわ》が、ほとんど欠けてしまって、なんとなく無気味な古井戸であった。電燈の光で中をのぞいて見ると、ひどくひびわれた漆喰が、ずっと下の方までつづいていて、その底ににぶく光って見えるのは腐り水であろう、ブヨブヨと物の怪《け》でも泳いでいそうな感じがした。

賊が井戸から現われて、また井戸の中へ消えたなどとは、いかにも信じがたいことであった。お菊の幽霊ではあるまいし。だが、彼がそこから風船にでも乗って天上《てんじょう》＊しなかったかぎり、この足跡は賊が井戸の中へはいったとしか解釈できないのである。

さすがの科学探偵波多野警部も、ここでハタと行きづまったように見えた。彼は入念にも、部下の刑事に竹竿《たけざお》を持ってこさせて、井戸の中をかき廻してみたが、むろんなんの手答えもなかった。といって、井戸側の漆喰に仕かけがあって、地下に抜け穴が通じているなどは、あまりに荒唐無稽な想像である。

「こう暗くては、こまかいことがわからん。あすの朝もう一度調べてみるとしよう」

波多野氏はブツブツと独り言を言いながら、屋敷の方へ引き返して行った。

それから、裁判所の一行の来着を待つあいだに、勤勉な波多野氏は、邸内の人々の陳述を聞きとり、現場の見取図を作製した。便宜上見取図の方から説明すると、

彼は用意周到にいつも携帯している巻尺を取り出して、負傷者の倒れていた地位（それ

＊天上＝天へのぼること。ここでは風船に乗って空から逃げるの意。

は血痕などでわかった）、足跡の歩幅、来る時と帰る時の足跡の間隔、洋館の間取、窓の位置、庭の樹木や池や塀の位置などを、不必要だと思われるほど入念に計って、手帳にその見取図を書きつけた。

だが、警部のこの努力は決してむだではなかった。素人考えに不必要だと思われたことも、後には甚だ必要であったことがわかった。

その時の警部の見取図をまねて、読者諸君のために、ここにそれを掲げておく。これは事件が解決したあとで、結果から割出して私が作った図であるから、警部のほど正確ではないが、そのかわり、事件解決に重大な関係のあった点は、間違いなく、むしろいくぶん誇張して現わしてある。

後に至ってわかることだが、この図面は、

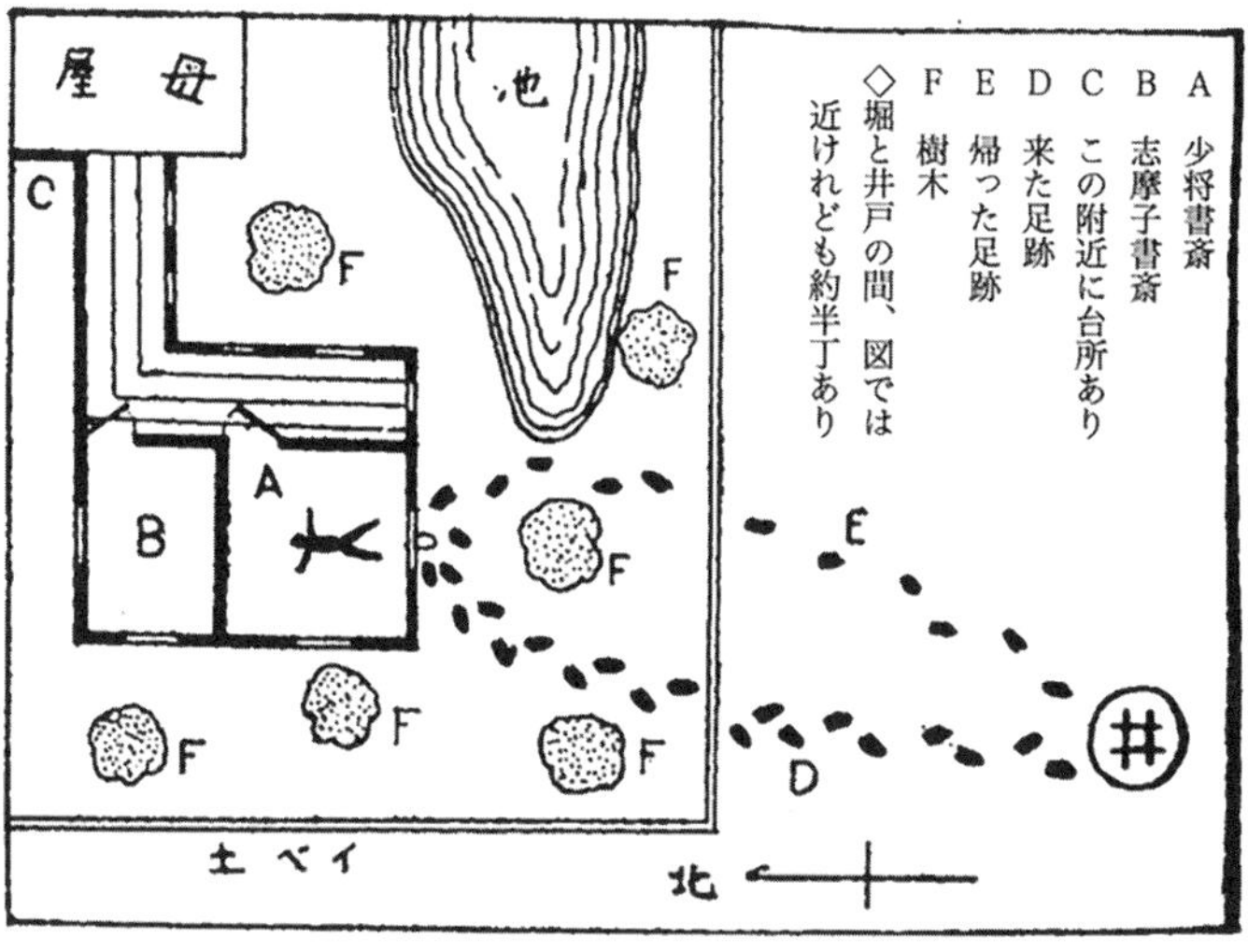

犯罪事件について、存外いろいろなことを物語っているのである。ごく手近な一例を上げると、賊の往復の足跡の図だ。それは彼が女のように内輪であったことをしめすばかりではない、Dの方は歩幅がせまく、Eの方はその倍も広くなっているが、これはDはくる時のオズオズした足取りを意味し、Eはピストルをうって、一目散に逃げ去る時のあわただしい足取りを現わすものである。つまりDが往、Eが復の足跡であることがわかる（波多野氏はこの両方の歩幅を精密にはかり、賊の身長計算の基礎として、その数字を書きとめたが、ここではあまりくだくだしくなるから省いておく）。

だが、これは一例にすぎないのだ。この足跡の図にはもっと別の意味がある。又負傷者の位置その他二、三の点について、後に重大な意味を生じてくる部分がある。私は順序を追って話すために、ここではその点に触れないが、読者諸君は、よくよくこの図を記憶にとどめておいていただきたい。

つぎに邸内の人々の取調べについて一言すると、第一に質問を受けたのは、兇行の最初の目撃者甲田伸太郎君であった。

彼は弘一君よりも二十分ばかり前に、母屋の二階をおりて、階下の手洗所にはいり、用をすませてからも、玄関に出て酒にほてった頬を冷やしていたが、もう一度二階の宴席へもどるために、廊下を引き返してくると、突然の銃声につづいて弘一君のうめき声が聞こえた。

いきなり洋館にかけつけると、書斎のドアは半びらきになって、中は電燈もつかずまっくらだった。彼がそこまで話してきた時、警部は、

「電燈がついてなかったのですね」

と、なぜか念を押して聞き返した。

「ええ、弘一君はたぶんスイッチを押す間がなかったのでしょう」

甲田君が答えた。

「私は書斎へかけつけると、まず壁のスイッチを押して電燈をつけました。すると、部屋のまん中に弘一君が血に染まって気を失って倒れていたのです。私はすぐ母屋の方へ走っていって、大声で家の人を呼びたてました」

「その時、君は賊の姿を見なかったのですね」

警部が最初に聞きとったことを、もういちどたずねた。

「見ませんでした。もう窓のそとへ出てしまっていたのでしょう。窓のそとはまっくらですから……」

「そのほかに何か変ったことはなかったですか。ほんの些細《ささい》なことでも」

「ええ、別に……ああ、そうそう、つまらないことですけれど、私がかけつけた時、書斎の中から猫が飛び出してきてびっくりしたのをおぼえています。久松のやつが鉄砲玉のように飛び出してきました」

「久松って猫の名ですか」

「ええ、ここの家の猫です。志摩子さんのペットです」

警部はそれを聞いて変な顔をした。ここに暗《やみ》の中でもハッキリと賊の顔を見たものがあるのだ。だが、猫はものをいうことができない。

それから結城家の人々（召使いも）、赤井さん、私、その他来客一同が質問を受けたが、誰も別段変った答えをしなかった。病院へつき添って行って、その場に居合わせなかった夫人と志摩子さんは、翌日取調べを受けたが、その時の志摩子さんの返事が、少し変っていたのをあとで伝聞したので、ついでにここにしるしておく。

警部の「どんな些細なことでも」という例の調子にさそわれて、彼女は次ぎのようなことを申し述べた。

「私の思い違いかもしれませんけれど、私の書斎へも誰かはいった者があるらしいのでございます」図面にしるした通り彼女の書斎は問題の少将の書斎の隣室である。

「別になくなったものはございませんが、私の机の引出しを誰かあけたものがあるのです。きのうの夕方たしかにそこへ入れておいた私の日記帳が、けさ見ますと、机の上にひろげたまま乱暴にほうり出してありました。引出しもひらいたままなんです。家の人は、女中でも誰でも、私の引出しなんかあけるようなものはございませんのに、なんだか変だと存じましたので……でもつまらないことですわ」

警部は志摩子さんの話を、そのまま聞き流してしまったが、あとで考えると、この日記帳の一件にもなかなか意味があったのである。

話は元にもどる。それからしばらくして、やっと裁判所の一行がやってきた。専門家がきて、指紋をしらべたりした。しかし、その結果は、波多野警部の調べ上げた以上の収穫は何もなかった。問題の窓ガラスは布でふきとった形跡があり、指紋は一つも出なかった。窓外の地上に落ち散っていたガラスの破片にさえ一つの指紋もなかった。この一事《いちじ》をもってしても、賊が並たいていのやつでないことがわかるのだ。

最後に、警部は部下に命じて、さっき摺鉢でふせておいた足跡の型を、石膏《せっこう》でとらせ、大切そうに警察署へ持ち帰った。

騒ぎがすんで、一同ともかくも床についたのは二時頃であった。私は甲田君と床をならべて寝たが、両人とも昂奮《こうふん》のため寝つかれず、ほとんど一と晩じゅう寝返りばかりうっていた。そのくせ、私たちは、なぜか事件についてはひとことも話をしなかった。

金ピカの赤井さん

翌朝、寝坊な私が五時に床を出た。例の不可解な足跡を朝の光で見直そうというのだ。私もなかなかの猟奇者であった。

甲田君はよく眠っていたので、なるべく音を立てぬように、縁側の雨戸をあけ、庭下駄で洋館のそとへ廻って行った。

ところが、驚いたことには、又しても私の先客がいる。やっぱり赤井さんである。いつも私の先へ先へと廻る男だ。しかし、彼は足跡を見てはいなかった。なんだか知らぬがもっとほかのものを見ている。

彼は洋館の南側（足跡のついていた側）の西のはずれに立って、建物に身をかくして、首だけで西側の北よりの方角を覗《のぞ》いているのだ。そんなところに何があるのだろう。その方角には、洋館のうしろがわに母屋の台所口があって、その前に、常爺《じい》さんがなぐさみに作っている花壇があるばかりだ。別に美しい花が咲いているわけでもない。

私は先手を打たれて、少々小癪《こしゃく》にさわっていたものだから、一つ驚かせてやろうと思って、足音を忍ばせて彼のうしろに近寄り、出し抜けにポンと肩をたたいたものである。すると相手は予期以上に驚いて、ビクッとしてふり向いたが、なぜかばかげて大きな声で、

「やあ、松村さんでしたか」

とどなった。その声に私の方がどぎもを抜かれたほどである。そして、赤井さんは、私をおし返すようにして、つまらない天気の話などをはじめるのだった。

こいつはいよいよおかしいと思うと、私はもうたまらなくなり、赤井さんの感情を害してもかまわぬと思って、邪魔する彼をつきのけるようにして、建物のはずれに出て、北の方

をながめたが、別に変ったものも見えぬ。ただ、早起きの常爺さんが、もう花壇いじりをはじめていたばかりだ。赤井さんはいったい全体、何をあんなに熱心にのぞいていたのだろう。

不審に思って赤井さんの顔をながめると、彼は不得要領*にニヤニヤ笑っているばかりである。

「今何をのぞいていらっしゃったのです」

私は思いきってたずねてみた。すると彼は、

「何ものぞいてなんかいやしませんよ。それはそうと、あなたは、ゆうべの足跡を調べに出ていらっしゃったのでしょう。え、違いますか」

と、ごまかしてしまった。私が仕方なくそうだと答えると、

「じゃあ、いっしょに見に行きましょう。私も実はこれからそれを見に行こうと思っていたところなんですよ」

と誘いかける。だが、そういう彼の言葉も、嘘《うそ》っぱちであったことがじきわかった。塀のそとへ出てみると、赤井さんの足跡が四本ついていた。つまり二往復の跡だ。一往復は私の先廻りをしてけさ見に行った足跡に違いない。何が「これから」なものか、もうちゃ

*不得要領＝要領を得ないこと。

んと見てしまっているのだ。

井戸のそばに着いて、しばらくその辺をしらべてみたが、別にゆうべと違ったところもなかった。足跡は確かに井戸から発し、井戸で終っている。ほかには、ゆうべ調べにきた私たち三人の足跡と、もっとくわしくいえば、その辺を歩き廻った大きな野良犬の足跡とがあるきりだ。

「この犬の足跡が、靴足袋の跡だったらなあ」

私はふとそんなひとりごとを言った。なぜといって、その犬の足跡は、靴足袋とは反対の方角から井戸のところへきて、その辺を歩き廻ったすえ、又元の方角へ帰っていたからである。

その時私はふと、外国のある犯罪実話を思い出した。古いストランド誌で読んだものだ。野原の一軒家で人殺しがおこなわれた。被害者は一人住まいの独身者だった。犯人は外部からきたものにきまっている。ところが、不思議なことに、兇行以前に降りやんだ雪の上に、人間の足跡というものが全然なかった。犯人は人殺しをやっておいて、そのまま天上したとでも考えるほかはないのだ。

だが人間の足跡こそなかったけれど、ほかのものの足跡はあった。一匹の馬がその家まできて、また帰って行った蹄鉄《ていてつ》の跡であった。

そこで、一時は被害者は馬に蹴殺されたのではないかと疑われたが、だんだん調べていくと、結局、犯人が足跡を隠すために、自分の靴の裏に蹄鉄を打ちつけて歩いたことがわかった、という話である。

私は、この犬の足跡も、もしやそれと同じ性質のものではなかろうかと思ったのだ。なかなか大きな犬らしい足跡だから、人間が四つんばいになって、手と足に犬の足跡に似せた木ぎれなんかをつけて、こんな跡を残したと考えることも不可能ではない。又その跡のついた時間も、土のかわきぐあいなんかで見ると、ちょうど靴足袋の男の歩いたのと同じころらしいのだ。

私がその考えを話すと、赤井さんはなんだか皮肉な調子で、

「あなたはなかなか名探偵ですね」

といったまま、ムッツリとだまり込んでしまった。妙な男だ。

私は念のために、犬の足跡を追って荒地の向こうの道路まで行ってみたが、道路が石ころ道だものだから、それから先はまったく不明であった。「犬」はその道路を右へか左へか曲って行ったものに違いない。

しかし、私は探偵ではないので、足跡が消えると、それから先どうすればよいのか、見当がつかず、せっかくの思いつきも、そこまでで打切ってしまったが、あとになって、なるほど、ほんとうの探偵というものは、そうしたものかと思いあたるところがあった。

それから一時間もして、約束通り波多野警部が再調べにやってきたが、ここにつけ加え

るほどの、別段の発見もなかった様子だ。

朝食後、この騒ぎに逗留《とうりゅう》でもあるまいというので、甲田君と私はひとまず結城邸にいとまを告げることにした。私は内心事件の成行きに未練があったけれど、一人居残るわけにもいかない。いずれ東京からまた出掛けてくれればよいことだ。

帰りみちに、弘一君の病院を見舞ったことはいうまでもない。それには、結城少将も、赤井さんもいっしょだった。結城夫人と志摩子さんは、病院に泊っていたが、ゆうべは一睡もしなかったといって、まっさおな顔をしていた。当の弘一君にはとても会えなかった。父少将だけが、やっと病室へはいることをゆるされた。思ったよりも重態である。

それから中二日おいて三日目に、私は弘一君の見舞かたがたその後の様子を見るために、鎌倉へ出かけて行った。

弘一君は手術後の高熱もとれ、もう危険はないとのことであったが、ひどく衰弱してものをいう元気もなかった。ちょうどその日、波多野警部がきて、弘一君に犯人の風体を見おぼえていないかとたずねたところ、同君は、「懐中電燈の光で黒い影のようなものを見たほか、何も見おぼえがない」と答えたよしである。それを私は結城夫人から聞いた。

病院を出ると、私は少将に挨拶するために、ちょっと結城邸に立寄ったが、その帰途、実に不思議なものを見た。なんとも私の力では解釈のつかない出来事である。

結城邸を辞した私は、猟奇者の常として、なんとなく例の古井戸が気にかかるものだから、そこの空地を通って、存分井戸のそばをながめ廻し、それからあの犬の足跡が消えていた小砂利の多い道路に出て、大廻りをして駅に向かったのであるが、その途中、空地から一丁とはへだたらぬ往来で、バッタリと赤井さんと出会った。ヤレヤレ又しても赤井さんである。

彼は往来に面した、裕福らしい一軒のしもた家の格子をあけて出てきたが、遠方に私の姿をみとめると、なぜか顔をそむけて、逃げるようにスタスタと向こうへ歩いて行く。

そうされると、私も意地になって、足をはやめて赤井さんの後を追った。彼の出てきた家の前を通る時、表札を見ると「琴野三右衛門」とあった。私はそれをよくおぼえておいて、なおも赤井さんの跡を追い、一丁ばかりでとうとう彼に追いついた。

「赤井さんじゃありませんか」

と、声をかけると、彼は観念したらしくふり向いて、

「やあ、あなたもこちらへおいでしたか。僕もきょうは結城さんをおたずねしたのですよ」

と、弁解がましくいった。琴野三右衛門をたずねたことはいわなかった。

ところが、そうしてこちらを向いた赤井さんの姿を見ると、私はびっくりしてしまった。彼は錺屋《かざりや》*の小僧か表具屋**の弟子みたいに、からだじゅう金粉だらけだ。両手から胸膝にか

*錺屋＝板金や針金等を用いて、かんざし、金具など細かい金属細工をする職業。＊＊表具屋＝布または紙を貼って、巻物・書画帖・屏風・襖などを作り上げる職業。

けて、梨地《なしじ》*のように金色の粉がくっついている。それが夏の太陽に照らされて、美しくキラキラ光っているのだ。よく見ると、鼻の頭まで、仏像の様に金色だ。わけをたずねても、「なにちょっと」と曖昧な返事をしている。

当時の私たちにとって「金」というものは特別の意味を持っていた。弘一君を撃った賊は、金製品にかぎって盗み去ったのである。彼は波多野氏のいわゆる「黄金収集狂」なのだ。その犯罪当夜、結城邸に居合わせたえたいの知れぬ人物赤井さんが、いま金ピカの姿をして私の前から逃げようとした。実に異様な出来事である。まさか赤井さんが犯人ではなかろうが、しかし、このあいだからの不思議な挙動といい、この金ピカ姿といい、なんとも合点の行かないことだ。

私たちは双方奥歯に物のはさまった形で、言葉少なに駅の方へ歩いたが、私は前々から気にかかりながらたずねかけていたことを、思いきって尋ねてみた。

「先夜ピストルの音がした少し前から、あなたは二階の客間にいらっしゃらなかったようですが、あの時あなたはどこにおいでになったのですか」

「私は酒に弱いので」赤井さんは待ち構えていたように答えた。「少し苦しくなったものですから、そとの空気を吸いたくもあったし、ちょうど煙草が切れたので、それを自分で

*梨地＝金属の表面に細かな凸凹をつくることで、ざらざらとした質感に仕上げる表面処理方法のこと。

買いに出かけていたのですよ」

「そうでしたか。それじゃピストルの音はお聞きにならなかったわけですね」

「ええ」

と、いうようなことで、私たちは又プッツリだまり込んでしまったが、しばらく歩くと、今度は赤井さんが妙なことを言い出した。

「あの古井戸の向こう側の空地にね、事件のあった二日前まで、近所の古木屋の古材木がいっぱい置いてあったのです。もしその材木が売れてしまわなかったら、それが邪魔をしているので、僕たちの見た例の犬の足跡なんかもつかなかったわけです。ね、そうじゃありませんか。僕はそのことをつい今しがた聞いたばかりですが」

赤井さんはつまらないことを、さも意味ありげにいうのだ。

てれ隠しか、そうでなければ、彼はやっぱり利口ぶった薄ばかである。なぜといって、事件の二日前にそこに材木が置いてあろうがなかろうが、事件にはなんの関係もないことだ。そのために足跡がさまたげられるわけもない。まったく無意味なことである。私がそれをいうと、赤井さんは、

「そういってしまえば、それまでですがね」

と、まだもったいぶっている。実に変な男だ。

その日は、ほかに別段の出来事もなく帰宅したが、それからまた一週間ばかりたって、私は三度目の鎌倉行きをした。弘一君はまだ入院していたけれど、気分はすっかり回復したから話にこいという通知を受け取ったのである。その一週間のあいだに、警察の方の犯人捜査がどんなふうになっていたかは、結城家の人から通告もなく、新聞にもいっこう記事が出なかったので、私は何も知るところがなかった。むろんまだ犯人は発見されないのであろう。

病室にはいってみると、弘一君は、まだ青白くはあるがなかなか元気な様子で、諸方から送られた花束と、母夫人と、看護婦にとりまかれていた。

「ああ、松村君よくきてくれたね」

彼は私の顔を見ると、うれしそうに手をさし出した。私はそれをにぎって回復の喜びを述べた。

「だが、僕は一生びっこは直らないのだよ。醜い片輪者だ」

弘一君が暗然としていった。私は答えるすべを知らなかった。母夫人は傍見をして眼をしばたたいていた。

しばらく雑談をかわしていると、夫人はそとに買物があるからといって、あとを私に頼んでおいて、席をはずしてくれた。弘一君はその上に看護婦も遠ざけてしまったので、私たちはもう何を話してもさしつかえなかった。そこで、まず話題にのぼったのは事件のことである。

弘一君の語るところによると、警察では、あれから例の古井戸をさらってみたり、足跡の靴足袋と同じ品を売った店を調べたりしたが、古井戸の底からは何も出ず、靴足袋はごくありふれた品で、どこの足袋屋でも日に何足と売っていることがわかった。つまりなんの得るところもなかったわけである。

波多野警部は、被害者の父が陸軍省の重要な人物なので、土地の有力者として敬意を表し、たびたび弘一君の病室を見舞い、弘一君が犯罪捜査に興味を持っていることがわかると、捜査の状況を逐一話して聞かせてさえくれたのである。

「そういうわけで、警察で知っているだけのことは僕にもわかっているんだが、実に不思議な事件だね。賊の足跡が広場のまんなかでポッツリ消えていたなんて、まるで探偵小説みたいだね。それに金製品に限って盗んだというのもおかしい。君は何かほかに聞きこんだことはないかね」

弘一君は、当の被害者であった上に、日頃の探偵好きから、この事件に非常な興味を感じている様子だった。

そこで私は、彼のまだ知らない事実、すなわち赤井さんの数々の異様な挙動、犬の足跡のこと、事件当夜、常爺さんが窓際にすわった妙な仕草のことなどを、すべて話して聞かせた。

弘一君は私の話を「フンフン」とうなずいて、緊張して聞いていたが、私が話し終ると、ひどく考え込んでしまった。からだにさわりはしないかと心配になるほど、じっと眼をつむって考え込んでいた。が、やがて眼をひらくと非常に緊張した様子でつぶやいた。

「ことによると、これは皆が考えているよりも、ずっと恐ろしい犯罪だよ」

「恐ろしいといって、ただの泥棒ではないというのかね」

弘一君の恐怖の表情に打たれて、私は思わず真剣な調子になった。

「ウン、僕が今ふと想像したのは途方もないことだ。泥棒なんてなまやさしい犯罪ではない。ゾッとするような陰謀だ。恐ろしいと同時に、唾棄すべき悪魔の所業だ」

弘一君の痩せた青ざめた顔が、まっ白なベッドの中にうずまって、天井を凝視しながら、低い声で謎のようなことをいっている。夏の真昼、蟬《せみ》の声がパッタリやんで、夢の中の砂漠みたいに静かである。

「君はいったい何を考えているのだ」

私は少しこわくなって尋ねた。

「いや、それはいえない」弘一君はやっぱり天井を見つめたままで答える。「まだ僕の白昼の夢でしかないからだ。それに、あんまり恐ろしいことだ。まずゆっくり考えてみよう。材料は豊富にそろっている。この事件には、奇怪な事実がみちみちている。が、表面奇怪なだけに、その裏にひそんでいる真理は、存外単純かもしれない」

弘一君は自分自身にいい聞かせる調子でそこまでしゃべると、また眼をとじてだまり込んでしまった。

彼の頭の中で、なにごとか或る恐ろしい真実が、徐々に形作られているのであろう。だが、私はそれがなんであるか、想像することもできなかった。

「第一の不思議は、古井戸から発して、古井戸で終っている足跡だね」

弘一君は考え考えしゃべりはじめた。

「古井戸というものに何か意味があるのかしら……いやいや、その考え方がいけないのだ。もっと別の解釈があるはずだ。松村君、君は覚えているかね。僕はこのあいだ波多野さんに現場の見取図を見せてもらって、要点だけは記憶しているつもりだが、あの足跡には変なところがあったね。賊が女みたいに内輪に歩くやつだということも一つだが、これはむろん非常に大切な点だが、そのほかに、もっと変なところがあった。波多野さんは、僕がそれを注意しても、いっこう気にもとめなかったようだ。たぶん君も気づかないでいるだろう。それはね、往きの足跡と帰りの足跡とが、不自然に離れていたことだよ。ああした場合、誰しもいちばん早い道をえらぶのが自然ではないだろうか。つまり、二点間の最短距離を歩くはずではないだろうか。それが、往きと帰りの足跡が、井戸と洋館の窓とを基点にしてそとにふくらんだ二つの弧をえがいている。そのあいだに大きな立ち木がはさまれていたほどだ。僕にはこれがひどく変に思われるのだよ」

これが弘一君のものの言い方である。彼は探偵小説が好きなほどあって、はなはだしく論理の遊戯をこのむ男であった。

「だって君、あの晩は闇夜だぜ。それに賊は人を撃ってあわてているのだ。来た時と違った道を通るくらい別に不自然でもないじゃないか」

私は彼の論理一点張りが不服であった。

「いや、闇夜だったからこそ、あんな足跡になったのだ。君は少し見当違いをしているようだが、僕のいう意味はね、ただ通った道が違っていたということではないのだよ。二つの足跡が故意に離してあったということはね、賊が自分のきた時の足跡を踏むまいとしたからではないかと、僕は思うのだ。それには、闇夜だから、用心深くよほど離れたところを歩かなくてはならない。ね、そこに意味があるのだよ。念のため波多野さんに、往き帰りの足跡の重なったところはなかったかと確かめてみたが、むろん一ヵ所もないということだった。あの闇夜に、同じ二点間を歩いた往き帰りの足跡が、一つも重なっていなかったなんて、偶然にしては少し変だとは思わないかね」

「なるほど、そういえば少し変だね。しかし、なぜ賊が足跡を重ねまいと、そんな苦労をしなければならなかったのだね。およそ意味がないじゃないか」

「いや、あるんだよ。が、まあそのつぎを考えてみよう」

弘一君はシャーロック・ホームズみたいに、結論を隠したがる。これも彼の日頃のくせである。

顔は青ざめ、息使いは荒く、嵩《かさ》だかく繃帯《ほうたい》を巻きつけた患部が、まだ痛むとみえて、時々眉をしかめるような状態でいて、探偵談となると、弘一君は特殊の情熱を示すのだ。それに、こんどの事件は彼自身被害者であるばかりか、事件の裏に何かしら恐ろしい陰謀を感じているらしい。彼が真剣なのも無理ではない。

「第二の不思議は、盗難品が金製品に限られていた点だ。賊がなぜ現金に眼をくれなかったかという点だ。それを聞いた時、僕はすぐ思いあたった人物がある。この土地でもごく少数の人しか知らない秘密なんだ。現に波多野さんなんかも、その人物には気づかないでいるらしい」

「僕の知らない人かね」

「ウン、むろん知らないだろう。僕の友達では甲田君が知っているだけだ。いつか話したことがあるんでね」

「いったい誰のことだい。そして、その人物が犯人だというのかい」

「いや、そうじゃないと思うのだ。だから、僕は波多野さんにもその人物のことを話さなかった。君にもまるで知らない人のことを話したって仕方がない。一時ちょっと疑っただけで、僕の思い違いなんだ。その人だとすると、ほかの点がどうも一致しないからね」

そういったまま、彼はまた眼をつむってしまった。いやに人をじらす男だ。だが、彼はこういう推理ごとにかけては確かに私より一枚うわてなんだから、どうもいたしかたがない。

私は病人のお伽《とぎ》をするつもりで、根気よく待っていると、やがて、彼はパッチリと眼をひらいた。その瞳が喜ばしげな光を放っている。

「君、盗まれた金製品のうちで一ばん大きいのはなんだと思う。おそらくあの置時計だね。どのくらいの寸法だったかしら、縦が五寸、幅と奥行が三寸、だいたいそんなものだね。それから目方だ。五百匁《もんめ》*、そんなものじゃなかろうか」

「僕はそれをよく見覚えてはいないけれど、お父さんが話されたのを聞くと、ちょうどそんなものらしいね。だが、置時計の寸法や目方が、事件とどんな関係があるんだね。君も変なことを言い出すじゃないか」

私は弘一君が熱に浮かされているのではないかと思って、実際彼の額へ手を持っていきそうにした。だが、顔色を見ると、昂奮こそしているが、べつだん高熱らしくもない。

「いや、それが一ばんたいせつな点だ。僕は今やっとそこへ気がついたのだが、盗難品の

＊五百匁＝約一・八七五kg。

大きさなり目方なりが、非常に重大な意味を持っているのだよ」

「賊が持ち運びできたかどうかをいっているの？」

だが、あとで考えると、なんというおろかな私の質問であったことか。彼はそれには答えず又しても突飛なことを口走るのだ。

「君、そのうしろの花瓶の花を抜いて、花瓶だけをね、この窓からそとの塀を目がけて力いっぱい投げてくれないか」

気ちがいの沙汰である。弘一君はその病室に飾ってあった花瓶を、窓のそとの塀に投げつけよというのだ。花瓶というのは高さ五寸ほどの瀬戸物で、べつだん変った品ではない。

「何をいっているのだ。そんなことをすれば花瓶がこわれるじゃないか」

私はほんとうに弘一君の頭がどうかしたのではないかと思った。

「いいんだよ、われたって、それは僕の家から持ってきた花瓶なんだから。さあ、早く投げてくれたまえ」

それでも私が躊躇《ちゅうちょ》していると、彼はじれて、ベッドの上に起き上がりそうになる。そんなことをされては大変だ。身動きさえ禁じられているからだではないか。

気ちがいじみているけれど、病人にさからうでもないと観念して、私はとうとう彼のばかばかしい頼みを承知した。ひらいた窓から、その花瓶を三間ばかり向こうのコンクリート塀へ、力いっぱい投げつけたのだ。花瓶は塀にあたって粉々にくだけてしまった。

弘一君は首を上げて花瓶の最後を見届けると、やっと安心した様子で、グッタリと又もとの姿勢に帰った。

「よし、よし、それでいいんだよ。ありがとう」

呑気《のんき》な挨拶だ。私は今の物音を聞きつけて、誰かきやしないかと、ビクビクものでいたのに。

「ところで、常爺やの妙な挙動だがね」

弘一君が突然また別のことを言い出した。どうも、彼の思考力は統一を失ってしまっているようだ。私は少々心配になってきた。

「これがこんどの犯罪事件の、もっとも有力な手掛りになるのではないかと思うよ」

彼は私の顔色などには無関心で話しつづける。

「皆が書斎へかけつけた時、常爺やだけが窓際へ行ってすわりこんでしまった。面白いね。君、わかるかね。それには何か理由がなくてはならない。気ちがいではあるまいし、理由なしでそんなばかなまねをするはずはないからね」

「むろん理由はあったろうさ。だが、それがわからないのだ」

私は少し癇《かん》にさわって、荒っぽい口をきいた。

「僕にはわかるような気がするんだがね」弘一君はニヤニヤして「ほら、その翌朝、常爺やが何をしていたかということを考えてみたまえ」

「翌朝？　常爺さんが？」

私は彼の意味をさとりかねた。

「なんだね。君はちゃんと見ていたじゃないか。君はね、赤井さんのことばかり考えているものだから、そこへ気がつかないのだよ。ほら、君がさっき話したじゃないか。赤井さんが洋館の向こう側をのぞいていたって」

「ウン、それもおかしいのだよ」

「いやさ、君は別々に考えるからいけない。赤井さんがのぞいていたのは、ほかのものではない、常爺やだったとは考えられないかね」

「ああ、そうか」

なるほど、赤井さんは爺やの挙動をのぞいていたかもしれない。

「爺やは、花壇いじりをしていたんだね。だがあすこにはいま花なんて咲いてないし、種を蒔《ま》く時節でもない。花壇いじりは変じゃないか。もっと別のことをしていたと考える方が自然だ」

「別のことというと？」

「考えてみたまえ。あの晩、爺やは書斎の中の不自然な場所にしばらくすわっていた。その翌早朝、花壇いじりだ。この二つを結び合わせると、そこから出てくる結論はたった一つしかない。ね、そうだろう。爺やは何か品物をかくしたのだ。

何をかくしたか、なぜかくしたか、それはわからない。しかし、常爺やが何かを隠さなければならなかったということだけは、間違いがないと思う。窓際へすわったのは、その品物を膝の下に敷いて隠すためだったに違いない。それから、爺やが何か隠そうとすれば、台所から一ばん手近で、一ばん自然な場所はあの花壇だ。花壇いじりと見せかける便宜もあるんだからね。ところで君にお願いだが、これからすぐ僕の家へ行って、ソッとあの花壇を掘り返して、その品物を持ってきてくれないだろうか。うずめた場所は土の色でじきわかるはずだよ」

私は弘一君の明察に一言もなかった。私が目撃しながら理解し得なかったことを、彼はとっさの間に解決した。

「それは行ってもいいがね。君はさっきただの泥棒の仕業ではなくて悪魔の所業だといったね。それには何か確かな根拠があるのかい。もう一つわからないのは、今の花瓶の一件だ。行く前にそいつを説明してくれないか」

「いや、すべて僕の想像にすぎないのだ。それに迂闊《うかつ》にしゃべれない性質のことなんだ。今は聞かないでくれたまえ。ただ、僕の想像が間違いでなかったら、この事件は表面に現われているよりも、ずっとずっと恐ろしい犯罪だということを、頭に入れておいてくれたまえ。そうでなくて、病人の僕がこんなに騒いだりするものかね」

そこで、私は看護婦にあとを頼んでおいて、ひとまず病院を辞したのであるが、私が病室を出ようとした時、弘一君が鼻歌を歌うような調子でフランス語で、「シェルシェ・ラ・ファンム」（女を探せ）とつぶやいているのを耳にとめた。

結城家をおとずれたのはもうたそがれどきであった。少将は不在だったので、書生に挨拶しておいて、隙を見てなにげなく庭に出た。そして問題の花壇を掘り返した結果を簡単にいえば、弘一君の推察は適中したのだ。そこから妙な品物が出てきたのだ。それは古びた安物のアルミニューム製目がねサックで、最近うずめたものに違いなかった。私は常さんに感づかれぬように、ソッとそのサックを一人の女中に見せて、持主を尋ねてみたところが、意外にもそれは常さん自身の老眼鏡のサックであることがわかった。女中は目印があるから間違いはないといった。

常さんは彼自身の持物をかくしたのだ。妙なこともあるものだ。たとえそれが犯罪現場に落ちていたにもせよ、常さん自身の持物なれば、何も花壇へうずめたりしないで、だまって使用していればよいではないか。日常使用していたサックが突然なくなったら、その方がよっぽど変ではあるまいか。

いくら考えても、わかりそうもないので、私はともかくもそれを病院へ持って行くことにして、女中には固く口どめをしておいて、母屋の方へ引き返したが、その途中、又してもわけのわからぬことにぶつかった。

そのころはほとんど日が暮れきって、足元もおぼつかないほど暗くなっていた。母屋の雨戸はすっかり締めてあったし、主人は不在なので、洋館の窓にも明かりは見えぬ。その薄暗い庭を、一つの影法師がこちらへ歩いてくるのだ。

近づいたのを見ると、シャツ一枚の赤井さんだ。この人は主人もいない家へ、しかも今時分このなりで、何をしに来たのであろう。

彼は私の姿に気づくと、ギョッとしたように立ち止まったが、見ると、どうしたというのであろう、シャツ一枚ではだしの上に、腰から下がびっしょりぬれて泥まみれだ。

「どうしたんです」

と聞くと、彼はきまりわるそうに、

「鯉《こい》を釣っていて、つい足をすべらしたんです。あの池は泥深くってね」

と弁解がましく言った。

逮捕された黄金狂

間もなく私は、再び弘一君の病室にいた。母夫人は私と行き違いに帰邸し、彼の枕もとには附添いの看護婦が退屈そうにしているばかりだった。私の姿を見ると弘一君はその看護婦を立ち去らせた。

「これだ、君の推察通り、花壇にこれがうずめてあった」

私はそういって、例のサックをベッドの上に置いた。弘一君は一と目それを見ると、非常に驚いた様子で、

「ああ、やっぱり……」とつぶやいた。

「やっぱりって、君はこれがうずめてあることを知っていたのかい。だが、女中に聞いてみると、常さんの老眼鏡のサックだということだが、常さんがなぜ自分の持物をうずめなければならなかったのか、僕にはサッパリわからないのだが」

「それは、爺やの持物には違いないけれど、もっと別の意味があるんだよ。君はあれを知らなかったのかなあ」

「あれっていうと？」

「これでもう疑う余地はなくなった。恐ろしいことだ……あいつがそんなことを……」

弘一君は私の問いに答えようともせず、ひどく昂奮してひとりごとをいっている。彼は確かに犯人をさとったのだ。

「あいつ」とはいったい誰のことなんだろう。で、私がそれを聞きただそうとしていた時、ドアにノックの音が聞こえた。

波多野警部が見舞いにきたのだ。入院以来何度目かのお見舞いである。彼は結城家に対して職務以上の好意を持っているのだ。

「大分元気のようですね」

「ええ、お蔭《かげ》様で順調にいってます」

と、一と通りの挨拶がすむと、警部は少し改まって、

「夜分やって来たのは、実は急いでお知らせしたいことが起こったものだから」

と、ジロジロ私を見る。

「ご存知の松村君です。僕の親しい友人ですからおかまいなく」

弘一君がうながすと、

「いや、秘密というわけではないのだから、ではお話ししますが、犯人がわかったのです。きょう午後逮捕しました」

「え、犯人が捕縛されましたか」

弘一君と私とが同時に叫んだ。

「して、それはなにものです」

「結城さん。あなた琴野三右衛門というあの辺の地主を知っていますか」

はたして、琴野三右衛門に関係があったのだ。

読者は記憶されるであろう、いつか疑問の男赤井さんが、その三右衛門の家から、金箔《きんぱく》だらけになって出てきたことを。

「ええ、知ってます。では……」

「その息子に光雄っていう気ちがいがある。一間に監禁してめったに外出させないという

から、たぶんご存知ないでしょう、私もきょうやっと知ったくらいです」

「いや、知ってます。それが犯人だとおっしゃるのですか」

「そうです。すでに逮捕して、一応は取調べもすみました。何分気ちがいのことで、明瞭に自白はしていませんけれど。彼は珍らしい気ちがいなんです。黄金狂とでもいいますかね。金色のものに非常な執着を持っている。私はその男の部屋を見て、びっくりしました。部屋中が仏壇みたいに金ピカなんです。鍍金《めっき》であろうが、真鍮《しんちゅう》の粉や箔であろうが、金目には関係なく、ともかくも、金色をしたものなら、額縁から金紙からやすり屑にいたるまで、滅多無性に収集しているのです」

「それも聞いています。で、そういう黄金狂だから、私の家の金製品ばかりを盗み出したとおっしゃるのでしょうね」

「むろんそうです。札入れをそのままにして、金製品ばかりを、しかもたいした値打ちもない万年筆まで、もれなく集めていくというのは、常識では判断のできないことです。私も最初から、この事件には何かしら気ちがいめいた匂いがすると直覚していましたが、はたして気ちがいでした。しかも黄金狂です。ピッタリとあてはまるじゃありませんか」

「で、盗難品は出てきたのでしょうね」

どうしたわけか、弘一君の言葉には、わからぬほどではあったが、妙に皮肉な調子がこもっていた。

「いや、それはまだです。一応は調べましたが、その男の部屋にはないのです。しかし、気ちがいのことだから、どんな非常識なところへかくしているかわかりませんよ。なお充分調べさせるつもりですが」

「それから、あの事件のあった夜、その気ちがいが部屋を抜け出したという点も確かめられたのでしょうね。家族のものは、それに気づかなかったのですか」

弘一君が根掘り葉掘り聞きただすので、波多野氏はいやな顔をした。

「家族のものは誰も知らなかった様子です。しかし、気ちがいは裏の離座敷にいたのだから、窓から出て塀をのり越せば、誰にも知られずそとに出ることができるのですよ」

「なるほど、なるほど」と、弘一君はますます皮肉である。「ところで、例の足跡ですがね。井戸から発して井戸で終っているのを、なんとご解釈になりました。これは非常にたいせつなことだと思うのですが」

「まるで、私が訊問《じんもん》されているようですね」

警部はチラと私の顔を見て、さも磊落《らいらく》*に笑って見せたが、その実、腹の中ではひどく不快に思っている様子だった。

「何もそんなことを、あなたがご心配なさるには及びませんよ。それにはちゃんと警察な

*磊落＝気が大きく朗らかで小事にこだわらないさま。

り予審判事なりの機関があるのですから」

「いや、御立腹なすっちゃ困りますが、僕は当の被害者なんだから、参考までに聞かせてくださってもいいじゃありませんか」

「お聞かせすることはできないのです。というのは、あなたはまだ明瞭になっていない点ばかりお尋ねなさるから」警部は仕方なく笑い出して「足跡の方も目下取調べ中なんですよ」

「すると確かな証拠は一つもないことになりますね。ただ黄金狂と金製盗難品の偶然の一致のほかには」

弘一君は無遠慮に言ってのける。私はそばで聞いていてヒヤヒヤした。

「偶然の一致ですって」辛抱強い波多野氏もこれにはさすがにムッとしたらしく、「あなたはどうしてそんなものの言い方をするのです。警察が見当違いをやっているとでもいわれるのですか」

「そうです」弘一君がズバリととどめをさした。「警察が琴野光雄を逮捕したのは、とんでもない見当違いです」

「何ですって」警部はあっけにとられたが、しかし聞きずてにならぬという調子で「君は証拠でもあっていうのですか。でなければ、迂闊に口にすべきことではありませんよ」

「証拠はありあまるほどあります」

弘一君は平然として言う。

「ばかばかしい。事件以来ずっとそこに寝ていた君に、どうして証拠の収集ができます。あなたはまだからだがほんとうでないのだ。妄想ですよ。麻酔の夢ですよ」

「ハハハハハ、あなたはこわいのですか。あなたの失策を確かめられるのがこわいのですか」

弘一君はとうとう波多野氏をおこらせてしまった。そうまでいわれては、相手が若年者《じゃくねんもの》であろうと、病人であろうと、そのまま引き下がるわけにはいかぬ。警部は顔を筋ばらせて、ガタリと椅子を進めた。

「では聞きましょう。君はいったい誰が犯人だとおっしゃるのです」

波多野警部はえらい見幕でつめよった。だが弘一君はなかなか返事をしない。考えをまとめるためか、天井を向いて眼をふさいでしまった。

彼はさっき私に、疑われやすいある人物を知っているが、それは真犯人でないと語った。その人物というのが、黄金狂の琴野光雄であったに違いない。なるほど非常に疑われやすい人物だ。で、その琴野光雄が真犯人でないとすると、弘一君はいったい全体なにものを犯人に擬しているのであろう。ほかにもう一人黄金狂があるとでもいうのかしら。もしやそれは赤井さんではないか。事件以来、赤井さんの挙動はどれもこれも疑わしいことばかりだ。それに琴野三右衛門の家から、金箔にまみれて出てきたことさえある。彼こそ別の意味の「黄金狂」ではないのか。

だが、私が花壇を調べるため結城家へ出かける時、弘一君は妙なことを口走った。「女を探せ」というフランス語の文句だ。この犯罪の裏にも「女」がいるという意味かもしれない。はてな、女といえばすぐに頭に浮かぶのは志摩子さんだが、彼女が何かこの事件に関係を持っているのかしら。おお、そういえば賊の足跡は女みたいに内輪だった。それから、ピストルの音のすぐあとで、書斎から「久松」という猫が飛び出してきた。あの「久松」は志摩子さんのペットだ。では彼女が？　まさか、まさか。

そのほかにもう一人疑わしい人物がいる。老僕常さんだ。彼の目がねサックは、確かに犯罪現場に落ちていたし、彼はそれをわざわざ花壇へ埋めたではないか。

私がそんなことを考えているうちに、やがて弘一君がパッチリと眼をひらいて、待ち構えた波多野氏の方に向きなおると、低い声でゆっくりゆっくりしゃべりはじめた。

「琴野の息子は家内のものに知られぬように、家を抜け出すことができたかもしれません。だが、いくら気ちがいだからといって、足跡なしで歩くことは全然不可能です。井戸のところで消えていた足跡をいかに解釈すべきか。これが事件全体を左右するところの、根本的な問題です。これをそのままソッとしておいて犯人を探そうなんて、あんまり虫がいいというものです」

弘一君はそこまで話すと、息をととのえるためにちょっと休んだ。傷が痛むのかひどく眉をしかめている。

警部は彼のしゃべり方がなかなか論理的で、しかも自信にみちているので、やや圧倒された形で、静かに次ぎの言葉を待っている。

「ここにいる松村君が」と弘一君はまたはじめる。「それについて、実に面白い仮説を組み立てました。というのは、ご承知かどうか、あの井戸の向こう側に犬の足跡があった。それが靴足袋のあとを引継いだ形で反対側の道路までつづいていたそうですが、これは、もしや犯人が犬の足跡を模した型を手足にはめ、四つん這《ば》いになって歩いたのではないか、という説です。だが、この説は面白いことは面白いけれど、ひどく非実際的だ。なぜって君」と私を見て、「犬の足跡というトリックを考えついた犯人なら、なぜ井戸のところまでほんとうの足跡を残したのか。それじゃ、折角の名案がオジャンになるわけじゃないか。わざわざ半分だけ犬の足跡にしたなんて、たとえ気ちがいの仕業にもしろ、考えられぬことだよ。それに、気ちがいが、そんな手のこんだトリックを案出できるはずもないしね。で、遺憾ながらこの仮説は落第だ。とすると、足跡の不思議は依然として残されたことになる。ところで波多野さん。先日見せてくださった、例の現場見取図を書いた手帳をお持ちでしょうか。実はあの中に、この足跡の不思議を解決する鍵が隠されているんじゃないかと思うのですが」

波多野氏は幸い、ポケットの中にその手帳を持っていたので、見取図のところをひらいて、弘一君の枕下に置いた。弘一君は推理を続ける。

「ごらんなさい。さっき松村君にも話したことですが、この往きの足跡と帰りの足跡との間隔が不自然にひらき過ぎている。あなたは、犯罪者が大急ぎで歩く場合に、こんな廻り道をするとお考えですか。もう一つ、往復の足跡が一つも重なっていないのも、非常な不自然です。という僕の意味がおわかりになりますか。この二つの不自然はある一つのことを語っているのです。つまり、犯人が故意に足跡を重ねまいと綿密な注意を払ったことを語っているのです。ね、闇の中で足跡を重ねないためには、犯人は用心深く、このくらい離れたところを歩かねばならなかったのですよ」

「なるほど、足跡の重なっていなかった点は、いかにも不自然ですね。あるいはお説の通り故意にそうしたのかもしれない。だが、それにどういう意味が含まれているのですかね」

波多野警部が愚問を発した。弘一君はもどかしそうに、

「これがわからないなんて。あなたは救い難い心理的錯覚におちいっていらっしゃるのです。つまりね、歩幅の狭い方がきた跡、広い方が急いで逃げた跡という考え、したがって、足跡は井戸に発し井戸に終ったという頑固な迷信です」

「おお、では君はあの足跡は井戸から井戸へではなくて、反対に書斎から書斎へ帰った跡だというのですか」

「そうです。僕は最初からそう思っていたのです」

「いや、いけない」警部はやっきとなって「一応はもっともだが、君の説にも非常な欠陥

がある。それほど用意周到な犯人なれば、少しのことで、なぜ向こう側の道路まで歩かなかったたか。中途で足跡が消えたんでは、折角のトリックがなんにもならない。それほどの犯人が、どうしてそんなばかばかしい手抜かりをやったか。これをどう解釈しますね」

「それはね、ごくつまらない理由なんです」弘一君はスラスラと答えるのだ。「あの晩は非常に暗い闇夜だったからです」

「闇夜？　なにも闇夜だからって、井戸まで歩けたものが、それから道路までホンのわずかの距離を歩けなかったという理窟はありますまい」

「いや、そういう意味じゃないのです。犯人は井戸から向こうは足跡をつける必要がないと誤解したのです。滑稽な心理的錯誤ですよ。あなたはご存知ありますまいが、あの事件の二、三日前まで、一と月あまりのあいだ、井戸から向こうの空地に古材木がいっぱい置き並べてあった。犯人はそれを見慣れていたものだから、つい誤解をしたのです。彼はそれの運び去られたのを知らず、あの晩もそこに材木がある、材木があれば犯人はその上を歩くから足跡はつかない、つけなくてもよい、と考えたのです。つまり、闇夜ゆえのとんだ思い違いなんです。もしかしたら、犯人の足が井戸側の漆喰にぶつかって、それが材木だと思い込んでしまったのかもしれませんよ」

ああ、なんとあっけないほどに簡単明瞭な解釈であろう。私とてもその古材木の山を見たことがある。いや、見たばかりではない。先日赤井さんが意味ありげに古材木の話をしたのを聞いてさえいる。それでいて、病床の弘一君に解釈のできることが、私にはできなかったのだ。

「すると君は、あの足跡は犯人が外部からきたと見せかけるトリックにすぎないというのですね。つまり、犯人は結城邸の内部にかくれていたと考えるのですね」

さすがの波多野警部も、今は兜《かぶと》をぬいだ形で、弘一君の口から、はやく真犯人の名前を聞きたそうに見えた。

「算術の問題です」

「足跡がにせ物だとすると、犯人が宙を飛ばなかったかぎり、彼は邸内にいたと考えるほかはありません」弘一君は推理を進める。「つぎに、やつはなぜ金製品ばかりを目がけたか。この点が実に面白いのです。これは一つには、賊が琴野光雄という黄金狂のいることを知っていて、その気ちがいの仕業らしくよそおうためだったでしょう。足跡をつけたのも同じ意味です。だが、ほかに、もう一つ妙な理由があった。それはね、あの金製品類の大きさと目方に関係があるのですよ」

私は二度目だったから左ほどでないが、波多野氏は、この奇妙な説にあっけにとられたとみえ、だまり込んで弘一君の顔をながめるばかりだ。病床の素人探偵はかまわずつづける。

「この見取図が、ちゃんとそれを語っています。波多野さん、あなたは、この洋館のそとまで延びてきている池の図をただ意味もなく書きとめておかれたのですか」

「というと……ああ、君は……」と、警部は非常に驚いた様子であったが、やがて「まさか、そんなことが」と、半信半疑である。

「高価な金製品なれば賊がそれを目がけたとしても不自然ではありません。と、同時に、みな形が小さく、しかも充分目方があります。賊が盗み去ったと見せかけて、その実、池へ投げ込むにはおあつらえ向きじゃありませんか。松村君、さっき君に花瓶を投げてもらったのはね、あの花瓶が盗まれた置時計と同じくらいの重さだと思ったので、どれほど遠くまで投げられるものかためしてみたのだよ。つまり、池のどの辺に盗難品が沈んでいるかということをね」

「しかし、犯人はなぜそんな手数のかかるまねをしなければならなかったのです。君は盗賊の仕業と見せかけるためだといわれますが、それじゃあ一体なにを盗賊の仕業と見せかけるのです。金製品のほかに、盗まれた品でもあるのですか。全体なにが犯人の真の目的だとおっしゃるのですか」

と、警部。

「わかりきっているじゃありませんか。この僕を殺すのが、やつの目的だったのです」

「え、あなたを殺す？　それはいったい誰です。なんの理由によってです」

「まあ、待ってください。僕がなぜそんなふうに考えるかと言いますとね、あの場合、賊は僕に向かって発砲する必要は少しもなかったのです。闇にまぎれて逃げてしまえば充分逃げられたのです。ピストル強盗だって、ピストルはおどかしに使うばかりで、めったに撃つものではありません。それに、たかが金製品くらいを盗んで、人を殺したり傷つけたりしちゃあ泥棒の方で引合いませんよ。窃盗罪と殺人罪とでは、刑罰が非常な違いですからね。と、考えてみると、あの発砲は非常に不自然です。ね、そうじゃありませんか。僕の疑いはここから出発しているのですよ。泥棒の方は見せかけで、真の目的は殺人だったのじゃないかとね」

「で、君はいったい誰を疑っているのです。君をうらんでいた人物でもあるのですか」

波多野氏はもどかしそうだ。

「ごく簡単な算術の問題です……僕はあらかじめ誰も疑っていたわけではありません。種々の材料の関係を理論的に吟味して、当然の結論に到達したまでです。で、その結論があたっているかどうかは、あなたが実地に調べてくだされば わかることです。たとえば池の中に盗難品が沈んでいるかどうかという点をですね……算術の問題というのは、二から一を引くと一残るという、ごく明瞭なことです。簡単過ぎるほど簡単なことです」

弘一君はつづける。

「庭の唯一の足跡がにせ物だとしたら、賊は廊下伝いに母屋の方へ逃げるしか道はありません。ところがその廊下にはピストル発射の刹那に、甲田君が通りかかっていたのです。御承知の通り洋館の廊下は一方口だし、電燈もついている。甲田君の眼をかすめて逃げることはまったく不可能です。隣室の志摩子さんの部屋も、すぐあなた方が調べたのですから、とてもかくれ場所にはならない。つまり、理論で押していくと、この事件には犯人の存在する余地が全然ないわけです」

「むろん私だってそこへ気のつかぬはずはない。賊は母屋の方へ逃げることはできなかった。したがって犯人は外部からという結論になったわけですよ」

と、波多野氏がいう。

「犯人が外部にも内部にもいなかった。とすると、あとに残るのは被害者の僕と最初の発見者の甲田君の二人です。だが被害者が犯人であるはずはない。どこの世界に自分で自分に発砲する馬鹿がありましょう。そこで最後にのこるのは甲田君です。二から一引くという算術の問題はここですよ。二人のうちから被害者を引き去れば、あとに残るのは加害者でなければなりません」

「では君は……」

警部と私が同時に叫んだ。

「そうです。われわれは錯覚におちいっていたのです。一人の人物がわれわれの盲点にかくれていたのです。彼は不思議な隠れ簑《みの》……被害者の親友で事件の最初の発見者という隠れ簔にかくれていたのです」

「じゃあ君は、それをはじめから知っていたのですか」

「いや、きょうになってわかったのです。あの晩はただ黒い人影を見ただけです」

「理窟はそうかも知らんが、まさか、あの甲田君が……」

私は彼の意外な結論を信じかねて口をはさんだ。

「さあ、そこだ。僕も友だちを罪人にしたくはない。だが、だまっていたら、あの気の毒な狂人が無実の罪を着なければならないのだ。それに、甲田君は決して僕らが考えていたような善良な男でない。今度のやり口を見たまえ。邪悪の知恵にみちているじゃないか。常人の考え出せることではない。悪魔だ。悪魔の所業だ」

「何か確かな証拠でもありますか」

警部はさすがに実際的である。

「彼のほかに犯罪を行ない得る者がなかったから彼だというのです。これが何よりの証拠じゃないでしょうか。しかしお望みとあればほかにもないではありません。松村君、君は甲田君の歩き癖が思い出せるかい」

と、聞かれて、私はハッと思いあたることがあった。甲田が犯人だなどとは夢にも思わないものだから、ついそれを胴忘れしていたが、彼は確かに女みたいな内輪の歩き癖であった。

「そういえば、甲田君は内輪だったね」

「それも一つの証拠です。だが、もっと確かなものがあります」

と弘一君は例の目がねサックをシーツの下から取り出して警部に渡し、常爺さんがそれをかくした顚末《てんまつ》を語ったのち、

「このサックは本来爺やの持ち物です。だが爺やがもし犯人だったと仮定したら、彼は何もこれを花壇にうめる必要はない。素知らぬ顔をして使用していればよいわけです。誰も現場にサックが落ちていたことは知らないのですからね。つまりサックをかくしたのは、彼が犯人でない証拠ですよ。では、なぜかくしたか。わけがあるのです。松村君はどうしてあれに気がつかなかったかなあ。毎日いっしょに海へはいっていたくせに」

と、弘一君が説明したところによると、
甲田伸太郎は近眼鏡をかけていたが、結城家へくる時サックを用意しなかった。サックというものは常に必要はないが、海水浴などでは、あれがないとはずした目がねの置き場に困るものだ。それを見かねて常爺さんが自分の老眼鏡のサックを甲田君に貸しあたえた。このことは（私は迂闊にも気づかなかったが）弘一君ばかりでなく、志摩子さんも結城家の書生などもよく知っていた。そこで、常さんは現場のサックを見るとハッとして、甲田君をかばうためにそれをかくした次第である。

ではなぜ爺さんは甲田君にサックを貸したり、甲田君の罪をかくしたりしたかというに、

この常爺さんは、甲田君のお父さんに非常に世話になった男で、結城家に雇われたのも甲田君のお父さんの紹介であった。したがってその恩人の子の甲田君になみなみならぬ好意を示すわけである。これらの事情は私もかねて知らぬではなかった。

「だが、あの爺さんは、ただサックが落ちていたからといって、どうしてそう簡単に甲田を疑ってしまったのでしょう。少し変ですね」

波多野氏はさすがに急所をつく。

「いや、それには理由があるのです。その理由をお話しすれば、自然甲田君の殺人未遂の動機も明らかになるのですが」

と弘一君は少し言いにくそうに話しはじめる。

それは一と口にいえば、弘一君、志摩子さん、甲田君のいわゆる恋愛三角関係なのだ。ずっと以前から、美しい志摩子さんを対象として、弘一君と甲田君とのあいだに暗黙の闘争が行なわれていたのである。この物語の最初にも述べた通り、二人は私などよりもよほど親しい間柄だった。それというのが、父結城と父甲田とに久しい友人関係が結ばれていたからで、したがって彼ら両人の心の中のはげしい闘争については、私は殆《ほと》んど無智であった。弘一君と志摩子さんが許嫁《いいなずけ》であること、その志摩子さんに対して甲田君が決して無関心でないことぐらいは、私にもおぼろげにわかっていたけれど、まさか相手を殺さねばならぬほどのせっぱつまった気持になっていようとは、夢にも知らなかった。弘一君はいう。

「恥かしい話をすると、僕らは誰もいないところでは、それとはいわず些細なことでよく口論した。いや、子供みたいに取っ組みあいさえやった。そうして泥の上をころがりながら、志摩子さんはおれのものだおれのものだと、お互いの心の中で叫んでいたのだ。一ばんいけないのは、志摩子さんの態度の曖昧なことだった。僕らのどちらへも失恋を感じるほどキッパリした態度を見せなかったことだ。そこで甲田君にすれば、許嫁という非常な強味を持っている僕を、殺してしまえば、という気になったのかもしれませんね。この僕らのいがみ合いを、常爺やはちゃんと知っていたのです。事件のあった日にも、僕らは庭でむきになって口論をした。それも爺やの耳にはいっていたに違いない。そこで、甲田君所持のサックを見ると、忠義な家来の直覚で、爺やは恐ろしい意味をさとったのでしょう。なぜといって、あの書斎は甲田君などめったにはいったことがないのだし、ピストルの音で彼がかけつけた時には、ただドアをひらいて倒れている僕を見るとすぐ、母屋の方へかけ出したわけですから、一ばん奥の窓のそばにサックを落とすはずがないからです」

これでいっさいが明白になった。弘一君の理路整然たる推理には、さすがの波多野警部も異議をさしはさむ余地がないように見えた。この上は池の底の盗難品を確かめることが残っているばかりだ。

しばらくすると、偶然の仕合わせにも警察署から波多野警部に電話で吉報をもたらした。その夜、結城家の池の底の盗難品を警察へ届け出たものがあった。池の底には例の金製品のほかに、兇器のピストルも、足跡に一致する靴足袋も、ガラス切りの道具まで沈めてあったことがわかった。

読者もすでに想像されたであろうように、それらの品を池の底から探し出したのは、例の赤井さんであった。彼がその夕方泥まみれになって結城邸の庭をうろついていたのは、池へ落ちたのではなくて、盗難品を取出すためにそこへはいったのであった。

私は彼を犯人ではないかと疑ったりしたが、とんだ思い違いで、反対に彼もまた優秀なる一個の素人探偵だったのである。

私がそれを話すと、弘一君は、

「そうとも、僕は最初から気づいていたよ。常爺やがサックをうずめるところをのぞいていたのも、琴野三右衛門の家から金ピカになって出てきたのも、みな事件を探偵していたのだ。あの人の行動が、僕の推理には非常に参考になった。現にこのサックを発見することができたのも、つまり赤井さんのおかげだからね。さっき君が、赤井さんが池に落ちたと話した時には、サテはもうそこへ気がついたかと、びっくりしたほどだよ」と語った。

さて、以下の事実は、直接見聞したわけではないが、便宜上順序を追ってしるしておくと、池から出た品物のうち、例の靴足袋は、浮き上がることを恐れてか、重い灰皿といっしょにハンカチに包んで沈めてあった。それがなんと甲田伸太郎のハンカチに違いないことがわかったのだ。というのは、そのハンカチの端にS・Kと彼の頭字が墨で書き込んであったからだ。彼もまさか池の底の品物が取り出されようとは思わず、ハンカチの目印まで注意が行き届かなかったのであろう。

翌日甲田伸太郎が殺人被疑者として引致されたのは申すまでもない。だが、彼はあんなおとなしそうな様子でいて、芯は非常な強情者であった。いかに責められてもなかなか実を吐かないのだ。では、事件の直前どこにいたかと問いつめられると、彼はだまりこんで何もいわぬ。つまりピストル発射までのアリバイも成立しないのだ。最初は頰を冷やすために玄関に出ていたなどと申し立てたけれど、それは結城家の書生の証言で、たちまち覆えされてしまった。あの晩一人の書生はずっと玄関脇の部屋にいたのだ。赤井さんが煙草を買いに出たのがほんとうだったことも、その書生の口からわかった。しかしいくら強情を張ったところで、証拠がそろい過ぎているのだから仕方がない。その上アリバイさえなりたたぬのだ。いうまでもなく彼は起訴され、正式の裁判を受けることになった。未決入りである。

砂丘の蔭

それから一週間ほどして私は結城家をおとずれた。いよいよ弘一君が退院したという通知に接したからだ。

まだ邸内にしめっぽい空気がただよっていた。無理もない、一人息子の弘一君が、退院したとはいえ、生れもつかぬ片輪者になってしまったのだから。父少将も母夫人も、それぞれの仕方で私に愚痴を聞かせた。中にもいちばんつらい立場は志摩子さんである。彼女はせめてもの詫《わ》び心か、まるで親切な妻のように、不自由な弘一君につききって世話をしていると、母夫人の話であった。

弘一君は思ったよりも元気で、血なまぐさい事件は忘れてしまったかのように、小説の腹案などを話して聞かせた。夕方例の赤井さんがたずねて来た。私はこの人には、とんだ疑いをかけてすまなく思っていたので、以前よりは親しく話しかけた。弘一君も素人探偵の来訪を喜んでいる様子だった。

夕食後、私たちは志摩子さんをさそって四人連れで海岸へ散歩に出た。

「松葉杖って、案外便利なものだね。ホラ見たまえ、こんなに走ることだってできるから」

弘一君は浴衣の裾をひるがえして、変な格好で飛んで見せた。新しい松葉杖の先が地面につくたびにコトコトと淋《さび》しい音を立てる。

「あぶないわ、あぶないわ」

志摩子さんは、彼につきまとって走りながら、ハラハラして叫んだ。

「諸君、これから由比ヶ浜の余興を見に行こう」

と弘一君が大はしゃぎで動議を出した。

「歩けますか」

赤井さんがあやぶむ。

「大丈夫、一里だって。余興場は十丁もありやしない」

新米の不具者は、歩きはじめの子供みたいに、歩くことを享楽している。私たちは冗談を投げ合いながら、月夜の田舎道を、涼しい浜風に袂《たもと》を吹かせて歩いた。道のなかばで、話が途切れて、四人ともだまり込んで歩いていた時、何を思い出したのか、赤井さんがクツクツ笑い出した。非常に面白いことらしく、いつまでも笑いが止まらぬ。

「赤井さん、何をそんなに笑っていらっしゃいますのよ」志摩子さんがたまらなくなってたずねた。

「いえね、つまらないことなんですよ」赤井さんはまだ笑いつづけながら答える。「あのね、私は今人間の足っていうものについて、変なことを考えていたんですよ。からだの小さい人の足はからだに相当して小さいはずだとお思いでしょう。ところがね、からだは小作りな癖に足だけはひどく大きい人間もあることがわかったのですよ。滑稽じゃありませんか、足だけ大きいのですよ」

赤井さんはそういって又クツクツと笑い出した。志摩子さんはお義理に「まあ」と笑って見せたが、むろんどこが面白いのだかわからぬ様子だった。赤井さんのいったりしたりすることはなんとなく異様である。妙な男だ。

夏の夜の由比ヶ浜は、お祭りみたいに明かるくにぎやかであった。浜の舞台では、お神楽めいた余興がはじまっていた。黒山の人だかりだ。舞台をかこんで葦簾《よしず》張りの市街ができている。喫茶店、レストラン、雑貨屋、水菓子屋。そして百燭光《ひゃくしょくこう》の電燈と、蓄音器と、白粉《おしろい》の濃い女たち。

私たちはとある明かるい喫茶店に腰をかけて、冷たいものを飲んだが、そこで赤井さんがまた礼儀を無視した変な挙動をした。彼は先日池の底を探った時、ガラスのかけらで指を傷つけたといって、繃帯をしていた。それが喫茶店にいるあいだにほどけたものだから、口を使って結ぼうとするのだが、なかなか結べない。志摩子さんが見かねて、「あたし、結んで上げましょうか」と手を出すと、赤井さんは不作法にも、その申し出を無視して、別のがわに腰かけていた弘一君の前へ指をつき出し「結城さんすみませんが」と、とうとう弘一君に結ばせてしまった。この男はやっぱり根が非常識なのであろうか、それとも天邪鬼《あまのじゃく》というやつかしら。

やがて、主として弘一君と赤井さんのあいだに探偵談がはじまった。両人ともこんどの事件では、警察を出し抜いて非常な手柄をたてたのだから、話がはずむのも道理である。話がはずむにつれて、彼らは例によって、内外の、現実の、あるいは小説上の名探偵たちをけなしはじめた。弘一君が日ごろ目のかたきにしている「明智小五郎物語」の主人公が、槍玉《やりだま》に上がったのは申すまでもない。

「あの男なんか、まだほんとうにかしこい犯人を扱ったことがないのですよ。普通ありきたりの犯人をとらえて得意になっているんじゃ、名探偵とはいえませんからね」

弘一君はそんなふうな言い方をした。

喫茶店を出てからも、両人の探偵談はなかなか尽きぬ。自然私たちは二組にわかれ、志摩子さんと私とは、話に夢中の二人を追い越して、ずっと先を歩いていた。

志摩子さんは人なき波打際を、高らかに歌いつつ歩く。私も知っている曲は合唱した。月はいく億の銀粉と化して波頭に踊り、涼しい浜風が、袂を、裾を、合唱の声を、はるかかなたの松林へと吹いて通る。

「あの人たち、びっくりさせてやりましょうよ」

突然立ち上がった志摩子さんが、茶目らしく私にささやいた。振り向くと二人の素人探偵は、まだ熱心に語らいつつ一丁もおくれて歩いてくる。

志摩子さんが、かたわらの大きな砂丘をさして、「ね、ね」としきりにうながすものだから、私もついその気になり、かくれん坊の子供みたいに、二人してその砂丘のかげに身をかくした。

「どこへ行っちまったんだろう」

しばらくすると、あとの二人の足音が近づき、弘一君のこういう声が聞こえた。彼らは私たちのかくれるのを知らないでいたのだ。

「まさか迷子にもなりますまい。それよりも私たちはここで一休みしようじゃありませんか。砂地に松葉杖では疲れるでしょう」

赤井さんの声が言って、二人はそこへ腰をおろした様子である。偶然にも、砂丘をはさんで、私たちと背中合わせの位置だ。

「ここなら誰も聞く者はありますまい。実はね、内密であなたにお話ししたいことがあったのですよ」

赤井さんの声である。今にも「ワッ」と飛び出そうかと身構えしていた私たちは、その声にまた腰をおちつけた。盗み聞きは悪いとは知りながら、気まずい羽目になって、つい出るにも出られぬ気持だった。

「あなたは、甲田君が真犯人だとほんとうに信じていらっしゃるのですか」

赤井さんの沈んだ重々しい声が聞こえた。いまさら変なことを言い出したものである。だが、なぜか私は、その声にギョッとして聞き耳を立てないではいられなかった。

「信じるも信じないもありません」と弘一君「現場付近に二人の人間しかいなくて、一人が、被害者であったら、他の一人は犯人と答えるほかないじゃありませんか。それにハンカチだとか目がねサックだとか証拠がそろい過ぎているし。しかしあなたは、それでもまだ疑わしい点があるとお考えなんですか」

「実はね、甲田君がとうとうアリバイを申立てたのですよ。僕はある事情で係りの予審判事と懇意でしてね、世間のまだ知らないことを知っているのです。甲田君はピストルの音を聞いた時、廊下にいたというのも、その前に玄関へ頬を冷やしに出たというのも、みな嘘なんだそうです。なぜそんな嘘をついたかというと、あの時甲田君は、泥棒よりももっと恥かしいことを——志摩子さんの日記帳を盗み読みしていたからなんです。この申立てはよく辻褄《つじつま》が合っています。ピストルの音で驚いて飛び出したから日記帳がそのまま机の上にほうり出してあったのです。そうでなければ、日記帳を盗み読んだとすれば、疑われないように元の引出しへしまっておくのが当然ですからね。とすると、甲田君がピストルの音に驚いたのもほんとうらしい。つまり彼がそれを発射したのではないことになります」

「なんのために日記帳を読んでいたというのでしょう」

「おや、あなたはわかりませんか。彼は恋人の志摩子さんのほんとうの心を判じかねたのです。日記帳を見たら、もしやそれがわかりはしないかと思ったのです。可哀そうな甲田君が、どんなにイライラしていたかがわかるではありませんか」

「で、予審判事はその申立を信じたのでしょうか」

「いや、信じなかったのです。あなたもおっしゃる通り、甲田君に不利な証拠がそろい過ぎていますからね」

「そうでしょうとも。そんな薄弱な申立てがなんになるものですか」

「ところが、僕は、甲田君に不利な証拠がそろっている反面には、有利な証拠もいくらかあるような気がするのです。第一に、あなたを殺すのが目的なら、なぜ生死を確かめもしないで人を呼んだかという点です。いくらあわてていたからといって、一方では、前もってにせの足跡をつけておいたりした周到さにくらべて、あんまり辻褄が合わないじゃありませんか。第二には、にせの足跡をつける場合、往復の逆であることを看破されないために、足跡の重なることを避けたほど綿密な彼が、自分の足癖をそのまま、内輪につけておいたというのも信じ難いことです」

赤井さんの声がつづく。

「簡単に考えれば殺人とはただ人を殺す、ピストルを発射するという一つの行動にすぎませんけれど、複雑に考えると、幾百幾千という些細な行動の集合から成り立っているものです。ことに罪を他に転嫁するための欺瞞《ぎまん》*が行なわれた場合は一そうそれがはなはだしい。こんどの事件でも、目がねサック、靴足袋、偽の足跡、机上にほうり出してあった日記帳、池の底の金製品と、ごく大きな要素をあげただけでも十ぐらいはある。その各要素について犯人の一挙手一投足を綿密にたどっていくならば、そこに幾百幾千の特殊なる小行動が存在するわけです。そこで、映画フィルムの一コマ一コマを検査するように、探偵がその小さな行動の一々を推理することができたならば、どれほど頭脳明晰《めいせき》で用意周到な犯人でも、

＊欺瞞＝人目をあざむき、だますこと。

到底処罰をまぬがれることはできないはずです。しかしそこまでの推理は残念ながら人間力では不可能ですから、せめてわれわれは、どんな微細なつまらない点にも、たえず注意を払って、犯罪フィルムのある重要な一コマにぶつかることを僥倖《ぎょうこう》*するほかはありません。その意味で僕は、幼児からの幾億回とも知れぬ反覆で、一種の反射運動と化しているようなこと、たとえばある人は歩く時右足からはじめるか左足からはじめるか、手拭をしぼるときに右にねじるか左にねじるか、服を着るとき右手から通すか、左手から通すかというような、ごくごく些細な点に、つねに注意を払っています。これらの一見つまらないことが、犯罪捜査にあたって非常に重大な決定要素となることがないとも限らぬからです。

さて、甲田君にとっての第三の反証ですが、それは例の靴足袋とおもりの灰皿とを包んであったハンカチの結び目なのです。私はその結び目をくずさぬように中の品を抜き出し、ハンカチは結んだまま波多野警部に渡しておきました。非常にたいせつな証拠品だと思ったからです。ではそれはどんな結び方かというと、私共の地方で俗に立て結びという、二つの結び端が結び目の下部と直角をなして十文字に見えるような、つまり子供のよくやる間違った結び方なのです。普通のおとなでは非常に稀《まれ》にしかそんな結び方をする人はありません。やろうと思ってもできないのです。そこで僕は早速甲田君の家を訪問して、お母

*僥倖＝思いがけないしあわせ。偶然の幸運。

さんにお願いして、何か甲田君が結んだものがないか探してもらったところ、幸い、甲田君が自分が結んだ帳面の綴糸《つづりいと》や、書斎の電燈を吊《つ》ってある太い打紐《うちひも》やそのほか三つも四つも結び癖のわかるものが出てきました。ところが例外なく普通の結び方なのです。まさか甲田君があのハンカチの結び方にまで欺瞞をやったとは考えられない。結び目なんかよりもずっと危険な、頭字の入ったハンカチを平気で使ったくらいですからね。で、それが甲田君にとっては一つの有力な反証になるわけです」

赤井さんの声がちょっと切れた。弘一君は何もいわぬ。相手の微細な観察に感じ入っているのであろう。盗み聞く私たちも、真剣に聞き入っていた。ことに志摩子さんは、息使いもはげしく、からだが小さく震えている。敏感な少女はすでにある恐ろしい事実を察していたのであろうか。

THOU ART THE MAN

しばらくすると、赤井さんがクスクス笑う声が聞えてきた。彼は気味わるくいつまでも笑っていたが、やがてはじめる。

「それから、第四のそしてもっとも大切な反証はね、ウフフフフフ、実に滑稽なことなんです。それはね、例の靴足袋について、とんでもない錯誤があったのですよ。池の底から出た靴足袋はなるほど地面の足跡とは一致します。そこまでは申し分ないのです。水にぬれたとはいえ、ゴム底は収縮しませんから、ちゃんと元の形がわかります。僕はこころみにその文数をはかってみましたが、十文の足袋と同じ大きさでした。ところがね」

と、いって赤井さんは又ちょっとだまった。次ぎの言葉を出すのが惜しい様子である。

「ところがね」と赤井さんは喉の奥でクスクス笑っている調子でつづける。「滑稽なことにはあの靴足袋は、甲田君の足には小さ過ぎて合わないのですよ。さっきのハンカチの一件で甲田家をたずねたときお母さんに聞いてみると、甲田君は去年の冬でさえすでに十一文の足袋《たび》をはいていたじゃありませんか。これだけで甲田君の無罪は確定的です。なぜといって、自分の足に合わない靴足袋ならば、決して不利な証拠ではないのです。何をくるしんで重りをつけて沈めたりしましょう。

この滑稽な事実は、警察でも裁判所でもまだ気づいていないらしい。あんまり予想外なばかばかしい間違いですからね。取調べが進むうちに間違いがわかるかもしれません。それとも、あの足袋を嫌疑者にはかせてみるような機会が起こらなかったら、あるいは誰も気づかぬまま済んでしまうかもしれません。

お母さんもいってましたが、甲田君は身長の割に非常に足が大きいのです。これが間違いの元なんです。想像するに、真犯人は甲田君より少し背の高いやつですね。やつは自分の足袋の文数から考えて、自分より背の低い甲田君が、まさか自分より大きい足袋をはくはずがないと信じきっていたために、この滑稽な錯誤が生じたのかもしれませんね」

「証拠の羅列はもうたくさんです」

弘一君が突然、イライラした調子でさけぶのが聞こえた。

「結論を言ってください。あなたはいったい、誰が犯人だとおっしゃるのですか」

「それは、あなたです」

赤井さんの落ちついた声が、真正面から人差指をつきつけるような調子で言った。

「アハハハハハ、おどかしちゃいけません。冗談はよしてください。どこの世界に、父親の大切にしている品物を池に投込んだり、自分で自分に発砲したりするやつがありましょう。びっくりさせないでください」

弘一君が頓狂な声で否定した。

「犯人は、あなたです」

赤井さんは同じ調子でくり返す。

「あなた本気でいっているのですか。何を証拠に？　何の理由で？」

「ごく明白なことです。あなたの言い方を借りると、簡単な算術の問題にすぎません。二から一引く一。二人のうちの甲田君が犯人でなかったら、どんなに不自然に見えようとも、残るあなたが犯人です。あなたを御自分の帯の結び目に手をやってごらんなさい。結び端がピョコンと縦になってますよ。あなたは子供の時分の間違った結び癖をおとなになってもつづけているのです。その点だけは珍らしく不器用ですね。しかし、帯はうしろで結ぶものですから例外かもしれないと思って、僕はさっきあなたにこの繃帯を結んでもらいました。ごらんなさい。やっぱり十字型の間違った結び方です。これも一つの有力な証拠にはなりませんかね」

赤井さんは沈んだ声で、あくまで丁重な言葉使いをする。それがいっそう不気味な感じをあたえた。

「だが、僕はなぜ自分自身をうたなければならなかったのです。僕は臆病だし見え坊です。ただ甲田君をおとしいれるくらいのために、痛い思いをしたり、生涯不具者で暮らすようなばかなまねはしません。ほかにいくらだって方法があるはずです」

弘一君の声には確信がこもっていた。なるほど、なるほど、いかに甲田君をにくんだからといって、弘一君自身が命にもかかわる大傷をおったのでは引き合わないはずだ。被害者が、すなわち加害者だなんて、そんなばかな話があるものか、赤井さんは、とんだ思い違いをしているのかもしれない。

「さあ、そこです。その信じ難い点に、この犯罪の大きな欺瞞がかくされている。この事件ではすべての人が催眠術にかかっています。根本的な一大錯誤におちいっています。それは『被害者は同時に加害者ではあり得ない』という迷信です。それから、この犯罪が単に甲田君を無実の罪におとすために行なわれたと考えることも、大変な間違いです。そんなことは実に小さな副産物にすぎません」

　赤井さんはゆっくりゆっくり丁重な言葉でつづける。

「実に考えた犯罪です。しかしほんとうの悪人の考えではなくて、むしろ小説家の空想ですね。あなたは一人で被害者と犯人と探偵の一人三役を演じるという着想に有頂天になってしまったのでしょう。甲田君のサックを盗み出して現場に捨てておいたのもあなたです。金製品を池に投げ込んだのも、窓ガラスを切ったのも、偽の足跡をつけたのも、いうまでもなくあなたです。そうしておいて、隣りの志摩子さんの書斎で甲田君が日記帳を読んでいる機会を利用して（この日記帳を読ませたのも、あなたがそれとなく暗示をあたえたのではありませんか）、煙硝《えんしょう》の焼けこげがつかぬようにピストルの手を高く上げて、いちばん離れた足首を射ったのです。あなたはちゃんと、その物音で隣室の甲田君が飛んでくることを予知していた。同時に、恋人の日記の盗み読みという恥かしい行為のため、甲田君がアリバイの申し立てについて、曖昧な、疑われやすい態度を示すに違いないと見込んでいたのです。

　うってしまうと、あなたは傷の痛さをこらえて、最後の証拠品であるピストルを、ひらいた窓越しに池の中へ投げ込みました。あなたの倒れていた足の位置が窓と池との一直線上にあるのが一つの証拠です。これは波多野氏の見取図にもちゃんと現われています。そして、すべての仕事が終ると、あなたは気を失って倒れた。あるいはそのていをよそおったという方が正しいかもしれません。足首の傷は決して軽いものではなかったけれど、命にかかわる気づかいはない。あなたの目的にとってはちょうど過不足のない程度の傷でした」

「アハハハハハ、なるほど、なるほど、一応は筋の通ったお考えですね」と弘一君の声は、気のせいかうわずっていた。「だが、それだけの目的をはたすために、生れもつかぬ不具者になるというのは、少し変ですね。どんなに証拠がそろっていても、ただこの一点で僕は無罪放免かもしれませんよ」

「さあそこです。さっきもいったではありませんか。甲田君を罪におとすのも一つの目的には違いなかった。だが、ほんとうの目的はもっと別にあったのです。あなたは御自分で臆病者だとおっしゃった。なるほどその通りです。自分で自分を射ったのは、あなたが極度の臆病者であったからです。ああ、あなたはまだごまかそうとしていますね。僕がそれを知らないとでも思っているのですか。では、言いましょう。あなたは極端な軍隊恐怖病者なのです。あなたは徴兵検査に合格して、年末には入営することになっていた。それをどうかしてまぬがれようとしたのです。私はあなたが学生時代、近眼鏡をかけて眼を悪くしようと試みたことを探り出しました。また、あなたの小説を読んで、あなたの意識下にひそんでいる、軍隊恐怖の幽霊を発見しました。ことにあなたは軍人の子です。姑息《こそく》な手段はかえって発覚のおそれがある。そこであなたは内臓を害するとか、指を切るというような常套《じょうとう》手段を排して、思いきった方法を選んだ。しかもそれは一石にして二鳥をおとす名案でもあったのです……おや、どうかしましたか。しっかりなさい。まだお話しすることがあります。

気を失うのではないかとびっくりしましたよ。しっかりしてください。僕は君を警察へつき出す気はありません。ただ僕の推理が正しいかどうかを確かめたかったのです。しかし、君はまさかこのままだまっている気ではありますまいね。それに、君はもう君にとって何より恐ろしい処罰を受けてしまったのです。この砂丘のうしろに、君のいちばん聞かれたくない女性が、今の話をすっかり聞いていたのです。

では僕はこれでお別れします。君はひとりで静かに考える時間が必要です。ただお別れする前に僕の本名を申し上げておきましょう。僕はね、君が日頃軽蔑していたあの明智小五郎なのです。お父さんの御依頼を受けて陸軍の或る秘密な盗難事件を調べるために、変名でお宅へ出入りしていたのです。あなたは明智小五郎は理窟っぽいばかりだとおっしゃった。だが、その私でも、小説家の空想よりは実際的だということがおわかりになりましたか……ではさようなら」

そして、驚愕《きょうがく》と当惑のために上の空の私の耳へ、赤井さんが砂を踏んで遠ざかる静かな足音が聞こえてきた。

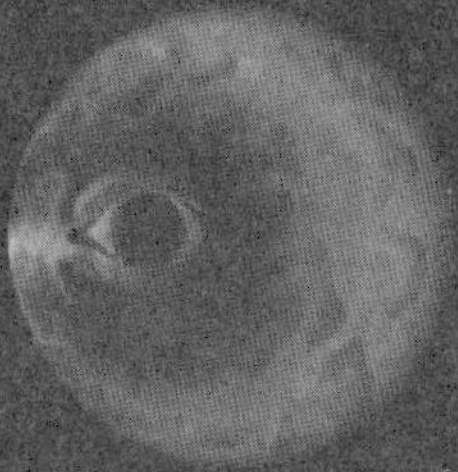

兇器

1

「アッ、助けてえ!」という金切り声がしたかと思うと、ガチャンと大きな音がきこえ、カリカリとガラスのわれるのがわかったって言います。主人がいきなり飛んで行って、細君の部屋の襖《ふすま》をあけてみると、細君の美弥子《みやこ》があけに染まって倒れていたのです。

傷は左腕の肩に近いところで、傷口がパックリわれて、血がドクドク流れていたそうです。さいわい動脈をはずれたので、吹き出すほどでありませんが、ともかく非常な出血ですから、主人はすぐ近所の医者を呼んで手当てをした上、署へ電話をかけたというのです。捜査の木下君と私が出向いて、事情を聴きました。

何者かが、窓をまたいで、部屋にはいり、うしろ向きになっていた美弥子を、短刀で刺して逃げ出したのですね。逃げるとき、窓のガラス戸にぶつかったので、その一枚がはずれてそとに落ち、ガラスがわれたのです。

窓のそとには一間幅《けん》ぐらいの狭い空き地があって、すぐコンクリートの万年塀なのです。コンクリートの板を横に並べた組み立て式の塀ですね。そのそとは住田町の淋《さび》しい通りです。私たちは万年塀のうちとそとを、懐中電灯で調べてみたのですが、ハッキリした足跡もなく、これという発見はありませんでした。

それから、主人の佐藤寅雄《さとうとらお》……三十五歳のアプレ成金です。少し英語がしゃべれるので、アメリカ軍に親しくなって、いろいろな品を納入して儲《もう》けたらしいのですね。今はこれという商売もしないで遊んでいるのです。しかし、なかなか利口な男で、看板を出さない金融業のようなことをやって、財産をふやしているらしいのですがね……その佐藤寅雄とさし向かいで、聞いてみたのですが、細君の美弥子は二十七歳です。新潟生れの美しい女で、キャバレーなんかにも勤めたことがあり、まあ多情者なんですね。いろいろ男関係があって、佐藤と結婚するすぐ前の男が執念ぶかく美弥子につきまとっているし、もう一人あやしいのがある。犯人はそのどちらかにちがいないと、佐藤が言うのです。

私は警察にはいってから五年ですが、仕事の上では、あんな魅力のある女に出会ったことがありませんね。佐藤はひどく惚《ほ》れこんで、それまで同棲《どうせい》していた男から奪うようにして結婚したらしいのです。その前の男というのは、関根五郎《せきねごろう》というコック……コックと言っても相当年季を入れた腕のあるフランス料理のコックですが、これと同棲していたのを、佐藤が金に物を言わせて手に入れたのですね。

もう一人の容疑者は青木茂《あおきしげる》という不良青年です。美弥子はこの青年とも以前に関係があって、青木の方が惚れているのですね。佐藤と結婚してからは、美弥子は逃げているのに、青木がつきまとって離れないのだそうです。不良のことですから、あつかましく佐藤のうちへ押しかけてきたり、脅迫がましいことを口走ったりして、うるさくて仕方がないというのです。

この青木は見かけは貴族の坊ちゃんのような美青年ですが、相当なやつで、中川一家というグレン隊の仲間で、警察の厄介になったこともあるのです。これが、美弥子に愛想づかしをされたものだから、近頃では凄いおどし文句などを送ってよこすらしく、美弥子は「殺されるかもしれない」といって怖がっていたと言います。

主人の佐藤は、この二人のほかには心当たりはない。やつらのどちらかにきまっている。美弥子はうしろからやられて、相手の顔を見なかったし、ふりむいたときには、もう窓から飛び出して、暗やみに姿を消していたので、服装さえもハッキリわからなかったが、やっぱり、その二人のうちのどちらかだと言っている。それにちがいないと断言するのです。そこで、私はこの二人に当たってみました……いや、その前にちょっとお耳に入れておくことがあります。いつも先生は「その場にふさわしくないような変てこなことがあったら、たとえ事件に無関係に見えても、よく記憶しておくのだ」とおっしゃる、まあそういったことですがね。

医者が来て美弥子の手当てがすみ、別室に寝させてから、主人の佐藤は事件のあった部屋を念入りに調べたのだそうです。刃物を探したのですよ。美弥子の刺された刃物は普通の短刀ではなくて、どうも両刃の風変わりな兇器《きょうき》らしいのですが、ずいぶん探したけれども、どこにもなかったというのです。

私が、その辺にころがっていなければ、むろん犯人が持って逃げたにきまっているじゃないか、何もそんなに探さなくてもと言いますと、いやそうじゃない。これは、ひょっとしたら美弥子のお芝居かもしれない。あいつは恐ろしく変わり者のヒステリー女だから、何をやるか知れたものじゃない。だから念のために、刃物がどこかに隠してないか調べてみたのだというのです。

しかし、美弥子のいた部屋の押入れやタンスを調べても、鋏一梃《はさみいっちょう》、針一本見つからなかった。庭には何も落ちていなかった。そこではじめて、これは何者かがそとから忍びこんだものだと確信したというのです。

相手の話がおわると、アームチェアに埋まるようにして聞いていた明智小五郎が、モジャモジャ頭に指を突っ込んで、合槌《あいづち》を打った。

「面白いね。それには何か意味がありそうだね」

この名探偵はもう五十を越していたけれど、昔といっこう変わらなかった。顔が少し長くなり、長くて痩せた手足と一そうよく調和してきたほかには、これという変化もなく、頭の毛もまだフサフサとしていた。

2

明智小五郎はお洒落《しゃれ》と見えないお洒落だった。顔はいつもきれいにあたっていたし、服も彼一流の好みで、凝った仕立てのものを、いかにも無造作に着こなしていた。頭の毛を昔に変わらずモジャモジャさせているのも、いわば彼のお洒落の一つであった。

ここは明智が借りているフラットの客間である。麴町采女町《こうじまちうねめちょう》に東京唯一の西洋風な「麴町アパート」が建ったとき、明智はその二階の一区劃《くかく》を借りて、事務所兼住宅にした。アパートは帝国ホテルに似た外観の建築で、三階建てであった。明智の借りた一区劃には広い客間と、書斎と、寝室とのほかに、浴槽のある化粧室と、小さな台所がついていた。食堂を書斎に変えてしまったので、客と食事するときは近くのレストランを使うことにしていた。

明智夫人は胸を患らって、長いあいだ高原療養所にはいっているので、彼は独身同然であった。身のまわりのことや食事の世話は、少年助手の小林芳雄《こばやしよしお》一人で取りしきっていた。手広いフラットに二人きりの暮らしであった。食事といっても、近くのレストランから運んできたのを並べたり、パンを焼いたり、お茶をいれたりするだけで、少年の手におえぬことではない。

その客間で明智と対座しているのは、港区のＳ署の鑑識係りの巡査部長、庄司専太郎《しょうじせんたろう》であった。一年ほど前から、署長の紹介で明智のところへ出入りするようになり、何か事件が起こると智恵《ちえ》を借りにきた。

「ところで佐藤がこの二人のうちどちらかにちがいないというコックの関根と、不良の青木に当たってみたのですが、どうも思わしくありません。両方ともアリバイははっきりしないのです。家にいなかったことは確かですが、といって、現場付近をうろついたような聞き込みも、まだないのです。ちょっとおどかしてみましたが、二人とも、どうしてなかなかのしたたかもので、うかつなことは言いません」

「君の勘では、どちらなんだね」

「どうも青木がくさいですね。コックの関根は五十に近い年配で、細君はないけれども、婆さんを抱えていますからね。なかなか親孝行だって評判です。そこへ行くと青木ときたらまったく天下の風来坊です。それに仲間がいけない。人殺しなんか朝めし前の連中ですからね。それとなく口裏を引いてみますとね、青木は確かに美弥子を恨んでいる。惚れこんでいただけに、こんな扱いを受けちゃあ、我慢ができないというのでしょうね。ほんとうに殺すつもりだったのですよ。それが手先が狂って、叫び声を立てられたので、つい怖くなって逃げ出したのでしょう。関根ならあんなヘマはやりませんよ」

「二人の住まいは？」

「ごく近いのです。両方ともアパート住まいですが、関根は坂下町、青木は菊井町です。関根の方は佐藤のところへ三丁ぐらい。青木の方は五丁ぐらいです」

「兇器を探し出すこと、関根と青木のその夜の行動を、もう一歩突っ込んで調べること、これが常識的な線だね。しかし、そのほかに一つ、君にやってもらいたいことがある」

明智の眼が笑っていた。いたずらっ子のように笑っていた。庄司巡査部長はこの眼色には馴染《なじ》みがあった。明智は彼だけが気づいている何か奇妙な着眼点に興じているのだ。

「犯人が逃げるとき、窓のガラス戸が庭に落ちて、ガラスが割れたんだね。そのガラスのかけらはどうしたの？」

「佐藤のうちの婆やが拾い集めていたようです」

「もう捨ててしまったかもしれないが、もしそのガラスのかけらを全部集めることができたら、何かの資料になる。一つやってみたまえ。ガラス戸の枠に残っているかけらと合わせて、復原《ふくげん》してみるんだね」

明智の眼はやっぱり笑っていた。庄司も明智の顔を見てニヤリと笑い返した。明智のいう意味がわかっているつもりであった。しかし、ほんとうはわかっていなかったのである。

それから十日目の午後、庄司巡査部長はまた明智を訪問していた。

「もう御承知でしょう。大変なことになりました。佐藤寅雄が殺されたのです。犯人はコックの関根でした。たしかな証拠があるので、すぐ引っ張りました。警視庁で調べています。私もそれに立ち会って、いま帰ったところです」

「ちょっとラジオで聴いたが、詳しいことは何も知らない。要点を話してください」

「私はゆうべ、その殺人現場に居合わせたのです。もう夜の九時をすぎていましたが、署から私の自宅に連絡があって、佐藤が、ぜひ話したいことがあるから、すぐ来てくれという電話をかけてきたことがわかったのです。私は何か耳よりな話でも聞けるかと、急いで佐藤の家に駈《か》けつけました。

主人の佐藤と美弥子とが、奥の座敷に待っていました。美弥子は二、三日前に、傷口を縫った糸を抜いてもらったと言って、もう外出もしている様子でした。ふたりとも浴衣姿でした。佐藤は気色ばんだ顔で、『夕方配達された郵便物の中に、こんな手紙があったのを、つい今しがたまで気づかないでいたのです』といって、安物の封筒から、ザラ紙に書いた妙な手紙を出して見せました。

それには、六月二十五日の夜（つまりゆうべですね）どえらいことがおこるから、気をつけるがいいという文句が、実に下手な鉛筆の字で書いてありました。どうも左手で書いたらしいのですね。封筒もやはり鉛筆で同じ筆蹟《ひっせき》でした。差出人の名はないのです。

心当たりはないのかと聞くと、主人の佐藤は、筆蹟は変えているけれども、差出人は関根か青木のどちらかにきまっていると断言しました。それからね、実にずうずうしいじゃありませんか、やつらは二人とも、美弥子のお見舞いにやってきたそうですよ。もしどちらかが犯人だとすれば、大した度胸です。一と筋縄で行くやつじゃありません」

3

「そんなことを話しているうちに三十分ほどもたって、十時を少しすぎた頃でした。美弥子が『書斎にウィスキーがありましたわね、あれ御馳走《ごちそう》したら』と言い、佐藤が縁側の突き当たりにある洋室へ、それを取りに行きましたが、しばらく待っても帰ってこないので、美弥子は『きっと、どっかへしまい忘れたのですわ。ちょっと失礼』といって、主人のあとを追って、洋室へはいっていきました。

私は部屋のはしの方に坐《すわ》っていましたので、ちょっとからだを動かせば、縁側の突き当たりの洋室のドアが見えるのです。あいだに座敷が一つあって、その前を縁側が通っているので、私の坐っていたところから洋室のドアまでは五間も隔っていました。まさかあんなことになろうとは思いもよらないので、私はぼんやりと、そのドアの方を眺めていたのです。

突然『アッ、だれか来て……』という悲鳴が、洋室の方から聞こえてきました。ドアがしまっているので、なんだかずっと遠方で叫んでいるような感じでした。私はそれを聞くと、ハッとして、いきなり洋室へ飛んで行ってドアをひらきましたが、中はまっ暗です。『スイッチはどこです』とどなっても、だれも答えません。私は壁のそれらしい場所を手さぐりして、やっとスイッチを探しあてて、それを押しました。

電灯がつくと、すぐ眼にはいったのは、正面の窓際に倒れている佐藤の姿でした。浴衣の胸がまっ赤に染まっています。美弥子も血だらけになって、夫のからだにすがりついていましたが、私を見ると、片手で窓を指さして、何かしきりと口を動かすのですが、恐ろしく昂奮《こうふん》しているので、何を言っているのかさっぱりわかりません。

見ると、窓の押し上げ戸がひらいています。曲者はそこから逃げたにちがいありません。私はいきなり窓から飛び出して行きました。庭は大して広くありません。人の隠れるような大きな茂みもないのです。五、六間向こうに例のコンクリートの万年塀が白く見えていました。曲者はそれを乗り越して、いち早く逃げ去ったのでしょう。いくら探しても、その辺に人の姿はありませんでした。

元の窓から洋室に戻りますと、私が飛び出すとき、入れちがいに駈けつけた婆やと女中が、美弥子を介抱していました。美弥子には別状ありません。ただ佐藤のからだにすがりついたので、浴衣が血まみれになっていたばかりです。佐藤のからだを調べてみると、胸を深く刺されていて、もう脈がありません、私は電話室へ飛んで行って、署の宿直員に急報しました。

しばらくすると、署長さんはじめ五、六人の署員が駈けつけてきました。それから、懐中電灯で庭を調べてみると、窓から塀にかけて、犯人の足跡が幾つも、はっきりと残っていたのです。実に明瞭な靴跡でした。

けさ、署のものが関根、青木のアパートへ行って、二人の靴を借り出してきましたが、比べてみると、関根の靴とピッタリ一致したのです。関根はちょうど犯行の時間に外出していて、アリバイがありません。それで、すぐに引っぱって、警視庁へつれて行ったのです」

「だが、関根は白状しないんだね」

「頑強に否定しています。佐藤や美弥子に恨みはある。幾晩も佐藤の屋敷のまわりを、うろついたこともある。しかしおれは何もしなかった。塀を乗りこえた覚えは決してない。犯人はほかにある。そいつがおれの靴を盗み出して、にせの足跡をつけたんだと言いはるのです」

「フン、にせの足跡ということも、むろん考えてみなければいけないね」

「しかし、関根には強い動機があります。そして、アリバイがないのです」

「青木の方のアリバイは？」

「それも一応当たってみました。青木もその時分外出していて、やっぱりアリバイはありません」

「すると、青木が関根の靴をはいて、万年塀をのり越したという仮定もなり立つわけかね」

「それは調べました。関根は靴を一足しか持っていません。その靴をはいて犯行の時間には外出していたのですから、その同じ時間に青木が関根の靴をはくことはできません」

「それじゃあ、真犯人が関根の靴を盗んで、にせの足跡をつけたという関根の主張は、なり立たないわけだね」

明智の眼に例の異様な微笑が浮かんだ。そして、しばらく天井を見つめてタバコをふかしていたが、ふと別の事を言い出した。

「君は、美弥子が傷つけられた時に割れた窓ガラスのかけらを集めてみなかった?」

「すっかり集めました。婆やが残りなく拾いとって、新聞紙にくるんで、ゴミ箱のそばへ置いておいたのです。それで、私はガラス戸に残っているガラスを抜き取って、そのかけらと一緒に復原してみました。すると、妙なことがわかったのです。割れたガラスは三枚ですが、かけらをつぎ合わせてみると、三枚は完全に復原できたのに、まだ余分のかけらが残っているのです。婆やに、前から庭にガラスのかけらが落ちていて、それがまじったのではないかと聞いてみましたが、婆やは決してそんなことはない。庭は毎日掃いているというのです」

「その余分のガラスは、どんな形だったね」

「たくさんのかけらに割れていましたが、つぎ合わせてみると、長細い不規則な三角形になりました」

「ガラスの質は？」

「眼で見たところでは、ガラス戸のものと同じようです」

明智はそこで又、しばらくだまっていた。しきりにタバコを吸う。その煙を強く吐き出さないので、モヤモヤと顔の前に、煙幕のような白い煙がゆらいでいる。

4

明智小五郎と庄司巡査部長の会話がつづく。

「佐藤の傷口は美弥子のと似ていたんだね」

「そうです。やはり鋭い両刃の短刀らしいのです」

「その短刀はまだ発見されないだろうね」

「見つかりません。関根はどこへ隠したのか、あいつのアパートには、いくら探しても無いのです」

「君は殺人のあった洋室の中を調べてみたんだろうね」

「調べました。しかし洋室にも兇器は残っていなかったのです」

「その洋室の家具なんかは、どんな風だったの？　一つ一つ思い出してごらん」

「大きな机、革張りの椅子が一つ、肘掛け椅子が二つ、西洋の土製の人形を飾った隅棚、大きな本箱、それから窓のそばに台があって、その上にでっかいガラスの金魚鉢がのっていました。佐藤は金魚が好きで、いつも書斎にそのガラス鉢を置いていたのです」

「金魚鉢の形は？」

「さし渡し一尺五寸ぐらいの四角なガラス鉢です。蓋はなくて、上はあけっぱなしです。よく見かける普通の金魚鉢のでっかいやつですね」

「その中を、君はよく見ただろうね」

「いいえ、べつに……すき通ったガラス鉢ですから、兇器を隠せるような場所ではありません」

その時、明智は頭に右手をあげて、指を櫛《くし》のようにして、モジャモジャの髪の毛をかきまわしはじめた。庄司は明智のこの奇妙な癖が、どういう時に出るかを、よく知っていたので、びっくりして、彼の顔を見つめた。

「あの金魚鉢に何か意味があったのでしょうか」

「僕はときどき空想家になるんでね。いま妙なことを考えているのだよ……しかし、まったく根拠がないわけでもない」

明智はそこでグッと上半身を前に乗り出して、内証話でもするような恰好《かっこう》になった。

「実はね、庄司君、このあいだ君の話を聞いたあとで、うちの小林に、少しばかり聞きこみと尾行をやらせたんだがね、佐藤寅雄には美弥子の前に細君があったが、これは病気でなくなっている。子供はない。そして、佐藤は非常な財産家だ。それから、君は今、青木が美弥子を見舞いにきたといったね。ちょうどそのとき、小林が青木を尾行していたんだよ。物蔭《かげ》からのぞいていると、美弥子は青木を玄関に送り出して、そこで二人が何かヒソヒソ話をしていたというのだ。まるで恋人同士のようにね」

庄司は話のつづきを待っていたが、明智がそのままだまってしまったので、いよいよいぶかしげな顔になった。

「それと、金魚鉢とどういう関係があるのでしょうか」

「庄司君、もし僕の想像が当たっているとすると、これは実にふしぎな犯罪だよ。西洋の小説家がそういうことを空想したことはある。しかし、実際にはほとんど前例のない殺人事件だよ」

「わかりません。もう少し具体的におっしゃってください」

「それじゃあ問題の足跡のことを考えてみたまえ。あれがもしにせの靴跡だとすれば、必らずしも事件の起こったときにつけなくても、前もってつけておくこともできたわけだね。それならば青木にだってやれたはずだ。すきを見て関根のアパートから靴を盗み出し、佐藤の庭に忍びこんで靴跡をつけ、また関根のところへ返しておくという手だよ。関根のアパートと佐藤の家とは三丁しか隔たっていないのだから、ごくわずかの時間でやれる。それに、たとえ見つかったとしても、靴泥棒だけなれば大した罪じゃないからね。もう一つ突っ込んでいえば、にせの足跡をつけたのは、青木に限らない。もっとほかの人にもやれたわけだよ」

庄司巡査部長は、まだ明智の真意を悟ることができなかった。困惑した表情で明智の顔を見つめている。

「君は盲点に引っかかっているんだよ」

明智はニコニコ笑っていた。例の意味ありげな眼だけの微笑が、顔じゅうにひろがったのだ。そして、右手に持っていた吸いさしのタバコを灰皿に入れると、そこにころがっていた鉛筆をとってメモの紙に何か書き出した。

「君に面白い謎の問題を出すよ。さあ、これだ」

「いいね。Oは円の中心だ。OAはこの円の半径だね。OA上のB点から垂直線を下して円周にまじわった点がCだ。また、Oから垂直線を下してOBCDという直角四辺形を作る。この図形の中で長さのわかっているのはABが三インチ、BDの斜線が七インチという二つだけだ。そこで、この円の直径は何インチかという問題だ。三十秒で答えてくれたまえ」

庄司巡査部長は面くらった。昔、中学校で幾何を習ったことはあるが、もうすっかり忘れている。直径は半径の二倍だから、まずＯＡという半径の長さを見出せばよい。ＯＡのうちでＡＢが三インチなんだから、残るＯＢは何インチかという問題になる。もう一つわかっているのはＢＤの七インチだ。このＢＤを底辺とする三角形が目につく、エート、底辺七インチのＯＢＤという直角三角形の一辺は……

「だめだね。もう三十秒はとっくにすぎてしまったよ。君はむずかしくして考えるからいけない。多分ＡＢの三インチに引っかかったんだろう。それに引っかかったら、もうおしまいだ。いくら考えてもだめだよ。

この問題を解くのはわけない。いいかね、この図のＯからＣに直線を引いてみるんだ。

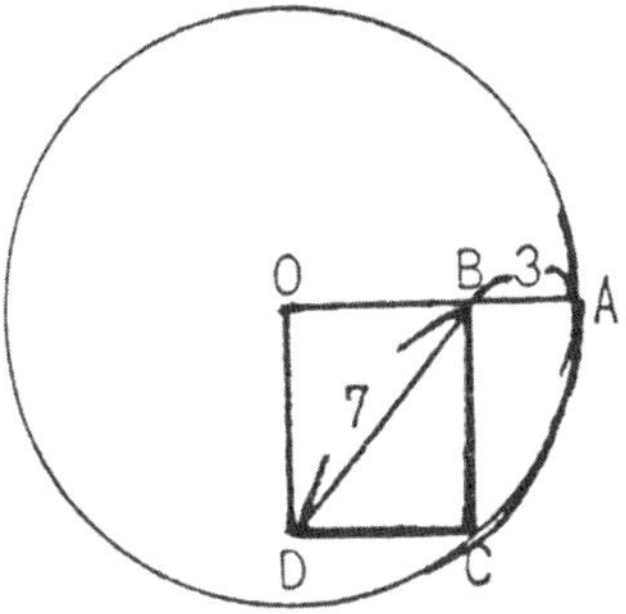

ほうらね、わかっただろう。直角四辺形の対角線は相等し……ハハハハハ。半径は七インチなんだよ。だから直径は十四インチさ」

「なるほど、こいつは面白い謎々ですね」

庄司は感心して図形を眺めている。

「庄司君、君は今度の事件でも、このＡＢ線にこだわっているんだよ。ずるい犯人はいつもＡＢ線を用意している。そして、捜査官をそれに引っかけようとしている。さあ、今度の事件のＡＢ線はなんだろうね。よく考えてみたまえ」

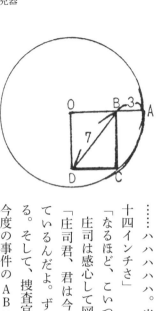

5

庄司巡査部長が三度目に明智のフラットを訪ねたのは、それからまた三日の後であった。

「先生、ご明察の通りでした。美弥子は自白しました。佐藤の財産が目的だったのです。そして、財産を相続したら、青木と一緒になるつもりだったというのです。美弥子の方が青木に惚れていたのですよ。それを青木に脅迫されているように見せかけて、佐藤を安心させておいたのです」

明智は沈んだ顔をしていた。いつもの笑顔も消えて、眼は憂鬱な色にとざされていた。

「先生のおっしゃったAB線は、美弥子が自分で自分の腕を傷つけ、さも被害者であるように見せかけたことです。まさか被害者が犯人だとは誰も考えなかったのです。

兇器は先生のお考えの通りガラスでした。長っ細い三角形のガラスの破片でした。美弥子はそれで自分の腕を切って、よく血のりをふきとってから庭に投げすてたのです。そして、窓のガラスを割って庭へ落とし、そのガラスのかけらで、兇器のガラスをカムフラージュしてしまったのです。そのガラスのかけらをすっかり集めて、丹念に復原してみる警官があろうとは、さすがの彼女も思い及ばなかったのですね。

佐藤もなかなか抜け目のない男ですから、美弥子がほんとうに自分を愛してはいないことを見抜いていたのかもしれません。それで、あんなに兇器を探したのでしょうね。自分が殺されるとまでは考えなかったにしても、なんとなく疑わしく思っていたのですね。

佐藤を殺した兇器もガラスでした。傷口へ折れ込まない用心でしょう。それは少し厚手のガラスで、やはり短刀のような長い三角形のものでした。佐藤に油断をさせておいて、それで胸を突き、血のりをよくふきとってから、例の金魚鉢の底へ沈めたのです。その時間は充分ありました。『だれか来て……』と叫んだのは、すべての手順を終ってからです。佐藤が殺されたとき、唸《うな》り声ぐらいは立てたのでしょうが、私の坐っていた座敷からは遠いし、それに、厚いドアがしまっていたので私は気づかなかったのです。

金魚鉢にガラスの兇器とは、なんとうまい思いつきでしょう。底に一枚ガラスが沈んでいたって、ちょっと見たのではわかりません。物を探す場合、誘明な金魚鉢なんか最初から問題にしませんし、それにガラスが短刀の代りに使われたなんて、誰も考えっこありませんからね。先生がすぐにそこへお気づきになったのは、驚くほかありません。

庭のにせの足跡も美弥子がつけたのです。傷口の糸を抜いた翌日、あまりとじこもっていても、からだに悪いから、ちょっと散歩してくるといって、家を出たのだそうです。そして近くの関根のアパートへ行って、関根の靴を風呂敷に包んで持ち帰り、庭にあとをつけると、又アパートへ返しに行ったのです。美弥子は関根が朝寝坊なことを知っていて、寝ているひまに、これだけのことをやってのけたのです。前にも関根と同棲していたのですから、関根の生活はこまかいところまで知りぬいていたわけです。

それから例の脅迫状も、美弥子が左手で書いて、自分でポストへ入れたのだと白状しました。この脅迫状は、一つは私を呼びよせて犯行の現場に立ち会わせるためだったのですね。ずいぶん舐《な》められたものです。ガラスの兇器のトリックは、目撃者がなくては、その威力を発揮しないのですからね。

それから青木はむろん呼び出して調べましたが、共犯関係はないことがわかりました。美弥子は恋人の青木には何も知らせないで、自分一人で計画し、実行したのです。実に勝気な女です。美弥子は貧乏を呪っていました。自分は貧乏のためにどんなつらい思いをしてきたかわからない。いろいろな男をわたり歩かなければならなかったのも貧乏のためだ。どんなことをしても貧乏とは縁を切りたいと思っていた。そこへ佐藤という大金持ちが現われたので、金のために結婚を承諾した。関根には借金をしていたので、いやいやながら同棲したが、ずいぶんひどい目にあった。逃げ出したくても隙がなく、すぐ腕力をふるうので、どうすることもできなかった。佐藤がその借金を返してくれたので、やっと助かったが、関根にいじめられた復讐《ふくしゅう》はいつかしてやろうと思っていたというのです。

青木には佐藤と結婚する前から好意を持っていたが、結婚後、佐藤の目をかすめてだんだん深くなって行ったのだそうです。そうなると佐藤とはもう一日も一緒にいたくない。といって、離婚したのではお金に困る。貧乏はもうこりごりだ、というわけで、佐藤の財産をそのまま自分のものにして、好きな青木と一緒になるという、虫のいいことを思いついたのですね。そして、ガラスの殺人という、実に奇抜な方法を考え出したのです。女というものは怖いですね」

「僕の想像が当たった。実に突飛な想像だったが、世間にはそういう突飛なことを考え出して、実行までするやつがあるんだね」

明智は腕を組んで、陰気な顔をしていた。あれほど好きなタバコも手にとるのを忘れているように見えた。

「ですから、先生も不思議な人ですよ。不思議な犯罪は、不思議な探偵でなければ見破ることができないのですね」

「君はそう思っているだろうね。しかし、いくら僕が不思議な探偵でも、君の話を聞いただけでは、あんな結論は出なかっただろうよ。種あかしをするとね、僕は小林に美弥子の前歴をさぐらせたのだ。そして、美弥子と親しかったが今は仲たがいになっている二人の女に、別々にここへ来てもらって、よく話を聞いたのだ。それで美弥子という女の性格がわかったのだよ。僕が金魚鉢に気がついたのは、そういう手続きを経ていたからだ。だが、その時はもうおそかった。僕の力では事前にそこまで考えられなかった。あとになって、不思議な殺人手段に気づくだけがやっとだった」

明智はそういって、プツンとだまりこんでしまった。庄司巡査部長は明智のこんなにうち沈んだ姿を見るのは、はじめてであった。

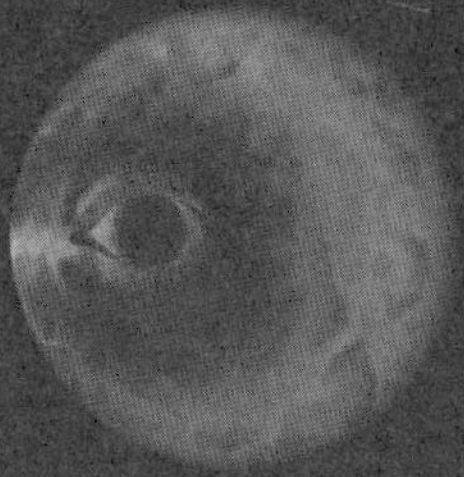

月と手袋

1

シナリオ・ライター北村克彦は、股野重郎を訪ねるために、その門前に近づいていた。東の空に、工場の建物の黒い影の上に、化けもののような巨大な赤い月が出ていた。歩くにしたがって、この月が移動し、まるで彼を尾行しているように見えた。克彦はそのときの巨大な赤い月を、あの凶事の前兆として、いつまでも忘れることができなかった。

二月の寒い夜であった。まだ七時をすぎたばかりなのに、その町は寝しずまったように静かで、人通りもなかった。道に沿って細いどぶ川が流れていた。川の向こうには何かの工場の長い塀がつづいていた。その工場の煙突とすれすれに、巨大な赤い月が、彼の足並みと調子をあわせて、ゆっくりと移動していた。

こちら側には閑静《かんせい》な住宅のコンクリート塀や生垣がつづいていた。そのなかの低いコンクリート塀にかこまれた二階建ての木造洋館が、彼の目ざす股野の家であった。石の門柱の上に、丸い電灯がボンヤリついていた。門からポーチまで十メートルほどあった。二階の正面の窓にあかりが見えていた。股野の書斎である。黄色いカーテンで隠されていたが、太いべっこう縁の目がねをかけ、ベレ帽に茶色のジャンパーを着た、いやみな股野が、そこにいることが想像された。克彦はそれを思うと、急にいや気がさして、引き返したくなった。

(あいつに会えば、きょうは喧嘩《けんか》になるかもしれない)

股野重郎は元男爵を売りものにしている一種の高利貸しであった。戦争が終ったとき一応財産をなくしたが、土地と株券が少しばかり残っていたのが、値上がりして相当の額になった。それを元手に遊んで暮らすことを考えた。元貴族にも似合わない利口ものだった。日東映画会社の社長と知りあいなのを幸いに、映画界へ首を突っこんできた。高級映画ゴロであった。そして映画人のスキャンダルをあさり、それを種に金儲《もう》けをすることを考えた。痩せ型の貴族貴族した青白い顔に似合わぬ、凄腕を持っていた。弱点を握った相手でなければ金を貸さなかった。それで充分の顧客があった。公正証書も担保物も不要だった。相手の公表を憚《はばか》る弱点を唯一の武器として、しかし、月五分以上の利息はむさぼらなかった。彼の資産はみるみるふえて行った。

北村克彦も股野の金を借りたことがある。しかし半年前に元利ともきれいに払ってしまった。だから股野に会うことを躊躇《ちゅうちょ》する理由はそれではなかった。

股野重郎の細君のあけみは、もと少女歌劇女優の夕空あけみであった。男役でちょっと売り出していたのを、日東映画に引き抜かれて入社したが、出る映画も出る映画も不成功に終り、腐りきって、身のふりかたを思案していたとき、股野に拾われて結婚した。元男爵と財産に目がくれたのである。シナリオ・ライターの克彦は、日東映画時代の知り合いであったが、あけみが三年前股野と結婚してからも、時たまの交際をつづけていた。それが、半年ほど前に、妙なきっかけから、愛し合うようになって、今では股野の目を盗んで、しばしば忍び会う仲になっていた。

抜け目のない股野が、それを感づかぬはずはない。だが彼はなぜか素知らぬふりをしていた。時たま厭味《いやみ》のようなことを言わぬではなかったが、正面から責めたことはない。細君のあけみに対しても同じ態度をとっていた。

（しかし、今夜は破裂しそうだ。是非話したいことがあるからといって、おれを呼びつけた。二人をならべておいて、痛烈にやっつけるつもりかもしれない）

表面は晩餐《ばんさん》の招待だったが、三人顔を合わせて食事をするのは、猶更《なおさ》らたまらないと思ったので、用事にかこつけて食事をすませてから、やってきたのである。できるなら、あけみを遠ざけて、股野だけと話したかった。

二階の窓あかりを見ると、急に帰りたくなったが、そしてそのとき帰りさえすれば、あんなことは起こらなかったのであろうが、克彦は、折角《せっかく》決心して出かけてきたのだから、一寸《すん》のばしにしても仕方がない、ともかく話をつけてしまおうと考えた。そして、薄暗いポーチに立って、ベルを押した。

中からドアをあけたのは、いつもの女中ではなくて、あけみだった。派手な格子縞《じま》のスカートに、燃えるような緑色のセーターを着ていた。小柄で、すんなりしていて、三十歳にしては三つ四つも若く見えた。彼女の魅力の短い上唇を、ニッと曲げて微笑したが、眼に不安の色がただよっていた。

「ねえやはどうしたの？」

「あなたが食事にこないとわかったものだから、夕方から泊まりがけで、うちへ帰らせたの。今夜は二人きりよ」

「彼は二階？　いよいよあのことを切り出すつもりかな」

「わからない。でも、正直に言っちゃうほうがいいわ。そして、かたをつけるのよ」

「ウン、僕もそう思う」

せまいホールにはいると、階段の上に股野がたちはだかって、こちらを見おろしていた。

「やあ、おそくなって」

「待っていたよ。さあ、あがりたまえ」

二階の書斎にはムンムンするほどストーヴが燃えていた。天井を煙突の這《は》っている石炭ストーヴだ。寒がり屋の股野は、これでなくては冬がすごせないと言っていた。

一方の壁にはめこみの小金庫がある。イギリスものらしい古風な飾り棚がある。一方のすみに畳《たたみ》一畳もある事務机、まん中には客用の丸テーブル、ソファー、アームチェア、いずれも由緒《ゆいしょ》ありげな時代ものだが、これらは皆、元金ではなくて利息の代りに取り上げた家具類である。

克彦が入口の長椅子にオーバーをおいて、椅子にかけると、股野は飾り棚からウィスキーの瓶とグラスを出して、丸テーブルの上においた。高利貸しらしくもないジョニー・ウォーカーの黒である。これもむろん利息代りにせしめたものであろう。

股野は二つのグラスにそれをつぎ、克彦が一と口やるうちに、彼はグイとあおって、二杯目をついだ。

「直接法で行こう。わかっているだろうね、きょうの用件は？」

股野はいつもの通り、太いべっこう縁の目がねをかけ、黒のズボンに茶色のジャンパーを着て、詩人めいた長髪に紺のベレ帽をかむっていた。室内でもぬがない習慣である。映画界に出入りするようになってから、高利貸しのくせに、そんな服装をするようになっていた。四十二歳というのだが、時とすると、三十五歳の克彦と同年ぐらいに見えることもあり、また五十を越した老年に見えることもある。年齢ばかりではない、彼はあらゆる点で奥底のしれない、不気味な性格であった。

ひげの薄いたちで、いやにツルツルした顔をしている。色は青白くて、眉がうすく、眼は細く、鼻が長く、貴族面《づら》と言えば貴族面だが、貴族にしても、ひどく陰険な貴族である。

「おれは、前々から知っていた。知ってはいたが、確証をつかむまで、だまっていたんだ。その確証をおととい の晩つかんだ。君のアパートだ。窓のカーテンに一センチほど隙間があった。注意しないといけない。一センチだって眼をあててのぞくのには充分すぎるんだからね。おれはあのとき窓のそとから見ていたんだ。だが、おれはその場で飛びこむようなまねはしない。歯をくいしばって我慢をした。そして、今夜話をつけることにしたんだ」

彼は三杯目のウィスキーをあおっていた。

「申しわけない。僕らは甘んじて君の処分を受けようと思っている」

克彦は頭をさげるほかなかった。

「いい覚悟だ。それじゃ、おれの条件を話そう。今後あけみには一切交渉を断つこと。口を利いてもいけない。手紙をよこしてもいけない。これが第一の条件だ。わかったかい。第二は、おれに慰藉料《いしゃりょう》を出すことだ。その額は五百万円。一時には払えないだろうから、毎年百万円ずつ五年間だ。百万円だっていま君が持っているとは思わないが、会社から前借することはできる。君はそれだけの力を持っている。そして、仕事に精を出し、一方で生活を切りつめれば、それぐらいのことはできる。君の身分に応じた金額だ。第一回の百万円は一週間のうちに都合してもらいたい。わかったね」

股野はそういって、薄い唇をキューッとまげて、吊《つ》りあがった唇の隅で、冷酷に笑った。

「待ってくれ。百万円なんて、僕にはとてもできない。まして五百万円なんて、思いもよらないことだ。せめてその半額にしてくれ。それでも僕には大変なことだ。食うものも食わないで、働かなけりゃならない。だが、やってみる。半額にしてくれ」

「だめだ。そういう相談には応じられない。あらゆる角度から考えて、これが正しいときめた額だ。いやなら訴訟をする。そして、君の過去の秘密を洗いざらい暴露してやる。映画界にいたたまれないようにしてやる。それでもいいのかね。それじゃあ困るだろう。困るなら、おれの要求する金額を払うほかはないね」

股野は四杯目のウィスキーを、グッとほして、唇をペタペタいわせながら、傲然《ごうぜん》としてそらうそぶく。

克彦にとって、問題は、しかし、金のことではなかった。あけみと交渉を断つという第一条件には、どう考えても堪えられそうになかった。彼らはお互に命がけで愛し合っていた。だが、正当の夫である股野に、あけみを譲れとは言えなかった。それを言い得ない社会の掟《おきて》というものに、ギリギリと歯ぎしりするほどの苦痛があった。彼はふと、それに対抗するものは「死」のほかにはないとさえ感じた。

「君はあけみさんをどうするのだ。あけみさんまで罰する気か」

「それは君の知ったことじゃない。あれもこらしめる。おれの思うようにこらしめる」

「ねえ、君の条件は全部容れる。あの人を苦しめることだけはやめてくれ。罪はおれにあるんだ」

「エヘヘヘヘ、つまらないことを言うもんじゃない。そういう君の犠牲的愛情は、おれの嫉妬を、よけい燃えたたせるばかりじゃないか」

「それじゃあ、おれはどうすればいいんだ。おれはあけみさんを愛している。君には申しわけない。申しわけないが、この愛情はどうすることもできないんだ」

「フフン、よくもおれの前でほざいたな。それじゃあ、おれの第三の条件を言ってやる。それはきさまに肉体の制裁を加えることだ」

股野は椅子から立ちあがっていた。ただきえ青白い顔に、眼は赤く血走っていた。アッと思うまに、克彦はクラクラと目まいがして、椅子からすべり落ちていた。頰に烈しい平手打ちをくったのだ。

「なにをするかっ」

夢中で相手にむしゃぶりついて行った。今度は股野の方が不意をうたれて、タジタジとなり、二人は組み合ったまま、床にころがった。お互に相手の鼻と言わず眼と言わず摑《つか》み合った。最初は克彦が上になっていたが、股野が巧みに位置を転倒して、針金のような強《きょう》靱《じん》な腕でのどをしめつけてきた。とっさに「おれを殺す気だな」という考えがひらめいた。

「そんなら、おれも殺すぞっ」

克彦は、両手に靴を持って、泣きわめきながら、いじめっ子に向かって行く幼児のようになって、めちゃくちゃな力をふりしぼった。いつのまにか上になっていた。のどをおさえようとすると、股野は夢中でそれを避けて、クルッとうつむきになった。

(ばかめ、その方が一層しめやすいぞっ)

相手の背中にかさなり合って、すばやく右腕を頸《くび》の下に入れた。そして、相手の頸を、思いきり自分の胸にしめつけた。一所懸命に可愛がっているかたちだ。筋ばった細い頸だった。鶏《にわとり》をしめているような感じがした。

相手は全身でもがいていた。もうこちらの腕に手をかけることさえできなかった。青い顔が紫色に変わって、ふしくれ立っていた。

何か女のかんだかい声がしたように思った。耳の隅でそれを聞いたけれども、そんなことに気をとられているひまはなかった。彼の右腕は鋼鉄の固さになって、機械のように、ジリッジリッと締めつけて行った。ゴキンという音がした。喉仏《のどぼとけ》のつぶれた音だろう。

無我夢中ではあったが、心の底の底では人殺しを意識していた。「こいつさえ死ねば、何もかもよくなる」ということを打算していた。どんなふうによくなるかはわからなかった。しかし、おそらくよくなることは、まちがいないと感じていた。

相手はもうグッタリと動かなくなっているのに、不必要に長く締めつけていた。鶏のように相手の頸の骨が折れてしまった手ざわりを意識しながら、もっともっとと、頑強に締めつけていた。

耳の中に自分の動悸《どうき》だけが津波のようにとどろいていた。そのほかの物音は何も聞こえなかった。部屋の中がいやにシーンと静まり返っているように感じられた。しかし、誰かがうしろに立っていた。見も聞きもしないけれども、さっきから、誰かがそこにじっと立っているのが、わかっていた。

首をまわすのに、おそろしく骨がおれた。頸の筋がこむら返りのようになって、動かないのだ。やっと三センチほど首をまわすと、眼の隅にその人の姿がはいった。そこに青ざめたあけみが立っていた。彼女の眼が飛び出すほど見ひらかれていた。人間の眼がこんなに見ひらかれたのを、彼は今まで一度も見たことがなかった。

あけみは魂のない蝋《ろう》人形のように見えた。ほしかたまったように立っていた。ほしかたまったまま、スーッと横に倒れて行きそうであった。

「あけみ」

言ったつもりだが、声にならなかった。舌が石のようにコロコロして、すべらなかった。口の中に一滴の水分もなかった。手まねをしようとすると、手も動かなかった。股野の首を捲《ま》いた腕が鋳物《いもの》のように、無感覚になっていた。

斬り合いをした武士の手が刀の柄から離れないのを、指を一本ずつひらいてやって、やっと離させる芝居を見たことがある。あれと同じだなと思った。しびれがきれたときのやり方で、血を通わせればいいのだと思った。肩の力を抜いて、腕を振るようにした。血が指先までめぐって行くのがわかった。やっと相手の頸にくっついていた腕がほぐれた。無感覚のまま、ともかく相手のからだから離れることができた。

躄《いざり》が這うようにして、丸テーブルのそばまで行った。そして、まだしびれている手を、やっとのばして、飲みのこしのウィスキー・グラスをつかみ、あおむきになった口へ持っていって、たらしこんだ。舌が焼けるように感じたが、それが誘い水になって、少しばかり唾液が湧いた。

あけみがフラフラと、こちらに近よってきた。声は出さなかったけれど、口があたしにもというように動いた。克彦はいくらかからだの自由を取り戻していたので、丸テーブルにつかまって立ちあがり、ウィスキー瓶をつかんで、グラスに注ぎ、それを口へ持っていってやった。金色のウィスキーが、ポトポトとこぼれた。あけみは自分の手を持ちそえて、それを飲んだ。

「死んだのね」

「ウン、死んじまった」

二人とも、やっとかすれた声が出た。

2

克彦は股野の頸の骨が折れてしまったと信じていた。だから人工呼吸で生き返らそうなどとは、毛頭考えなかった。

十分ほど、彼はアームチェアにもたれこんで、じっとしていた。絞首台の幻影が、遠くからバーッと近づいて、眼界一ぱいにひろがり、また遠くから近づいてきた。あらゆる想念が、目まぐるしく彼の脳中をひらめき過ぎた。その中で、どうしたらこの難局をのがれることができるかという、自己防衛の線がだんだん太く鮮明になり、ほかの一切の想念を駆逐して行った。

（ここで、おれは電気計算機のように、冷静に、緻密《ちみつ》にならなければいけない。股野が死んだことは、もっけの幸いではないか。あけみは牢獄《ろうごく》からのがれて自由の身となるのだ。おれは彼女を独占できる。その上、股野の莫《ばく》大な財産があけみのものになる。だが、おれは殺人者だ。このまま手を拱《こまね》いていれば、牢屋にぶちこまれる。激情の結果の殺人だから、まさか死刑になることはあるまいが、しかし一生が台なしだ。自首するのとのがれるのと、その差いくばくであろう。しかも、のがれる道がないではない。おれはそれを日頃から考えぬいておいたではないか）

克彦はあけみを愛し股野を憎み出してから、空想の中では、千度も股野を殺していた。あらゆる殺し方と、その罪をのがれるあらゆる手段を、緻密に、緻密に、毛筋ほどの隙間もなく空想していた。今、その空想の中の一つを実行すればよいのである。

（時間が大切だ。十分間に凡《すべ》ての準備を完了しなければ）

彼は腕時計を見た。こわれてはいなかった。七時四十五分だ。飾り棚の上の置時計を見た。七時四十七分だ。

あけみは彼の横の床に、うつぶせになったまま身動きもしないでいた。彼はそのそばによって、上半身を抱きおこした。あけみはいきなりしがみついてきた。十センチの近さで、お互の顔を見、眼をのぞき合った。克彦の考えを、あけみも察していることがわかった。ふたりの眼は互いに悪事をうなずき合った。

「あけみ、鉄の意志を持つんだ。ふたりで一と幕の芝居をやるんだ。冷静な登場人物になるんだ。君にやれるか」

あけみは、あなたのためなら、どんなことでも、というように深くうなずいてみせた。

「今夜は明かるい月夜だ。今から三、四十分たって、この前の通りを、誰かが通りかかってくれなければ……おお、おれは冷静だぞ。こんなことを思い出すなんて。あけみ、この前をパトロールの警官が通るのは、あれはたしか八時よりあとだったね。いつか、君がそのことを話したじゃないか」

「八時半ごろよ、毎晩」

あけみは、いぶかしげな表情で答えた。

「うまい。四十分以上の余裕がある。どんな通行人よりも、パトロールは最上だ。それまでにやることが山のようにある。一つでも忘れてはいけないぞ……女中は大丈夫あすまで帰らないね。月は曇っていないね……」

彼は窓のところへ飛んで行って、黄色いカーテンのすきまから空を見た。一点の雲もない。満月に近い月が、ちょうど窓の正面に皎々《こうこう》と輝いている。

（なんという幸運だ。この月、パトロール、女中の不在。まるで計画したようじゃないか。あとは、あけみさえうまくやってくれりゃいいんだ。それも大丈夫、あれは舞台度胸は申し分がない。それに男役には慣れている。おれは人殺しをまったく忘れて、舞台監督になるんだ。この際、恐怖は最大の敵だぞ。恐れちゃいけない。忘れてしまうんだ。あすこに倒れているやつは人形だと思え）

克彦は強いて狂躁《きょうそう》＊を装った。そして軽快に、敏捷《びんしょう》に、緻密に立ちまわることに、意力を集中しようとした。

「あけみ、僕らが幸福になるか、不幸のどん底におちいるか、それは今から一時間ほどのあいだの、君と僕との冷静にかかっている。殊《こと》に君の演戯《えんぎ》が必要だ。命がけの大役だよ。君には大丈夫それがやれる。わけもないことだ。怖がりさえしなければいいのだ。舞台に立ったときのように、ほかの一切のことを忘れてしまうんだ。わかったね」

「きっとできるわ。あなたが教えてさえくれれば」

＊狂躁＝狂ったように騒ぎ立てること。

あけみはまだワナワナふるえていたけれど、強い決意を見せて言った。ふたりの気持がこんなにピッタリ一つになったことは一度もなかった。

克彦は股野の死体のそばにしゃがんで、念のために心臓にさわってみた。むろん動いているはずはない。そんなことをしないでも、生体と死体とは一と目でわかる。その顔に現われている死相と、無生物のようなからだの感じでわかる。

紺色のベレ帽が、死体のそばに落ちていた。まずそれを拾った。太いべっこう縁の目がねは、折れもしないで、青ざめた額にひっかかっていた。それをソッとはずした。

(だが、このジャンパーをぬがせて、また着せるのは大変だぞ)

「あけみ、これと同じ色のジャンパーがもう一着ないか。着がえがあるだろう」

「あるわ」

「どこに?」

「となりの寝室のタンスの引出し」

「よし、それを持ってくるんだ。いや、まだある。白い手袋が必要だ。革ではいけない。ほんとうは軍手がいいんだが、ないだろうね」

「あるわ。股野が戦時中に、畑仕事をするのに買ったんですって。新らしいのがたくさん残ってるわ。台所の引出しよ」

「よし、それをもってくるんだ。まだある。長い丈夫な紐《ひも》が二本ほしい。遠くから持ってきちゃいけない。隣の寝室に何かないか」

「さあ、あれば洋服ダンスの中だわ。でも丈夫な紐って……ア、股野のレーンコートのベルトがはずせるわ。それから……ネクタイではだめ？」

「もっと長い丈夫なものだ」

「そうね。ア、股野のガウンのベルトがある。あれならネクタイの倍も長くて丈夫だわ」

「よし、それを持ってくるんだ。それから……ウン、そうだ。おれはいつか、ちゃんと考えておいたんだ。君のうちには、何かの草で作った箒《ほうき》のような形の洋服ブラシがあったね。おれは見たことがある。あれが、入用《いりよう》だ。あるか」

「あるわ。洋服ダンスのそばに、かけてあるわ」

「いいか、忘れちゃいけないぞ。全部そろえるんだ。もう一度言う。軍手、ベルトが二本、箒型のブラシ、ジャンパー、そして、ここにベレ帽と目がねがある。それで全部か？　いや待て、そうだ、ネクタイでいい。洋服ダンスから柔かいネクタイを三本抜いてくるんだ。それからあとは、洋服ダンスの鍵と、この書斎の入口、隣の寝室の入口、二つの部屋のあいだのドアと、三つのドアの鍵、それと、玄関のドアの鍵が入用だ」

「軍手、ジャンパー、ブラシ、ベルト二本、ネクタイ三本、鍵が三つ」あけみは指を折ってかぞえた。「この部屋と、隣の部屋と、境のドアとはみんな同じ鍵だから、そのほかに洋服ダンスと、玄関のと、鍵は三つだわ」

「よしその通り。ア、ちょっと待った。三つの鍵はいつもどこに置いてあるんだ」

「洋服ダンスの鍵なんて、かけたことないから、把手《とって》にぶらさがってるわ。玄関と部屋の鍵は股野のズボンのポケットと、下のあたしの部屋の小ダンスの引出しに一つずつ」

「それじゃあ、股野のポケットのを使おう。これは僕がとり出す。君はほかの品を全部集めるんだ。時間がない。大急ぎだっ」

あけみはもうふるえていなかった。舞台監督のさしずのままに動く俳優になりきっていた。彼女は所要の品々を集めるために、隣の寝室へ飛びこんで行った。

克彦は死体のそばに行って、ズボンの両方のポケットをさぐった。そして、わけなく二つの鍵を見つけた。別に気味わるくも感じなかった。死体はまだ温かかった。石炭ストーヴの熱気で、部屋は熱すぎるくらいなのだから、今から三、四十分たっても、死体はまだ温かいだろうと考えた。

所要の品々がそろった。克彦はそれを丸テーブルの上に並べて点検したあとで、箒型のブラシと軍手の片方を手に持って、妙なことをはじめた。箒の先をひとつまみずつにわけ、それを軍手の指の中へおしこんで行くのだ。見るまに箒を芯にした一本の手ができ上がった。

「もうわかっただろう。君が股野の替玉になって一人芝居をやるのだ。股野は長髪だから、君の頭でいい。少しうしろへ搔《か》き上げておけばいい。そして、ベレ帽をかむり、目がねをかけるんだ。それで鼻から上はでき上がる。鼻から下は、ホラ、この軍手で、こういうぐあいに隠すんだ。つまり、誰かが、うしろから君の口をおさえて、声を立てさせまいとしている恰好《かっこう》だ。君はその軍手を引きはなそうと自分の手をかけている気持で、実はこの箒の根もとを持って、口の前に支えていればいいのだ」

これらは、克彦が空想殺人の中で、たびたび考えて、繰り返し検算しておいたことだ。細かい点まで、手にとるようにわかっている。

「それから、そのセーターの上からジャンパーを着るんだ。下はそのままでいい。あの窓をあけて、上半身を見せればすむのだ。軍手の男が君のうしろから抱きついている。君は窓から上半身をのり出して、軍手でおさえられた手を、引きはなしながら、助けてくれと叫ぶのだ。そういう場合だから、ただしゃがれた男の声でさえあればいい。この部屋の電灯を消して、僕とパトロールの警官とが門の前に現われるのを待って、演戯をはじめるんだ。もしパトロールがこないようだったら、誰でもいい、通りがかりの人と一緒に門までやってくる。君は窓のカーテンのすきまからのぞいて、僕の姿が見えるのを待ってればいいのだ。そして、二声三声叫んでおいて、軍手の男にうしろへひっぱられる形で、窓から姿を消してしまうのだ。二階の窓から門までは十メートル以上はなれている。いかに明かるいと言っても月の光だ。細かいことはわかりゃしない。それに、僕がうまく相手を誘導するから、万に一つもしくじる心配はない。わかったね」

あけみは、克彦の興奮した顔、自信ありげな熱弁に見とれているうちに、彼の計画の全貌が、おぼろげにわかってきた。

「わかったわ。そうして、あなたのアリバイを作るのね。股野が殺されたときに、あなたはまだ門をはいろうとしていたのだということを、証人に見せるのね。だから、その証人にはパトロールのおまわりさんが一番いいというわけね。そうすると、あたしはここにいたことになるけれど、かよわい女だからどうにもできなかった……あら、それじゃあ、あたしは犯人を見たことになるのね。どんな男だったと聞かれたら……」

「覆面の強盗だ」

「どんな覆面？　服装は？」

「黒い服を着ていた。こまかいことはわからなかったというんだ。覆面は眼だけでなく、顔全体の隠れるやつだ。ヴェールのように、黒い布を鳥打帽*からさげていたと言うんだ。両手に軍手をはめていたのはもちろんだ。だから指紋は一つも残っていない」

「わかった。あとは出まかせにやればいいのね。でも、あたし自身が犯人だと疑われることはないの？　かよわい女だから、股野に勝てるはずがないっていう理窟？　それで大丈夫かしら」

＊鳥打帽＝前びさしのついた平たい帽子。ハンチング。

「それには、このベルトとネクタイと鍵だ。時間がないから一度しか言わない。よく聞いてるんだよ。僕が今にそとへ出て行くから、そのときすぐに、この部屋の入口のドアに鍵をかける。それから、窓の演戯をすましたら、君はこれだけのことを大急ぎでやるんだ。箒型ブラシから軍手をはずし、一対《いっつい》ちゃんとそろえて、一応となりのタンスの引出しへしまう。あとでゆっくり台所の元の引出しへ返しておけばいい。ジャンパーも元のところへの寝室へはいり、ブラシも元の釘《くぎ》へかける。それから君はこのネクタイとベルトを持って、となりおけば、どちらかのドアを破らなければはいれないのだから、ゆっくり仕事ができるわけだ。鍵の始末は、そうだね、寝室のどこかの小引出しにでも入れておくんだね。

書斎と寝室との三つのドアには、あとで犯人が鍵をかけて行ったことになるんだから、もし小引出しの鍵が見つかったら、同じ鍵が三つあったことにするんだ。だが、もっといいのは、君の部屋の小ダンスの合鍵を、あとでどこかへ隠してしまうんだね。そうすれば鍵は二つあったことになる。

寝室へはいったら、このネクタイのうちの二本を丸めて自分の口の中へ押しこむのだ。そして、もう一本のネクタイでその上をしばり、頭のうしろで固く結ぶ。つまり猿ぐつわだね。それから、君は洋服ダンスの中へはいるのだ。かけてある服を、どちらかへよせれば、人間一人、足をまげて、もたれかかるぐらいの余地はあるだろう……大いそぎでためしてごらん」

　二人は隣の寝室へはいって行って、大型の洋服ダンスのとびらをひらいた。やってみるまでもなく、大丈夫はいれる。すぐに丸テーブルの前に引き返した。

「さて、洋服ダンスの中へはいったら、両足をそろえて、足首にこのガウンのベルトをグルグルに巻きつけ、その端を固く結ぶ。それから、観音びらきのとびらを、中からしめる。その次がちょっとむずかしい。これは縄抜け奇術を逆にやるようなものだからね。しかし、だれにでもできることだ……君、両手をグッと握って、前に出してごらん。そうそう。この両手の手首のところを、僕がレーンコートのベルトでしばる。手品師なら、いくら強くしばってもいいのだが、君は素人だから、わざとゆるくしばっておく」

　克彦はそう言いながら、あけみの両の手首に、グルグルとベルトを巻きつけ、しばりあげた。

「さあ、これでいい。手のひらを平らにして、片方ずつ抜いてごらん。ゆるくしばったのだから、わけなく抜ける。ほらね。するとベルトが輪になったまま残るね。これを洋服ダンスの中へ持ってはいるのだ。そして、足首をゆわえたあとで、このベルトの輪を自分のうしろのタンスの底に置いて、うしろに手をのばし、さっきのやり方で、片方ずつ、この輪の中に手首を入れる。つまり、うしろ手にしばられたとみせかけるのだ。なかなかむずかしいけれども、時間をかけてゆっくりやれば、大丈夫できるんだよ……ここでちょっと練習してごらん」

あけみは必死になって、それを試みた。部屋の隅の壁にもたれて、うしろにベルトの輪を置き、からだをねじって、右手を入れるときには、右の方に輪をよせ、左手を入れるときには、左によせて、眼の隅でそれを見ながらやるようにした。もともとゆるい輪だから、思ったほど苦労もしないで、両手を入れることができた。

「だが、両手を入れただけではいけない。握りこぶしを作るんだ。そして、手首のところでギュッとねじる。そうそう、そうするとベルトが手首に喰《く》い入って、固くゆわえてあるように見える上に、そうしてねじっていれば、自然に充血して、その辺がふくれあがり、今度はもうほんとうに抜けなくなる。これは縄抜け術とはちがうが、僕らの今の場合はそうする方がいいのだ。あとは、君が洋服ダンスにとじこめられていることがわかったときに、誰かが解いてくれるんだからね。

この仕事はあわてないでもいい。ゆっくりやれる。僕がここを出ると、君が入口のドアに鍵をかけ、それから、あとで寝室のドアにも鍵をかけるんだから、窓の演戯を見て、すぐに駈《か》けつけても、ドアを破る時間がある。そして、死体を発見すれば、そこで手間どるから、寝室へはいってくるのは、ずっとあとになる。だから自分をしばるのはゆっくりでいい。しかしまったく気づかれなくても困るから、誰かが寝室へはいってきたら、君は洋服ダンスの中で、あばれて音を立てるんだ。そして注意を引くんだ。わかったね。念のために、今まで僕が言ったことを、忘れないように、もう一度君の口で言ってごらん。一つでもまちがったら大変だからね」

そこで、あけみは、この複雑な演戯の順序を、正確に復誦《ふくしょう》して見せた。さすがに俳優である、少しのまちがいもなかった。

「うまい。それでいい。ぬかりなくやるんだよ。それからここに残った玄関の鍵と洋服ダンスの鍵は、僕がポケットに入れてそとに出る。それはこういうわけだ。君は犯人のために洋服ダンスにとじこめられた。だから、犯人は洋服ダンスにも鍵をかけて行ったはずだ。しかし、君は中にはいっているんだから、自分で鍵をかけることはできない。それで僕が持って出て、今度誰かと一緒にはいってきたとき、相手のすきをうかがって、洋服ダンスに鍵をかけておく、という順序だ。それから、玄関に鍵をかけておく意味は言うまでもない。僕たちがあとでこのうちにはいる時間をおくらせるためだ」

「まあ、そこまで！　あなたの頭は恐ろしく緻密なのね。それで、あたしが洋服ダンスにとじこめられる意味は？」

「わかってるじゃないか。犯人は股野にだけ恨みをもっていたんだ。美しい細君まで殺す気はない。覆面で顔は見られていないから、殺すには及ばないのだ。しかし逃げる時間がほしい。君を自由にしておけば、すぐに警察に電話をかけるだろう。また、叫び声をたてて近所の人に知らせるだろう。犯人はそれでは困るのだ。そこで、猿ぐつわをはめて、とじこめておく。そうしておけば、あすの朝までは、誰にも気づかれないですむという計算なのだ。

と同時に、われわれの方から言えば、君を洋服ダンスにとじこめる意味は、君も被害者の一人であって、決して犯人の仲間ではないということを証明するためだ。わかったかい」

あけみは深くうなずいて、畏敬《いけい》のまなざしで恋人の上気した顔を見上げた。克彦はあわただしく腕時計を見た。八時十五分だ。

「これで演戯の方はすんだ。だが、もう一つやる事がある。君はあすこの金庫のひらき方を知っているね」

「股野はあたしにさえないしょにしていたけれど、自然にわかったの。ひらきましょうか」

「ウン、早くやってくれ」

克彦はあけみが金庫をひらいているあいだに、ストーヴの前に立って、石炭をなげこみ、灰おとしの把手《とって》をガチャガチャいわせていた。

「その中に借用証書の束があるはずだ」

「ええ、あるわ。それから現金も」

「どれほど?」

「十万円の束が一つと、あと少し」

「貯金通帳や株券なんかはそのままにして、証文の束と現金だけ、ここへ持ってくるんだ。

金庫はあけっぱなしにしておく方がいい」

　あけみがそれを持ってくると、克彦は証文の束をバラバラと繰ってみた。ゆっくり調べているひまのないのが残念だ。彼の知人の名も幾人かあった。全体では大した金額だ。

「それ、どうなさるの？」

「ストーヴで焼いてしまうのさ。現金もいっしょだ」

「人助けね」

「ウン、犯人が人助けのために、証文を全部焼いて行ったと思わせるのだ。むろん犯人自身の証文もこの中にあるというわけだよ。股野は担保もとらなかったし、公正証書も作らなかったので、この証文さえなくしてしまえば、一応返済の責任はなくなるのだ。しかし、帳簿が残っている。帳簿を見れば、債務者がわかる。そこで警察は、帳簿の債務者を虱《しらみ》つぶしに調べることになる。しかし、永久に犯人はあがらない。というわけさ。証文を焼いた犯人が現金を見れば、残してはおかないだろう。それが自然だ。しかし、僕らが持っていては危ない。股野のことだからどこかへ紙幣の番号を控えていなかったとはきめられない。だから、現金もここで焼いてしまうのだ。まず先に紙幣を焼こう」

　貴重な三分間を費《つい》やし、紙幣は灰になるまで監視し、それを更らにこなごなにしてから、証文の束を投げ入れた。あとはあけみに任せておいて、克彦は入口の長椅子においてあったオーバーを着、そのポケットにあった手袋をはめ、ハンカチを出して、丸テーブルの上のウィスキーの瓶とグラスの指紋をふきとって、元の飾り棚に納め、丸テーブルの表面、ストーヴの火掻き棒、金庫やドアの把手など、指紋の残っていそうな箇所を入念にふきとった。そして、洋服ダンスの鍵をポケットに入れると、

「じゃあすぐに用意をはじめるんだよ。ぬかりなくね」

言いのこして、入口を出ようとすると、あけみが息をはずませて追いすがってきた。

「うまく行けばいいけれど、そうでなかったら、これきりね」

両手が肩にかかり、涙でふくれた眼が、近づいてきた。可愛らしい唇が、いじらしくすすり泣いていた。ふたりは唇を合わせて、長いあいだ、しっかりと抱きあっていた。情死の直前の接吻《せっぷん》という観念が、チラと克彦の頭をかすめた。

あけみが中からドアにカチッと鍵をかける音を聞いて、階段へ急いだ。もう手袋をはめているから、何にさわっても構わない。玄関のドアに中から鍵をかけた。それから台所でコップをさがしてつづけざまに水を飲んだ。そして、玄関の鍵はそこの戸棚の中へ入れておいた。

台所のそとの地面は、天気つづきでよく乾いていた。その上、敷石があるのだから、足跡は大丈夫だ。コンクリート塀についている勝手口の戸を、二センチほどひらいたままにして、狭い裏通りに出た。そとの石ころ道もよく乾いていた。

3

真昼のような月の光だ。人に見られてはいけない。あたりに気をくばりながら、グルッと廻《まわ》って表通りに出た。誰にも会わなかった。どこの窓からも覗《のぞ》いているものはなかった。表のどぶ川沿いの道路は、月の光で遠くまで見通せる。どこにも人影はなかった。腕時計を見ると、八時二十分だ。八時半にはまだ充分余裕がある。

どぶ川が月の光をうけて、キラキラと銀色に光っていた。海の底のような静けさだ。向こうに立っている何かの木の丸い葉もチカチカと光っていた。こちら側の生垣のナツメの葉もチカチカと光っていた。

（なんて美しいんだろう。まるでおとぎ話の国のようだ）

こんなくだらない街角を、これほど美しく感じたのは、はじめての経験だった。

彼は口笛を吹き出した。偽装のためではない。なぜか自然に、そういう気持になった。口笛の余韻《よいん》が、月にかすむように、空へ消えて行った。

（だが待てよ。もう一度検算してみなければ……）

克彦はたちまち現実に帰って、不安におののいた。

（窓からの叫び声を聞いて、玄関に駈けつけ、うちの中にはいるまでの時間が重大だぞ。

そのあいだに仮想犯人はいろいろのことをやらなければならない。あとから考えて、その時間がなかったという計算になっては大変だ。危ない危ない。犯罪者の手抜かりというやつだな。エーと、よく考えてみなければ……

仮想犯人は、股野が窓から助けを求めた直後に、彼をしめ殺してしまうだろうか。いや、そうじゃない。金庫をひらかせなければならない。そうでないと証文を焼くことができない。だが、ひらかせるのはわけもないことだ。頸に廻した手を締めたりゆるめたりして、脅迫すればよい。殺されるよりは金庫をひらく方がましだから、股野は金庫をひらく。ひらかせておいて、すぐしめ殺すのだ。そして、死骸はそこに捨てて、証文をとり出し、ストーヴに投げこみ、現金はポケットに入れる。仮想犯人はそうするにちがいない。これを一分か二分でやらなければいけない。あけみが主人の叫び声を聞きつけて、上がってくるにちがいないからだ。いや、その前にもう一つやることがある。洋服ダンスを物色して、ベルトやネクタイを取り出すことだ。仮想犯人はそこに洋服ダンスがあることを知っていたとすればいい。そうすれば紐類を探すとき、まず洋服ダンスをあけてみるのはごく自然だ。だが、そんなことがまっ暗な中でできるか？　寝室にも窓からの月あかりがある。ちょっと暗すぎるかな？　犯人は懐中電灯を持っていたことにしてもいい。そして、ベルトとネクタイを用意して、あけみを待っている。これも一分間にやらなければいけない。そのときはもう、あけみは書斎にはいっているかもしれない。いずれにしても、あけみをとらえて、すぐ猿ぐつわをはめ、声を立てないようにしておいて、手足をしばる。そして、洋服ダンスにとじこめる。これを二分か三分にやらなければいけない。ずいぶんきわどい芸当だが、やってやれないことはなかろう。合わせて四分か五分、仮想犯人のために、これだけの余裕は見てやらなければならぬ。それより早く玄関のドアを破ってはいけないのだ。つまり、仮想犯人が裏口から逃げ出してしまってから、ドアを破るという段取りにする必要がある。その手加減が、一ばんむずかしいところだ……よし、なんとかやってみよう）

克彦は目まぐるしく頭を回転させて、とっさのあいだに、これだけのことを考えた。この寒さに、全身ビッショリの冷汗であった。

それからまだ暫《しばら》くあいだがあった。待ちかねていると、やっとコツコツという靴音がきこえてきた。普通の通行者の歩きかたではない。いよいよ今夜の演戯のクライマックスがきた。

ふり返ると、果たしてパトロールの警官であった。二人連れではない。この辺は一人で巡廻するのであろう。

克彦は歩き出した。二十歩もあるくと、股野家の門であった。門のそとに立って、二階の窓を見た。窓の押し上げ戸が音を立ててひらかれた。室内はまっ暗だ。カーテンをかき分けるようにして、人の顔がのぞいた。ベレ帽、太いべっこう縁の目がね、白い大きな手袋、茶色のジャンパー。

白い手袋がうしろから彼の口を覆っていた。苦しそうにもがいている。そして、おさえられた手袋のすきまから、

「助けてくれ……」

という、しゃがれ声の悲鳴がほとばしった。

克彦はハッとして立ちすくんでいる恰好をした。うしろから、駈け出してくる靴音が聞こえた。パトロールの警官にも、低い塀ごしにあれが見えたのだ。

「助けて……」

もう一度悲鳴が。しかし、その声は途中でおさえられた。そして、窓の人影は、白い手袋に引き戻されるように、室内の闇に消えてしまった。あとには、月の光を受けたカーテンが、ユラユラとゆれているばかりだ。

「あなたは?」

警官は門内に駈けこもうとして、そこに突っ立っている克彦に不審を抱いた。美少年と言ってもよい若い警官だった。

「ここは僕の友人の家です。いま訪ねてきたところです。僕は映画に関係している北村克彦というものです」

「じゃあ、いま窓から叫んだ人を御存知ですか」

「今のは僕の友人らしいです。股野重郎という元男爵ですよ」

「じゃあ、はいってみましょう。どうも、ただごとではないですよ」

(よしよし、これで一分ばかり稼げたぞ。仮装犯人はもう証文をストーヴに投げ入れて、洋服ダンスに向かっている時分だ)

克彦と美少年の警官とは前後してポーチに駈けつけた。ドアを押してもひらかないので、ベルを押しつづけたが、なんの答えもない。

「妙ですね、家族は誰もいないのでしょうか」

「さあ、主人と細君と女中の三人暮らしですが、主人だけというのはおかしい。細君も女中もあまり外出しないほうですから」

(又、一分はたった。ボツボツ裏口へ廻ることにしてもいいな)

「仕方がない。裏口へ廻ってみましょう。裏口もしまっていたら、窓からでもはいるんですね」

「あなた裏口への道を知ってますか」

「知ってます。こちらです。もっとも、あいだに板塀の仕切りがあって、そこの戸をひらかなければなりませんがね」

板塀の戸はしまっていた。警官はその戸を押し試みて、ちょっと考えていたが、なにか自信ありげな口調になって、

「この板戸を破るのはわけないですが、裏口もしまっていたら、手間がかかって仕方がな

い。それよりも、玄関へ戻って、ドアをひらきましょう」

と言って、もうそのほうへ走り出していた。

「玄関のドアを破るのですか」

「いや、破る必要はありません。見ててごらんなさい」

警官はポーチに戻ると、ポケットから黒い針金のようなものを取り出した。そして、その先を少し曲げてドアの鍵穴に入れ、カチカチやってみて、また引き出しては曲げ方を変え、それを何度も繰り返している。

（オヤオヤ、これは錠前破《じょうまえやぶ》りの手だな。近頃は警官もこんなことをやるのかしら。それにしてもありがたいぞ。板塀まで行って帰ってきて、先生がコチコチやっているうちに、もう二分以上過ぎてしまった。これで五分間は持ちこたえたわけだ。針金で錠がはずれるまでには、まだ一、二分はかかるだろうて）

だが、一分もたたないうちに、カチッと音がして、錠がはずれ、ドアがひらいた。その時は急いでいるので、そのまま屋内に踏みこんだが、ずっとあとになって、この美少年の警官は、錠前破りについて、こんなふうに説明した。

「僕は探偵小説を愛読してますが、中から鍵のかかっているドアを、急いでひらく場合には、警官が体当りでドアを破るのが定法《じょうほう》のようになっていますね。しかし今の警官はそんな野蛮なまねをしなくていいのですよ。針金一本で錠前をはずすという手は、もとは錠前破りの盗賊が考え出したことです。しかし、賊が発明したからといって、警察がこれを利用して悪いという道理はありません。近年はわれわれのような新米警官でも、針金でドアをひらく技術を教えられているんですよ。このほうが体当たりで破るよりも、かえって早いのですからね」

さて、二人はまっ暗なホールに踏みこんだが、シーンと静まり返って、人のけはいもない。

「もしもし、だれかいませんか」

「股野君、奥さん、ねえやもいないのか」

二人が声をそろえてどなっても、なんの反応もなかった。

「誰もいないのでしょうか」

「構いません、二階へ上がってみましょう。ぐずぐずしている場合じゃありません」

(また今のまに、一分ほど経過したぞ。もういくらせき立てても大丈夫だ)

ふたりは階段を駆け上がって、書斎のドアの前に立った。

「さっきの窓はこの部屋ですよ。主人の書斎です」

克彦は言いながら、ドアの把手《はしゅ》*を廻した。

「だめだ。鍵がかかっている」

*把手＝器物の、手で握り持つための突き出た部分。とって。

「ほかに入口は？」

「隣の寝室からもはいれます。あのドアです」

今度は警官が把手を廻してみた。やっぱり鍵がかかっている。

「オーイ、股野君、そこにいるのか。股野君、股野君……」

答えはない。

「仕方がない。また錠前破りですね」

「やってみましょう」

警官は例の針金を取り出して、鍵穴をいじくっていたが、前よりも早く錠がはずれて、ドアがひらいた。

ふたりはすぐに室内に踏みこんで行ったが、まっ暗ではどうにもならぬ。克彦は心覚えの壁をさぐってスイッチをおした。

電灯がつくと、ふたりの目の前に、茶色のジャンパーを着た、長髪の男が倒れていた。

「アッ、股野君だ。このうちの主人です」

克彦が叫んで、そのそばにかけよった。

「さわってはいけません」

警官はそう注意しておいて、自分もじっと股野の顔を覗きこんでいたが、

「死んでいますね。頸にひどい傷がついている。扼殺《やくさつ》*でしょう……電話は？　このうちに

は電話があったはずですね」

　克彦が事務机の上を指さすと、警官は飛んで行って受話器を取った。

　電話をかけ終ると、ふたりで二階と一階との全部の部屋を探し廻ったが、夫人も女中も不在であることがわかった。

「犯人は多分、われわれと入れちがいに、裏口から逃げたのでしょうが、もう追っかけても間に合いません。それよりも現状の保存が大切です」

　警官はそう言って、再び二階へ引きかえした。書斎の隣の寝室は、両方のドアに鍵がかかっていたので、そこで手間どることをおそれて、あとまわしにしておいたのだった。警官はまた例の針金をポケットからとり出して、まず廊下のドアをひらいた。そして寝室にはいると、ベッドの下など覗いていたが、すぐに、書斎との境のドアに取りかかった。

　克彦はそのすきに、さりげなく洋服ダンスの前に近づき、ポケットの鍵で、うしろ手に錠をおろし、その鍵は洋服ダンスと壁とのすきまへ投げこんでおいた。むこう向きになって錠前破りに夢中になっている警官は、少しもそれに気づかなかった。

　やっと書斎との境のドアがひらいた。警官はホッとして、死体のある書斎へはいろうとしたが、そのとき、どこかでガタガタと音がした。

＊扼殺＝手で首を締めて殺すこと。

「オヤ、いま変な音がしましたね」

警官が克彦の顔を見た。克彦は洋服ダンスを見つめていた。またガタガタと音がして、洋服ダンスがかすかにゆれた。若い警官の顔がサッと緊張した。

彼はツカツカと洋服ダンスの前に近づいて、とびらに手をかけた。ひらかない。

「だれだっ、そこにいるのはだれだっ」

中からは答えがなくて、ガタガタいう音は一層はげしくなる。

警官は腰のピストルを抜き出して、右手に構えた。そして、こんどはもう針金を使わないで、左手で力まかせに扉《とびら》を引いた。観音びらきだから、鍵がかかっていても、ひどく引っぱれば、はずれてしまう。パッと扉がひらいた。そして、そこから大きな物体がゴロゴロと、ころがり出してきた。

「アッ、あけみさん」

克彦がほんとうにびっくりしたような声で叫んだ。

「だれです、この人は」

「股野君の奥さんですよ」

警官はピストルをサックに納め、そこにしゃがんで、あけみの猿ぐつわをはずし、口の中のネクタイを引き出してやった。

そのあいだに、克彦はうしろ手にしばられた手首を調べてみた。うまくやったぞ。ベルトが手首の肉に喰い入って、自分でしばったという疑いの余地はまったくなかった。これなら大丈夫だと、克彦はわざと足首のベルトを解くほうにまわり、手首のほうは警官にまかせた。

すっかりベルトを解くと、あけみのからだを二人で吊って、そこのベッドに寝かせた。

「水を、水を」

あけみが、哀れな声で渇《かつ》を訴えたので、克彦は台所へ駈けおりて、コップに水を持ってきた。彼女はほんとうに喉がかわいていたのだから、真に迫まって、ガツガツと一と息にそれを飲みほした。

あけみが少しおちつくのを待って、若い警官は手帳を取り出し、一と通り彼女の陳述を書きとったが、あけみの演戯は申し分がなかった。

きょうは夕方から女中を自宅に帰したので、彼女は、主人とふたりのおそい夕食のあとかたづけのために、台所にいた。主人の書斎で何か物音がした、叫び声がきこえたように思った。様子を見るために二階にあがって、書斎のドアをひらくと、中はまっ暗で、ただならぬけはいが感じられた。壁のスイッチを押そうとして、手をのばしたとき、いきなり、うしろから組みつかれ、口の中へ絹のきれのようなものを押しこまれ、物も言えなくなってしまった。

それから、そこへ押しころがされ、両手をうしろにまわして、しばられ、両足もしばられたが、そのあいだに、窓からの月あかりで犯人の姿が、おぼろげに見えた。黒っぽい背広を着ていたように思う。背が非常に高いとか、低いとか、ひどく瘦せているとか、太っているとかいう印象はなかった。つまり、からだにはこれという特徴がなかった。顔はまったく見えなかった。黒っぽい鳥打帽をかぶり、ヴェールのように黒い布を顔の前に垂らしていた。まったく口をきかなかったので、声の特徴もわからない。

主人の股野が、うつぶせに倒れているのも、月あかりで見た。殺されているのか、気を失っているのかわからなかったが、覆面の男にやられたことはまちがいないと思った。金庫のとびらがあいているのも、チラと見た。だから強盗かと思ったが、どうも普通の強盗ではないような感じを受けた。

それから、犯人はしばりあげたあけみを抱いて、寝室の洋服ダンスの中に入れ、そとから鍵をかけた。そして、そのまま立ち去ったらしく思われる。犯人はまったく無言で、敏捷に働いたので、最初猿ぐつわをはめられてから、洋服ダンスにとじこめられるまで、三分とかかっていないであろう。

あけみは話の途中から、ベッドの上に起き上がって、思い出し、思い出し、大体そういう意味のことを話した。彼女はその役になり切っていた。話しぶりも真に迫っていた。彼女は大胆にも、主人の股野重郎には愛情を感じていないことをすら、言外ににおわせた。

美少年の警官は、この美しい夫人が、夫の無残な死にざまを見たら、どんなに歎《なげ》くだろうと、オロオロしているように見えたが、あけみは、まるでお義理のように、警官にたすけられて、夫のなきがらのそばへ行った。そして、一応は涙をこぼしたけれど、死体にとりすがって泣きわめくようなことはしなかった。

いつの間にか九時半をすぎていた。そのころから股野家は俄《にわ》かに騒がしくなった。所轄警察や警視庁などから、多勢の人々が、次々とやってきたからである。

あけみは、捜査一課長や警察署長の前で、同じことをたびたび繰り返さなければならなかった。彼女の話しぶりは、繰り返すごとに、少しも危険のない枝葉をつけ加えながら、いよいよ巧みになっていった。克彦さえ、その演戯力にはあきれ返るほどであった。

克彦自身もいろいろ質問を受けた。彼は今夜のことだけは別にして、すべて正直に答えた。あけみを愛していることを悟られても構わないという態度をとった。遠方からの殺人目撃者という、不動のアリバイが、それほど彼を大胆にしたのだが、それだけに、彼の話しぶりには少しの不自然もなかった。

鑑識課員は、股野の死因が、強力なる腕による扼殺であること、ドアの把手その他室内の滑かなものの表面が、布ようのものでふきとってあること、一応指紋は採集したけれども、犯人の指紋はおそらく発見されないだろうということ、表口にも裏口にも、顕著な足跡は発見されなかったことなどを報告した。

鑑識課員はまた、ストーヴで紙束が焼かれたらしいことも見のがさなかった。そして、あけみの証言によって、それが借用証書の束であることが判明して、現金十数万円が金庫の中から紛失していることも明きらかとなった。それに関連して、股野の事務机の引出しから、貸金の帳簿が押収せられた。

捜査官たちは、何も言わなかったけれども、捜査が股野の現在の債務者の方向に進められることは、容易に推察された。おそらく貸金帳簿に記入されている人々が、シラミつぶしに調べられることであろう。

股野は両親も兄弟もなく、孤独な守銭奴《しゅせんど》だったから、こういう際に電報で呼び寄せるような親しい親戚もなかった。うちとけた友人も少なく、強いて言えば克彦などが最も親しいあいだがらであった。

あけみの両親は新潟にいたが、彼女の姉が東京の三共製薬の社員に嫁《か》していたので、さしあたって、その夫妻を電話で呼びよせた。そんなことをしているうちに、夜がふけてしまったので、克彦もその晩は股野家に泊まることになった。

翌日は日東映画の社長をはじめ股野の友人たちが多勢やってきて手伝ってくれたが、一番事情に通じているのは克彦だったから、中心になって立ち働かないわけにはいかなかった。そして、事件から三日目に、股野重郎の葬儀は無事に終った。

克彦もあけみも、この難場《なんば》を事なく切り抜けた。死者の家族が、葬儀の忙しさにまぎれて、その悲しみを一時忘れているように、犯罪者の恐怖も、まぎれ忘れていることができるもののようであった。一つは彼らに十二分の自信があったためでもあるが、もう一つは、こういう犯罪を敢《あえ》てする者の、一種の不感症的性格から、彼らはなんらおびえることもなく、その数日を過ごすことができた。

4

それから一ヵ月あまりが過ぎ去った。はじめのあいだは、あけみの家へも、克彦のアパートへも、警察の人がたびたびやってきて、うるさい受け答えをしなければならなかったが、それも当座のあいだで、このごろでは忘れたように、事件関係の出入りがなくなってしまった。

克彦は十日ほど前から、アパートを引きはらって、あけみの家に同居していた。愛し合うふたりにとって、これはごく自然の成りゆきである。知人たちも、別にそれを怪しまなかった。克彦にしては、もしおれが殺人者なら、こうはできないだろうという逆手の潔白証明でもあった。

彼の殺人は、考えてみれば、正当防衛と言えないこともなかった。相手に殺されそうになったから殺したのだ。したがって、計画殺人に比べて、精神上の苦痛は遥《はる》かに少なかった。そのせいか、ふたりとも、夜の悪夢に悩まされるようなことも、まったくなかった。正当防衛を表沙汰にすれば、もっと気が楽であったろう。しかし、そうしては、あけみとの恋愛が破れてしまう。現在のような思う壺《つぼ》の状態は、絶対にこなかったにちがいない。それがつらさに、あれほどの苦労をして、アリバイ作りのトリックを実行したのだ。

彼らは幸福であった。前からの女中一人を使っての新世帯《しんじょたい》。邪魔するものは誰もなかった。股野の財産は少しの面倒もなく、あけみが相続した。股野のような守銭奴でないふたりには、思うままの贅沢《ぜいたく》もできた。

（世の中って、なんて甘いもんだろう。おれの智恵が警察に勝ったんだ。そのほか誰一人疑うものもない。つまり世の中全体に勝ったんだ。これこそ「完全犯罪」ではないだろうか。今になって考えてみると、おれは実にうまい智恵を絞ったもんだな。殺人者自身が、遠くから殺人の場面を目撃する。こんなトリックは探偵作家だって考え出せないだろう。いや、ないこともない。「皇帝の嗅煙草入《かぎたばこいれ》」とかいう小説があった。おれは読んだことがある。しかし、あれは口でごまかすだけだ。聴き手は病気で寝ている。それにありもしない出来事を、今見ているように話して聞かせるだけのことだ。実際には、あんな都合のいいことができるはずはない。「どれどれ」と言って、ベッドから起きてきて覗かれたら、おしまいじゃないか。だが、残念ながら、おれの名トリックは世間に見せびらかすことができない。小説にもシナリオにも、似たような筋さえ書くことができない。昔から、最上最美のものは、世に現われないというのは、ここのことだて）

もう大丈夫だと安心すると、思いあがりの気持が、だんだん強くなってきた。彼の心から、もしもという危惧《きぐ》が、殆《ほと》んど跡かたもなく薄らいで行った。

そんな或《あ》る日、つまり事件から一ヵ月あまりたった或る日、この事件を担当していた警視庁の花田警部が、久しぶりでヒョッコリ訪ねてきた。花田は平刑事から叩《たた》きあげて、今は捜査一課に重要な地位を占め、実際の事件を手がけた数では、部内第一と言われていた。

二階の書斎に請《しょう》じ入れると、*背広姿の花田警部は、ニコニコして、ジョニー・ウォーカーのグラスを受けた。むろん、あの夜のウィスキーではない。克彦はあれ以来、なぜかジョニー・ウォーカーを愛飲するようになっていた。あけみも心配になるとみえて、その席へやってきた。だが、それは、股野の妻であった彼女として、至極当然のことでもあった。

「やっぱりこの部屋をお使いですか。気味がわるくはありませんか」

花田警部が、ジロジロと部屋の中を見廻して、笑いながら言った。

「別にそうも感じませんね。僕は股野君のように、人をいじめませんから、この部屋にいたって、あんな目に会うこともないでしょうからね」

克彦も微笑していた。

「奥さんもよかったですね。北村さんのようなうしろ楯《だて》ができて、かえってお仕合わせで

*請じ入れる＝招き入れる。

しょう」

「なくなった主人には悪いのですけれど、あたし、あの人と一緒にいるのが、なんとも言えないほど苦しかったのです。御存知のような憎まれものでしたから」

「ハハハハハ、奥さんはほんとうのことをおっしゃる」警部はほがらかに笑って、「ところで、おふたりは結婚なさるのでしょうね。世間ではそう言っていますよ」

克彦はこんな会話が、どうも普通でないような気がしたので、話題を変えた。

「そういう話は、しばらくお預けにしましょう。それよりも、犯人はまだあがりませんか。あれからずいぶん日がたちましたが」

「それをいわれると、今度は僕が恐縮する番ですよ。いやな言葉ですが、これはもう迷宮入りですね。あらゆる手段をつくしたのですが、結局、容疑者皆無《かいむ》です」

「と言いますと」

「股野さんの帳簿にあった債務者を、全部調べ終ったからです。そして、一人も疑わしい人物がなかったからです。大部分は確実なアリバイがありました。アリバイのない人たちも、あらゆる角度から調べて、全部『白』ときまったのです」

「債務者以外にも、股野君には敵が多かったと思いますが……」

「それもできるだけ調べました。あなたや奥さんからお聞きしたり、そのほかの映画界の人たちから聞いた股野さんの交友関係は、すっかり当たってみました。こちらも容疑者皆無です。こんなきれいな結果は、実に珍らしいのですよ。どこかに奥歯に物のはさまったような感じが残るのが普通です。今度の事件にはそれがまったくありません。実にきれいなものです。不思議なくらいです」

克彦もあけみもだまっていた。

（さすがは警視庁だな。そんなにきれいに調べあげてしまったのか。こいつは少し用心しなくちゃいけないぞ。あれはおれのやり過ぎだったかな。証文なんか焼かないでおいた方がよかったのじゃないかな。証文を取られていたやつが犯人らしい。しかも、その中に犯人がいないとなると、警察はその奥を考えるだろう。確実に見えるアリバイをつぶすことしか、あとには手がないわけだ。そうすると、おれのアリバイも再検討ということにならぬとも限らないぞ。いや、そんなことはできっこない。なにをビクビクしているんだ。おれは殺人現場から十メートル以上離れていたじゃないか。物理学上の不可能事だ。そしてそれにはパトロール警官という、確実無比の証人があるじゃないか）

「それでね、きょうはもう一度、あなた方に考えていただきたいと思って、やってきたのです。前にお聞きしたほかに、うっかり忘れていたような、股野さんの知人、多少でも恨みをもっていそうな知人はないでしょうか。これは、殊に奥さんに思い出していただきたいのですが」

「さあ、そういう心当たりは、いっこうございませんわ。あたし股野と結婚してから三年にしかなりませんので、それ以前の事は、まったくわからないと言ってもいいのですし……」

あけみはほんとうに、もう思い出す人がない様子であった。

「股野君は、誰にも本心をうちあけない、孤独な秘密好きの性格でしたから、僕だけではない、誰にも深いことはわかっていないと思います。別に日記をつけるではなし、遺言状さえ書いていなかったのですからね」

「そう、そこが僕らの方でも、悩みの種ですよ。こういう場合に、本心をうちあけた友人がないということは、捜査には何よりも困るのです」

花田警部はそこで事件の話をうち切って、雑談にはいった。彼の話は実に面白くて、克彦もあけみも、事件のことなどすっかり忘れて、興にのったほどである。警部も克彦も、ウィスキーのグラスをかさね、だんだん酔が廻るにつれて、猥談《わいだん》も出るという調子で、あけみも映画人だから、少々の猥談に辟易《へきえき》するたちでもなく、三人とも心から、春のように笑い興じたものである。

花田警部は、その日、三時間以上もなが居をして帰って行ったが、それからというものは、三日に一度、五日に一度、訪ねてくるようになった。

真犯人と警視庁の名探偵とが、親しい友だちとしてつき合うというのは、克彦のような性格にとって、こよなき魅力であった。花田警部の来訪がたびかさなるにつれて、彼らのあいだにはほんとうの親しみが生じてきた。

女中のきよを仲間に入れて、マージャンに興ずることもあった。トランプもやった。もう三月中旬をすぎていたので、暖かい日曜日などには、花田を誘って三人で外出した。そして夜は、新橋あたりのバーのスタンドに、三人が肩をならべて、洋酒に酔うこともあった。

そういう場合に、元女優あけみの美しさと社交術はすばらしかった。酒がまわると、花田警部はあけみにふざけることもあった。ひょっとしたら、彼がこんなにしばしば遊びにくるのは、あけみに惹かれているためではないかとさえ思われた。花田はしゃれた背広は着ていたけれど、やっぱり叩き上げた警官の武骨さをごまかすことはできなかった。それに、顎の張った俎《まないた》のような赤ら顔をしていた。だから、克彦は少しも気にしなかった。名探偵が共犯の女性に惚《ほ》れるなんて、実に楽しいスリルだと思っていた。

克彦と花田のあいだに、探偵小説談がはずむこともあった。

「北村さんは、探偵映画のシナリオを幾つもお書きでしたね。一つ二つ見ていますよ。商売がら僕も探偵小説は好きな方です」

花田はなかなか読書家のようであった。

「犯人を隠す映画はどうもうまく行きませんね。僕の書いたのはその方なんだが、大体失敗でした。やっぱりスリラーがいい。それか倒叙《とうじょ》探偵小説ですね。犯人が最初からわかっていて、しかもサスペンスとスリルのあるやつに限ります」

「どうです、股野の事件は映画になりませんか」

「そうですね」克彦は、考え考え答えた。あのときの演戯と、仮想犯人の行動とが、こんぐらがりそうになった。いつでも、そこをハッキリ区別して考えていなければいけない。まあ、しゃべりすぎないことだ。「月に照らされた窓から、被害者が助けを求めるところなんか、絵になりますね。それから、この人が」と、そばのあけみを顧《かえり》みて「洋服ダンスから出てくるところ。金庫の前の格闘なんかも悪くないですね。しかし、そのほかには材料がまったくありません。もし金を借りているやつが犯人でないとすると、動機さえわからないのですからね。映画にしろと言ったって無理ですよ」

「窓のところはいい場面になるでしょうね。あなたは自分でごらんになったんだから、余計印象が深いでしょう。月光殺人事件ですかね」

（あぶない、あぶない、窓のことをあまり話していると、何か気づかれるかもしれないぞ。こんな話はしないに限る）

「花田さんも、なかなか詩人ですね。血なまぐさい犯罪捜査の中にも、時には詩があるでしょうね。物の哀れもあるでしょうね」

「物の哀れはふんだんですよ。僕はどうも犯人の気持に同情するたちでしてね。わるいくせです。捜査活動に詩人的感情は大禁物です」

そして、ふたりは声を合わせて笑ったものである。

そんなふうにして、事件から二ヵ月近くもたったころ、ある日、また花田が訪ねてきて、克彦をギョッとさせるような話をした。

「私立探偵の明智小五郎さん、ご存知でしょう。僕はもう六、七年も懇意にしているのですが、やっぱりいろいろ教えられるところがありますね。あの人のちょっとしたヒントから、捜査に成功した例も少なくありません。昔は、民間探偵なんかに智恵を借りに行くのは、大警視庁の名折れだといって、うるさかったものですが、この頃では、だいいち僕の方の安井捜査一課長が明智さんの親友ですからね。誰も悪くいうものはなくなりましたよ」

これは克彦にとって、まったくの不意うちであった。わきの下から、冷たいものがタラタラと流れた。顔色も変わったかもしれない。

（しっかりしろ。こんなことで顔色を変えちゃあ、折角の苦労が水の泡じゃないか。平気だ、平気だ。明智小五郎であろうと誰であろうと、あのトリックを見破れるやつがあるはずはない。証拠になるような手掛かりは、これぽっちもないんだからな。だが、おれとしたことが、明智小五郎の名を、今まで一度も考えなかったなんて、どうしたことだろう。まるで胴忘《どうわす》れしていた。ずっと前から、空想の中で股野を殺すことを研究し出してから、一度も明智の名を思い出さなかった。不思議なくらいだ。おれは明智の手柄話を残らず読んでいる。一時は彼に心酔したことさえある。それを少しも思い出さないなんて、ひょっとしたら、これは「盲点」だぞ。明智の好きな「盲点」にひっかかっているのかもしれないぞ）

「今度の事件についても」花田は話しつづけていた。「明智さんの意見を聞いてみたのです。面白い事件だと言ってますよ。一度現場をごらんになったらどうですかと誘ってみたのですが、見に行かなくても、君の話を詳しく聞けばいいと言われるので、その後も、ときどき明智さんを訪ねて、捜査の経過のほかに、ここのうちの間取りだとか、金庫やストーヴや洋服ダンスの位置だとか、そのほかにこまごました道具のこと、戸じまりのこと、前の道路と門と建物の関係、裏口の模様、それから、あなた方のお話の内容などを、詳細に話して聞かせているのです。そして、明智さんの意見も聞いているのですよ」

克彦は花田の顔をじっと見ていた。そこから何かを読み取ろうとした。花田は妙な顔をしていた。唇の隅に笑いが漂っていたけれども、それは皮肉な微笑とも取れた。全体にとりすました表情であった。

（ハハン、そうだったのか。マージャンをやったのも、トランプをやったのも、酒を飲んだのも、みんな明智小五郎の指図だったのか。そして、おれとあけみがボロを出すのを、待っているんだな。こいつは重大なことになってきたぞ。あけみにも充分言いきかせておかなければいけない。だが、待てよ。おれは自分の智恵に負けているのかもしれないぞ。なんでもないことを、思いすごしているのかも知れないぞ。犯罪者は恐れをいだくことが最大の禁物だ。いつも自分のほうからバラしてしまうのだ。神様のその手にかかっちゃいけない。恐れさえしなければ安全なんだ。おれは少しも後悔していない。股野みたいなやつは殺されるのが当然だ。多くの人が喜んでいる。だから、おれは良心に責められることはまったくないのだ。だから、恐れることもないのだ。なあに平気だ。平気で応対していれば、安全なんだ）

だが、平気で応対するということが、人間である克彦には恐ろしく困難であった。それは神と闘うことであった。

「それで、明智さんは、どんなふうに考えておられるのですか」

彼はごく自然な——と自分では信じている——微笑を浮かべて、さりげなく尋ねた。

「この犯罪は手掛かりが皆無のようだから、物質的証拠ではどうにもなるまいという意見です。心理的捜査のほかはないだろうという意見です」

「で、その相手は？」

「それはたくさんありますよ。一応白くなった連中が全部相手です。とても僕一人の力には及びません。ほかに二人の課のものが、これにかかりきっていますが、心理捜査なんて、まったく慣れていませんからね。むずかしい仕事ですよ」

「警視庁も、次々と大犯罪が起こっているので、忙しいでしょうしね」

「忙しいです。今の人員ではとてもさばききれません。しかし、迷宮入りの事件については、われわれは執念深いのです。全員を動かすことはできませんが、ごく一部のものが、執拗《しつよう》に何本かの筋を、日夜追及しています。われわれの字引きには『諦め』という言葉がないのですよ」

（そうかなあ。そうだとすれば、日本の警視庁も見上げたもんだな。これはうるさいことになってきたぞ。だが、そんなことは花田の誇張だ。新聞記事だけでも、迷宮入りの事件がたくさんあるじゃあないか。警察なんかに、それほどの万能の力があってたまるものか）

「たいへんですね。しかし面白くもあるでしょうね。犯罪捜査はいわば人間狩りですからね。猟師が傷ついたけものを追っかけているのと同じですからね。或る検事が、おれは生れつきサディストだったから、最適任の検事になったのだと言っていましたが、捜査官も飛びきりのサディズム*が味わえるわけですね」

克彦はふと挑戦してみたくなった。意地わるが言ってみたくなった。

「ハハハハハ、あなたはやっぱり文学者だ。そこまで掘りさげられちゃあ、かないませんよ。だが、煎じつめれば、おっしゃる通りかもしれませんね」

そこでまた、ふたりは声を合わせて笑った。

その夜、ベッドの中で、克彦はあけみに、この事件に明智小五郎が関係していることを話して聞かせた。あけみの顔色が変わった。彼女は克彦の腕の中でふるえていた。ふたりだけになると、お互に弱気が出るのは止むをえないことだった。

＊サディズム＝他者を精神的・肉体的に虐げることによって満足を得る性的倒錯。

彼らは午前三時ごろまでボソボソと話し合っていた。あけみはサメザメと泣き出しさえした。彼女の弱気を見ると、克彦も心細くなった。

「あけみ、ここが一ばんだいじなところだ。平気にならなければいけない。平気でさえいれば、何事も起こらないのだ。ほかの誰でもない自分自身に負けるのだよ。それが一ばん危険だ。絶対に証拠が無いんだからね。お互に弱気にさえならなければ、しのぎ通せるんだ。幸福がつづくんだ。いいか、わかったね」

克彦は口の酸くなるほど、同じことをくり返した。そして、やっとあけみの弱気をひるがえすことができたように思った。

5

それからまた数日後の夜、花田警部が訪ねてきたときには、克彦とあけみの心理に一転機を来たすような恐ろしいことが起こった。彼らにとって、それからあとの十数日は、恐怖と闘争の連続であった。恐怖とはわが心への恐怖であり、闘争とはわが心との闘争であった。

その夜は、女中のきよを交えてのマージャンがはじまったが、花田のひとり勝ちがつづき、あまりの一方的勝負に興味がなくなってしまった。九時ごろ勝負を中止して、例のジョニー・ウォーカーが出た。そして酔いが廻ると、花田はあけみをとらえて、ダンスのまねごとをやったりした。あけみも、少し酔っていた。キャッキャッという追っかけっこさえはじまった。花田は逃げまわって、階段を降り、台所にはいっていった。

「いけません。奥さま、花田さんがいけません」

女中のきよが花田に抱きつかれでもしている様子だった。

あけみは階段の中途から、興ざめ顔に引き返してきた。克彦は書斎のソファーにグッタリとなっていた。顔は酔いのためまっ赤だった。あけみはその横に、倒れるように腰かけた。酔っていても、何かしら不安なものがおそいかかってきた。どこか廊下のすみの暗いところに、幽霊が立っているような気がした。股野の幽霊が……こんな奇妙な感じははじめてのことであった。

そこへ、ドタドタと恐ろしい足音をたてて、酔っぱらいの花田が階段をあがってきた。そして、ふたりの前に現われた。きよがキャッキャッと言いながら、そのあとを追ってきた。

「奥さん、手品を見せましょうか。いま下でこのボール紙の菓子箱の蓋と鋏《はさみ》を持ってきたのです。これでもって僕のとっておきの手品をお目にかけまあす」

花田はフラフラしながら、マージャン卓の向こうに立って、さも奇術師らしい恰好をして見せた。

「このボール紙から、いかなるものができ上がりましょうや、お目とめられてご一覧……」

彼はボール紙を左手に鋏を右手にもって落語家の「紙切り」の仕草よろしく、でたらめの口三味線《くちじゃみせん》で拍子《ひょうし》をとりながら、ボール紙を五本の指のある手の形に切り抜いていった。

克彦の背中をゾーッと冷たいものが走った。酔いもさめて、急に頭がズキンズキンと痛み出した。あけみはほんとうに幽霊でも見たような顔をしていた。眼が大きくなって、可愛らしい口がポカンとあいていた。

「ハイッ、まずこのような奇妙キテレツなる形に切りとりましてございます。さて、持ちだしましたるは一つの手袋……」

ポケットから、交通巡査のはめるような軍手に似た手袋の片方をとりだし、それを今切りとったボール紙の五本の指にはめていった。

忽《たちま》ち白い人間の手になった。彼はボール紙の端を持って手袋を自分の顔の前で、いろいろに動かして見せた。それが、まるで、うしろから別人の手が出ているように見えるのだ。

ある瞬間には、事件の夜、あけみがやったのとまったく同じ形になった。もう見てはいられなかった。あけみは悲鳴をあげないのがやっとだった。西洋の女のように気を失うことはなかったが、でも、失神と紙一重の状態にあった。克彦はもう眼をつぶるより仕方がなかった。

（まずいことをした。こんな男を、心やすく出入りさせたのが失敗のもとだ。これも平気を装う逆手だったが、それがやっぱりいけなかった。しかし、これは警視庁捜査課の智恵じゃないぞ。明智小五郎のさしがねにきまっている。明智の体臭が漂っている。恐ろしいやつだ。あいつはそこまで想像したんだな。だが、むろん単なる想像にすぎない。試しているんだ。この試錬にうち勝つかどうかで、おれたちの運命がきまるのだ。なにくそっ、負けるもんか。相手は花田じゃない。目に見えぬ明智のやつだ。さあ、なんでもやってみろ。おれは平気だぞ。証拠のないおどかしなんかに、へこたれるおれじゃないぞ……だが、あけみは？　ああ、あけみは女だ。事は女からバレるのだ……）

彼はとなりのあけみの腕をグッと握った。「しっかりしろ」と勇気づけるために、男の大きな手でグッと握ってやった。

「淑女紳士諸君、ただいまのは、ほんの前芸。これより、やつがれ十八番の本芸に取りかかりまあす。ハイッ」

花田は調子にのって、うきうきと口上を述べた。そして、横で笑いこけている女中のきよを手まねきして、かたわらに立たせ、

「持ちいだしましたるは、レーンコートのベルトにございます」

それはすぐに事件の際に使用した股野のレーンコートのベルトを連想させた。

あけみが克彦の方へ倒れかかってきた。びっくりして顔を見たが、気を失ったのではない。心の緊張のために、からだの力がぬけてしまったのであろう。克彦はその手先をグッ

と握って、彼女が平静でいてくれることを神に祈った。そして、彼自身は酔いにまぎらせて、眼をつむっていた。見ていれば表情が変わるにちがいない。ここで変な表情を見せてはならないのだ。

(ああ、いけない。あけみ、お前はどうして、そんなに眼を見ひらいているのだ。心の中を見すかされてしまうじゃないか。いい子だから、こちらをお向き)

彼は花田にさとられぬように、肩を動かして、ソッとあけみの顔を自分の方に向けさせた。

「さて、みなさま、これなるベルトで、やつがれの手首を括《くく》らせてごらんにいれまあすか。……さあ、きよちゃん、構わないから、ここを思いきり縛っておくれ。そうそう、三つばかり巻きつけるんだ。そして、はじとはじとを、こまむすびにするんだ」

きよはクスクス笑いながら花田が揃《そろ》えて前に突き出している手首を、ベルトでしばった。

「ごらんの通り、これなる美人が、やつがれの両手を力まかせにしばってくれました。これではどうにもなりません」

彼は手首を抜こうとして、大げさな仕草をして見せた。

どうしても抜けないという身ぶりをして見せた。

「きよちゃん、それでは、僕の胸のポケットからハンカチを出して、僕の手首の上にかけておくれ」

きよが命ぜられた通り、縛った手首の上にハンカチをかぶせた。

「ハイ、この厳重な縄目が一瞬間にとけましたら、お手拍子……」

ハンカチの下で何かモゾモゾやっていたかと思うと、パッと両手を出して見せた。ベルトはきれいに抜けていた。

克彦は勇気をふるって、パチパチと手を叩いた。かすれた音しか出ないので、何度も叩いているうちに、よく響く音が出だした。彼は少しばかり自信を回復した。あけみにも手を叩けと合図をしたが、彼女は音のない拍手を二、三度するのがやっとだった。

「ただいまお目にかけましたるは、藤田西湖直伝《じきでん》、甲賀流縄抜けの妙術にござりまする。これごろうじませ、抜けましたるベルトは、この通り、ちゃんと元の形をたもっておりまする。結び目は少しもゆるんではおりません。さて、みなさま、これのみにてはお慰みがうすい。次には、今抜けましたる縄にもともと通り、もう一度両手を入れてお目にかけまあす。抜くよりは入れるがむずかしい。首尾よくまいりましたら、御喝采……」

またハンカチの下でモゾモゾやり、パッと手をあげたときには、最初の通り、両の手首がベルトで厳重にしばられていた。克彦とあけみは、また心にもない拍手をした。こわばった顔で、手先だけをうち合わせた。

「ハハハハハ、どうです。見事なもんでしょう。さあ、これで手品はおしまい。夜もふけたようですから、おいとましますが、お別かれにもう一杯」

花田はテーブルの上のグラスに手ずからジョニー・ウォーカーをついで、それを顔の前にささげながら、ヨロヨロとソファーの方へやってくる。同じソファーにかけられたら、あけみがふるえているのを悟られる。相手がこぬ先に、克彦はサッと立ち上がって、自分もテーブルのグラスをとり、ウィスキーをつぎながら、

「さあ、乾杯、乾杯！」

と叫んで、花田の前に立ちはだかり、杯をカチンと合わせた。グッとほして、お互の肩を叩き合う。

「あ、そうそう、明智さんがね。あの日はどうしてあんなに月がさえていたのだろう。偶然の一致だろうか、それとも、と小首をかしげていましたっけ。ハハハハハ、じゃあ、これでおひらきといたしましょう」

トンとグラスをテーブルにおいて、そのまま廊下の外套《がいとう》掛けへ、泳ぐように歩いて行った。

ふたりは花田が帰ったあとで、ウィスキーを何杯もあおった。これ以上の心痛には耐えられなかったからだ。

酒の力を借りてグッスリ寝込んだ。しかし、長くはつづかなかった。真夜中にポッカリと眼をさました。隣のあけみを見ると、青ざめた恐ろしい顔をして、眼ばかり大きく見ひらいて、じっと天井を見つめていた。頬が痩せて病人のように見えた。克彦はいつもの勇気づけの言葉をかける気になれなかった。彼のほうも頭が一ぱいだった。

（明智という男は恐ろしいやつだ。恐ろしいやつだ）

そういう文句が、巨大なささやき声となって、彼の頭の中を駈けめぐっていた。

心理的攻撃はそれで終ったわけではない。それからの数日というもの、恐ろしい毒矢が矢つぎばやに、これでもかこれでもかと、ふたりの身辺に飛来した。

その翌日、あけみはうちにいたたまれなくて、渋谷の姉の家を訪問したが、夕方帰ってきたときには、一層痩せおとろえて見えた。

彼女は二階にあがると、書斎にいた克彦の前を無言で通りすぎて、寝室にはいってしまった。克彦はそれを追って、寝室に行き、ベッドに腰かけて両手で顔を覆っている彼女の肩に手をおいた。

「どうしたんだ。なにかあったのか」

「あたし、もう持ちこらえられないかもしれない。ズーッと尾行されてきたの。のぞいてごらんなさい。まだ門の前にウロウロしてるでしょう」

あけみの語調には、なにか捨てばちなものが感じられた。

克彦は寝室の窓のカーテンのすきまから、ソッと前の道路を見た。

「あいつかい？　黒いオーバーを着て、鼠色《ねずみいろ》のソフトをかぶった」

「そうよ。花田さんの部下だわ。気がついたのは渋谷の駅なの。あたしと同じ電車に乗っていて、いっしょに降りたのよ。そして、姉さんのうちまでズーッと。あたし、あすこに三時間もいたでしょう。だからもう大丈夫だろうと思って、姉さんのうちを出ると、いつのまにか、あとからコツコツやってくるの。ウンザリしちゃったわ。こんなふうに毎日尾行されるんじゃ、やりきれないわ」

「神経戦術だよ。証拠は一つもありやしないんだ。こういういやがらせをして、僕たちが尻尾を出すのを待ちかまえているんだ。その手に乗っちゃいけない。相手の戦術なんだからね。こっちさえ平然としてれば、向こうの方で参ってしまうよ」

「あなたはいつもそんなこと言うけれど、うそを隠し通すって、ほんとに苦しいことね。もうたくさんだわ。あたし、多勢の前で、大きな声でわめいてやりたくなった。股野を殺したのは北村克彦です。その共犯者はあたしですって」

（やっぱり女だな。もうヒステリー症状じゃないか。こいつは、ひょっとすると、おれがいくらがんばっても、だめかもしれんぞ）

「ねえ、あけみ、君は女だから、ふっと弱気になることがあるんだ。思い直してくれ、もし僕らが参ってしまったら、ふたりの生涯は台なしなんだぜ。僕だけじゃない、君も共犯として裁判をうける。そして、恐ろしい牢屋に入れられるんだ。そればかりじゃない。たとえ刑期が終っても、金は一文もないし、世間は相手にしてくれない。それを考えたら、どんな我慢でもできるじゃないか。ね、しっかりしてくれ」

「そんなこと、あたしだって知ってるわ。でも、理窟じゃだめ。このいやあな、いやあな、地獄の底へ沈んで行くような気持は、どうにもならないんですもの」

「君はヒステリーだ。睡眠不足だよ。アドルムをのんで、グッスリ寝たまえ。少しでも苦しみを忘れることだよ。僕はウィスキーだ。あの懐かしいジョニー・ウォーカーだ」

しかし、それで終ったわけではない。くる日もくる日も、あけみがちょっとでも外出すると、必らずうしろから、コツコツとついてきた。うちにいれば、昼も夜も、門のそとに黒い外套の男が立っていた。

「奥さま、へんなやつが、勝手口のそとに、ウロウロしてますよ。いま買いものから帰ったら、そいつがあたしの顔を見てニヤッと笑いました。泥棒じゃないでしょうか」

きよが、息せききって報告した。ああ、そちらにもか。泥棒でないことはわかっていた。

「黒い外套に、鼠色のソフトをかぶった男？」

「いいえ、茶色のオーバーに鳥打帽です。人相のわるいやつです」

（すると、見張りがふたりになったんだな）

あけみはいそいで二階にあがって、カーテンのすきまから、表通りを見た。ここにもいる。どぶ川のふちにもたれて、横目で二階をジロジロ見ている。いつもの黒いオーバーのやつだ。

そして、その夜は、おもて裏の見張りが三人になった。克彦は書斎のアームチェアを窓

＊アドルム＝短時間型の睡眠薬として使われた薬剤の商品名。

際によせて、それにかけたまま、カーテンの隙間から覗いていた。暗くてハッキリは見えぬけれど、ひとりは電柱の蔭《かげ》、ひとりは散歩でもしているていで、うしろ手を組んでノソリノソリと、向こうの町角まで歩いては、また戻り、また戻りしていた。

(根気のいいことだ。こちらも根気よくやらなければ。持久戦だぞ)

工場の煙突の上に巨大なまっ赤な月が出ていた。しかしあの夜の満月とちがって、今夜は片割れ月だ。まがまがしい片割れ月だ。(このお化けみたいな赤い月が、おれに人を殺させたんだ。あの夜の月はたしかに凶兆《きょうちょう》だった。だが、今夜の月は……)なんの凶兆なのであろう。

「キクッ、キクッ」という、いやな声が、寝室の中から聞こえてきた。ああまた泣いている。あけみが小娘のように泣いているのだ。克彦は両手で頭を抱えて、ソファーの中で、からだを二つに折った。キリキリと揉《も》みこむような頭痛をこらえながら。

(まだ負けないぞ。いくらでも攻めてこい。おれは、あくまで、へこたれないぞ)

それから睡眠薬の力で泥のような眠りについたが、朝、眼がさめると、また気力が回復していた。

「オイ、きょうはふたりで散歩に出よう。いい天気だ。動物園へ行ってみようか。そして精養軒《せいようけん》で食事をしようね。うちにとじこもっていたってしようがない。尾行なんか平気だよ。尾行に精養軒をおごってやろう。そして、存分からかってやろう」

女中のきよが、びっくりして見送った。ふたりは銘々《めいめい》に一ばん気に入りの外出着を着て、腕を組まぬばかりにして門を出た。

わざと自動車を避けて、電車に乗ったが、不思議なことに、きょうだけは尾行がつかなかった。動物園にはいったとき、この辺に待ち伏せしているのではないかと、入念に見廻したが、どこにもそれらしい姿はなかった。精養軒の出入りにも、怪しい人影は見えなかった。まだ日が高いからというので、有楽町に廻って、シネマスコープを見たが、その道でも、映画館の中でも、尾行者らしい者は、どこにもいなかった。

ふたりにとって、こんなのびのびした楽しい日は、珍らしいことであった。日のくれごろ、上機嫌で家に帰った。家の前にも、いつもの人影はなかった。

（いよいよ尾行や見張りのいやがらせも、これでおしまいかな。ずいぶん烈しい攻撃だったが、おれもよく踏みこえたものだて）

克彦はうきうきした足どりで玄関をはいった。あけみも初春の外光に、美しく上気して、さも楽しそうに見えた。女中のきよが夕食の用意をして、ふたりを待っていた。

「あの、さっき、花田さんがいらっしゃいました。そして、お書斎の机の上に手紙を書いておいたから、読んでいただくようにって、お帰りになりました」

いつものきよの語調とは、どこかちがっていた。なんだか、いやにオドオドしている。花田と聞くとウンザリした。（まだ幽霊がつきまとっているのか。だが、きょうのはお別かれの手紙かもしれないぞ。そうであってくれればいいが）彼は二階へ急いで、その手紙を探した。事務机のまんなかに、克彦の用箋《ようせん》が一枚、キチンと置いてあった。

たちまち、きょう一日の楽しさが消し飛んでしまった。

（明智がやってくる。あの恐ろしい明智がやってくる）

いつのまに上がってきたのか、あけみがうしろから覗いていた。彼女も唇の色をなくしていた。眼が飛び出すほどの大きさになって、喰い入るように用箋を見つめていた。

お留守でしたので書き残します。明智小五郎氏が、是非一度おふたりにお会いして、お話がうかがいたいと申されますので、あす午前十時ごろ、僕が明智さんをお連れします。どうかおふたりとも、ご在宅ください。

花　田

北村克彦様

ふたりとも何も言わなかった。物を言うのが恐ろしかった。いよいよこれで解放されたかと思っていたのが、逆に最悪の状態になったのだ。

ふたりは無言のまま、食堂におりて、テーブルについたが、お通夜のような晩餐だった。

それに、給仕のきよが、今夜は変にオドオドしているのも気になった。いつものように物を言わなかった。こちらが話しかけると、ビクッとして、おびえた眼をする。ろくに受け応えもできないほどだ。

「どうかしたのかい？　加減でもわるいの？」

「いいえ」

口の中でかすかに答える。そして、叱られた小犬のような眼で、こちらを盗み見る。

すべてが不愉快であった。食事もそこそこに、ふたりは二階に上がった。克彦は飾り棚のジョニー・ウォーカーを取り出して、グラスに二杯、グイグイとあおった。寝室にはいって、着替えをすると、あけみはベッドに横たわり、克彦はベッドのはじに腰かけた。今夜はふたりで充分話し合わなければならない。

「あなた、どうしましょう。もうおしまいだわ。あたし、もう精も根もつきはてた」

「おれもウンザリした。だが、まだ負けられない。こうなれば、どこまでも根くらべだ。相手には確証というものが一つもないのだからね。われわれが白状さえしなければ、決して負けることはないんだ」

「だって、花田さんでさえあれでしょう。手袋とベルトの手品を見せつけられたとき、あたし、もうだめだと思った。相手はすっかり知り抜いているんですもの。股野が死んだあとで、あたしが替玉になって、窓から助けてくれと言ったことも、軍手のトリックも、そうして、あなたのアリバイを作ったことも、それから、あたしが自分で自分を縛って、洋服ダンスにとじこめられたように見せかけたことも、何から何まで、すっかりバレてしまっているじゃありませんか。この上、明智さんが乗り込んできたら、ひとたまりもないわ」

「ばかだな。知っているといっても、それは想像にすぎないんだ。なるほど明智の想像力は怖いほどだが、あくまで想像にすぎない。だからこそ、あんな手品なんかで、僕らに神経戦を仕掛けているんだ。ここでへこたれたら、先方の思う壺じゃないか。おれは明智と会うよ。会って堂々と智恵比べをやってみるんだ。蔭にいるから、変に恐ろしく感じるけれど、面と向かったら、あいつだって人間だ。おれは決して尻尾をつかまえられるようなへまはしない」

少し話がとだえたとき、あけみが突然妙な眼つきになった。

「あなた、怖くない？　あたし、その辺になんだかいるような気がする。いつかの晩も、廊下のくらがりに、幽霊が隠れているような気がした。それとおんなじ気持よ」

「また変なことを言い出した。君のヒステリーだよ」

しかし、克彦は、いきなり立って、書斎からウィスキー瓶とグラスを持ってきた。そして、またグイグイとあおった。

「あなた、どうしてあの晩、股野ととっ組みあいなんかしたの？　どうして頸なんかしめたの？　どうして殺してしまったの？　あなたが殺しさえしなければ、こんなことにはならなかったんだわ」

「ばかっ、何を言うのだ。あいつが死んだからこそ、君は金持ちになったんじゃないか。おれとこうしていられるんじゃないか。それに、おれは別に計画して股野を殺したわけじゃない。あいつのほうで、おれの頸をしめてきたから、おれもあいつの頸をしめたばかりだ。もしあいつのほうが力が強かったら、おれが殺されていたんだぜ。だから、正当防衛だ。しかし、それを名乗って出たら、君と一緒になれなかった。君も証人として裁判所に呼び出されただろう。遺産相続だって、できたかどうかわからないぜ。そういうことにならないために、おれがあのトリックを考え出したんじゃないか。そして、お互に幸福になれたんじゃないか。どんなことがあっても、この幸福は守らなければならない。おれはまだ戦うよ。明智小五郎と一騎討ちをやるよ」

そしてまた、彼はウィスキーをグイグイとやった。口では強いことを言っていても、酒にたよらなければ、どうにもならないのだ。

「あなた、ね、今、へんな音がしたでしょう。何かいるんだわ。あたし、怖い」

あけみは、いきなり、克彦の膝にしがみついてきた。

そのとき、廊下の方のドアがスーッとひらいて、ひとりの男がはいってきた。

克彦とあけみは互にひしと抱き合って、彼らの方こそ幽霊でもあるような、恐ろしい形相になって、その男を見つめた。

「ア、花田さん……」

するとと、男はゆっくりとベッドに近づきながら、

「僕ですよ。花田ですよ。あなた方はお気の毒ですねえ。今ドアのそとで、あなた方のお話を聞きましたが、こういう苦しみをつづけていては、死んでしまいますよ。それよりも、気持を変えて、楽になられたらどうでしょうね」

(じゃあ、こいつは立ち聞きをしていたんだな。すっかり聞かれてしまった。だが、だが、どこに証拠があるんだ。そんなことしゃべらなかったと言えば、おしまいじゃないか)

「君はなんの権利があって、人のうちへ無断ではいってきたんだ。出て行きたまえ。すぐに出て行ってもらおう」

「ひどいことを言いますねえ。僕は君のマージャン友だち、トランプ友だち、そして、呑《の》み仲間じゃありませんか。だまってはいってきたって、そんなに他人行儀に怒られるはずはないのですがねえ。それよりも、北村さん、今いう通り、楽になられてはどうですか」

花田はニコニコ笑っていた。

「楽になるとは、どういう意味だ」

「つまり、告白をしてしまうんですよ。あなた即《すなわ》ち北村克彦が股野重郎を扼殺した犯人で、そのにせアリバイを作るために、元の股野夫人あけみさんが、股野さんの替玉になって、窓から顔を見せ、助けを呼ぶというお芝居をやったことをね」

花田はいやに丁寧な言い方をした。

「ばかな、そんなことは君たちの空想にすぎない。僕は白状なんかしないよ」

「ハハハ、なにを言ってるんです。たった今、君とあけみさんとで、白状したばかりじゃありませんか。あれだけしゃべったら、もう取り返しがつきませんよ」

「証拠は？　君が立ち聞きしたというのかい。そんなこと証拠にならないよ。君はうそをいうかも知れないのだからねえ。僕があくまで否定したら、どうするんだ」

「否定はできそうもありませんねえ」

「なんだって？」

「ちょっと、そこをごらんなさい。ベッドの枕の方の壁ですよ。電灯がとりつけてある腕金《うでがね》の根もとですよ」

克彦もあけみも、花田のおちつきはらった語調に、ゾーッとふるえ上がって、そこへ目をやった。電灯の光にさえぎられて、腕金の根もとなど、少しも気がつかなかったが、見ると、そこに妙なものが出っぱっていた。小さな丸い金属製のものだ。

「あなた方のお留守中にね、女中さんを納得させて、この壁に小さな穴をあけたのです。そして、そこからお隣の松平さんの離れ座敷まで、コードを引っぱったのです。その離れ座敷には、安井捜査一課長をはじめ、警視庁のものが四、五人つめかけているのです。わかりますか。つまり、この壁の小さな金属製のものは、マイクロフォンなのです。そして、お隣の離れ座敷には、テープ・レコーダーが置いてあるのです。ですから、さっきからのおふたりの話は、すっかりテープに記録されたわけですよ。いや、おふたりの話だけではありません。現にこうして話しているわれわれの問答も、みんなテープにはいっています。それで、僕はさっき、後日のために、関係者の名前をハッキリ発音しておいたのですよ」

克彦はここまで聞いたとき、もうすっかり諦めていた。花田の背後にいる明智の恐ろしさが、つくづくわかった。

（おれの負けだ。こうまで準備が出来ていようとは、夢にも知らなかった。あすの十時に明智が訪問するという置き手紙も、おれたちを不安の絶頂に追いやって、さっきのような会話をさせる手段にすぎなかったのだ。彼らはおれたちがそろって外出する時を、待ちかまえていた。そして、きょうの機会をとらえて、きよを説き伏せ、味方にして、マイクロフォンの細工をやったのだ。きよがオドオドしていたわけがわかった。おれはきよの態度を見て、なぜ疑わなかったのだろう。なぜ警戒しなかったのだろう。だが、ここまでくると、もう人間の力には及ばない。おれがぼんくらなのじゃない。うそを最後までおし通すことなど、人間には不可能なのだ）

「証人は警察のものばかりじゃありません。隣の松平さんのご御主人が立ちあっています。それから、女中のきよも、今は、その離れ座敷にいるのです。そして、今夜の会話を記録したテープは、その場で、みんなの立ちあいのもとに、封印をするのです……おわかりになりましたか。これであなたがたは、すっかり楽になったのですよ。もう今までのような苦しみや、いさかいをつづけるには及ばないのですよ」

語り終った花田警部は、いつになく厳粛《げんしゅく》な顔で、そこに突っ立ったまま、ふたりの様子を見守った。あけみは話のなかばから、ベッドに倒れて泣き入っていた。克彦は腕組みをして、じっとうなだれていたが、花田の言葉が切れるのを待って、顔をあげて、きっとした表情になり、口をひらいた。

「花田さん、僕の負けです。皆さんに余計なご苦労をかけたことをお詫《わ》びします。しかし、最後にひとことだけ、申し上げたいことがあります。あなた方のやり方は、からだの拷問ではありませんが、心の拷問でした。拷問は決してフェアなものではありません。もっと強く言えば、卑怯《ひきょう》な手段です。僕はこのことを、明智さんにお伝え願いたいと思うのです」

それを聞くと、花田はちょっと困ったような顔をして考えていたが、すぐに穏やかな表情に戻った。

「それは多分、君のまちがいですよ。なるほど僕は、いろいろな手段によって、君に心理的な攻撃を加えました。それは止むを得なかったのです。君のトリックがあまりに巧妙であって、物的証拠が一つも挙がらなかった。しかし、そのまま手を引いてしまったのでは、罪あるものを罰し得ないことになります。そこで心理的な手段を用いるほかはなかったのです。しかし、この心理攻撃はいわゆる拷問とはまったく性質がちがいます。拷問というのは、その呵責《かしゃく》のつらさに、罪のないものでも、虚偽の自白をする場合の起こり得るような責め方です。肉体上の拷問がこれに当たります。また被疑者を一昼夜も二昼夜も眠らせないで、質問責めにするというたぐいの調べ方、これも拷問です。しかし、今度の場合のやり方は、もし君が犯人でなかったら、少しも痛痒《つうよう》*を感じないようなものでした。虚偽の自白を強いるような手段はまったくとられなかったのです。君たちが恐怖を感じ、拷問されているように考えたのは、君たちが犯罪者だったからです。もしそうでなければ、僕があんな手品を見せても、平気でいられたはずです。尾行にしても、身に覚えのないものが、いくら尾行されたからといって、私は人殺しですなどと、告白するはずがないではありませんか。心理攻撃は徳川時代の拷問とはまったくちがったものですよ……わかりましたか」

克彦は深く首を垂れたまま答えなかった。

*痛痒＝いたくもかゆくもない。何らの利害や影響をも受けない。

【著者による解説】

【D坂の殺人事件】「新青年」大正十四年一月増刊に発表した。この作ではじめて明智小五郎を登場させた。別にこれをきまった主人公にするつもりはなかったのだが、方々から「いい主人公を思いつきましたねえ」と言われるものだから、ついその気になって、引きつづき明智小五郎を登場させることになった。「D坂」のころの明智はまだタバコ屋の二階に下宿して、本の中に埋まっている貧乏青年にすぎなかった。

「D坂」を一月増刊に発表してから毎月、この年の夏まで「新青年」に短篇を書きつづけた。これは「新青年」がその後よく催した六カ月連続短篇というものの最初の試みであった。私は「D坂」の次に「心理試験」を書いて、いよいよ専業の作家になる決心をしたので、「新青年」編集長の森下雨村さんが、この機会に六カ月連続短編を催して、私を激励してくれたのである。その連続短編というのは、

心理試験（二月号）、黒手組（三月号）、赤い部屋（四月号）、幽霊（五月号）、（六月号は休載）、白昼夢、指環（七月号）、屋根裏の散歩者（八月増刊）

であった。中途で一回休んでいるが、ともかく六カ月つづけたわけである。その中には

「黒手組」や「幽霊」のような駄作もあるが、「D坂」「心理試験」「赤い部屋」「屋根裏の散歩者」などは、私の短編の代表的なものに属するわけで、この連続短編はまずまず成功であった。この年には、「新青年」の七篇のほかに「苦楽」(二篇発表、その一篇は「人間椅子」であった)「新小説」「写真報知」「映画と探偵」などに九篇の短篇を書いているから、合せて十六篇となる。私としてはよく書いた年であり、私の初期の代表的な短篇の半分近くは、この年に発表したといってもいいようである。

【心理試験】「新青年」大正十四年二月号に発表。この作を森下さんと小酒井不木博士に見せて、作家として立てるだろうかと相談し、両氏の賛同を得たので、大阪から東京へ引越しをして、いよいよ作家専業となったのである。

この作にも明智小五郎を出したが、これは「D坂」から数年後の事件で、明智はもう二階借りの貧乏青年ではなくなっている。「D坂」に連想診断による心理試験のことが出てくるが、その方法を具体的に示してはいない。それを補う意味で、「心理試験」には、試験のやり方を詳しく書いた。だから、「D坂」と「心理試験」とは一対の作といってもよいので、ここにならべてのせるわけである。これは倒叙探偵小説の形式だが、やはり本格ものの一種といっていい。この作はジェームス・ハリス君訳によるタトル社版の私の英訳短編集Japanese Tales of Mystery and Imagination（1956）の中にThe Psychological Testと題して編入されている。

【黒手組】「新青年」大正十四年三月号発表。「心理試験」につづいて連続短篇としては第二作であったが、これはどうも失敗だった。暗号がただむずかしいばかりで、味もそっけもなく、同じ暗号小説でも、「二銭銅貨」とは比べものにならない。もしこの作に取りえがあるとすれば、足跡の謎の部分であろう。

この小説は昭和六年七月、帝劇で、市川小太夫一座によって劇化上演せられた。小太夫君はその後「陰獣」も自から脚色して、新橋演舞場で上演したが、この二つの劇については拙著「探偵小説四十年」に詳しくしるしておいた。

【幽霊】「新青年」大正十四年五月号に発表。私が作家として出発したとき、「新青年」編集長の森下雨村さんが、六回連続の短篇を書かせてくださった中の一篇である。その連続短篇は「D坂の殺人事件」「心理試験」「黒手組」「赤い部屋」「幽霊」「白昼夢」「屋根裏の散歩者」とつづいたのだが、「幽霊」はその中で最もつまらない作品であった。

【屋根裏の散歩者】「新青年」大正十四年八月増刊に発表。いわゆる初期の短篇に属するもので、「人間椅子」などと共に、奇抜な着想で好評を博した作品。当時の批評家平林初之輔さんは、自分の家の天井裏を歩きまわって、その体験を小説に書いた作家なんて、古今東西に例がないだろうと、私が不思議な作家であることを強調したものである。そういう意味で古い読者の記憶に残っている作品の一つだから、私の代表作の短篇集には、いつも入れられている。しかし、英訳短篇集にははいっていない。西洋人には天井裏というものがわからないだろうと思ったからである。

【何者】「時事新報」夕刊一面の中篇小説として、昭和四年十二月から、五年一月にかけて、三十回ほど連載した。これは私の癖を少しも出さない純本格ものであったが、私の体臭のない作品というので、余り問題にされなかった。しかし、甲賀三郎君など本格派には、私には珍しい夾雑物のない本格ものとして歓迎されたようである。この作の犯罪動機は内外に前例のない独創のトリックにはちがいがないと思う。

【兇器】大阪の「産業経済新聞」昭和二十九年六月中に五回連載。数名の探偵作家が顔を並べる企画で、たしか探偵作家クラブが注文を受けた関係上、ことわるわけにも行かず、無理に書いたもので、トリックもカーの短編から借用している。

【月と手袋】「オール読物」昭和三十年四月号に発表。私は戦後、西洋の作品の紹介や批判ばかり書いていて、小説というものは昭和二十五年に短篇「断崖」を書いたばかりであった。別に小説を断念したわけではなく、何か従来とちがったものを摑もうとして悩んでいたのであるが、「宝石」昭和二十八年十月号に書いた連作「畸形の天女」の私の受けもちの第一回五十枚は、何かしら従来の私とちがったものが出ていたので、ひょっとしたらこの方向へ発展できるのかなと感じ、この「月と手袋」や、書き下ろし長篇「十字路」などは、そういう心構えで執筆したのだが、しかし、この方向模索は結局長続きしなかった。
この作のトリックは戦争中に「日の出」に連載した「偉大なる夢」(アメリカを侮辱するような戦争小説なので、本にすることをさしひかえている)に使った「犯人自身が自分の犯行を遠くから眺める」という極端な不可能興味、最強のアリバイ作りの手法を、倒叙的に再使用したものであった。このトリックは外国ではカーの「皇帝の嗅ぎ煙草入れ」に使われているが、私はこのカーの作を読む以前に「偉大なる夢」でこれを発案していた。

【解説】

人間・江戸川乱歩を探偵する

鶴岡征雄（作家）

本書は表題にある通り『探偵 明智小五郎　江戸川乱歩傑作選』として主に初期の短編、その他、中編が収められている。そして巻末には著者自身の作品解題が付されているが、巨匠・江戸川乱歩（以下、乱歩。一八九四年～一九六五年）の作品は光文社版『江戸川乱歩全集』全三十巻をもってしてさえ、未収録産品があるといわれているほどだから〝名探偵・明智小五郎が登場する短編〟という断り書きをつけたにせよ、ここにあるのはほんのひとつまみでしかない。この八編を選んだのは、本の泉社編集部の若いスタッフの諸君である。

岩波文庫版『江戸川乱歩短篇集』は千葉俊二編で名解説も同氏によるものであるが、岩波文庫の作品収録数は全十二点、本書と、重なるのは「D坂の殺人事件」「心理試験」「屋根裏の散歩者」の三編のみであとは別作品になっている。またこれらの作品を除けば、研究者らによるアンケート、例えば「乱歩作品ベスト3」などをみても、比較的複数の支持をうけているのは「少年探偵団」「怪人二十面相」「人間椅子」「芋虫」「孤島の鬼」といった作品で、ばらつきが目立つ。

代表作は、「D坂の殺人事件」「屋根裏の散歩者」、乱歩といえばこの二作、東西の横綱格である。いずれもデビュー当時に書かれた出世作である。

「少年探偵団」や「怪人二十面相」は一九三六年からその翌年にかけて雑誌に連載されている。その人気は子どもたちにまで広がっていった。私は現在八十一歳であるが、この当時まだ生まれていない。戦後、ラジオ・ドラマとなり、子どもたちがラジオの前に群がって名探偵・明智小五郎と怪人二十面相との闘いに一喜一憂していたとき、ようやく乱歩に触れることができた。ラジオでは、江戸川乱歩が、エドガワ・ランポと聞こえた。てっきり外国人作家だと思ったが、それもそのはず、乱歩はポーのフルネームをそっくりなぞって筆名にしたからだ。

乱歩は三重県生まれ、早稲田大学政治経済学部卒業後、貿易商社をふりだしにさまざまな職業に就く。貧乏が嫌で父がそうであったように実業家を志していた時期もあったようだが、どこへいっても腰が落ちつかない。「屋根裏の散歩者」に登場する郷田三郎は、学校を出てから「どんな遊びも、どんな職業も、何をやってみても、一向この世が面白くない」高等遊民、乱歩は彼とよく似ている。

乱歩の愛読書は、アメリカの探偵小説家・エドガー・アラン・ポー（一八〇九年〜

一八四九年）、代表作は「モルグ街の殺人」であり、世界の探偵小説の始祖といわれている歴史的作家である。乱歩はまた、イギリスの名探偵シャーロック・ホームズの生みの親であるアーサー・コナン・ドイル（一八五九年〜一九三〇年）を探偵小説というジャンルを確立した〝開祖〟と称え、両作家を最大級のことばで賞讃している。

「ポー、ドイルなどのキリッとした理知的な短編小説の味を真に理解」し得たのは大学二年頃だというが、そのときの感動が乱歩を探偵作家への道へと導びいたのであろう。

ところで、いったい「探偵作家」とは如何なるものなのだろうか。乱歩は「学問と芸術の混血児」といい、〝人間研究〟ともいっているが、どうも腑に落ちない。乱歩が傾倒した耽美派の佐藤春夫は次のように言っている。

「要するに、探偵小説なるものは、やはり豊富なロマンティシズムという樹の一枝で、猟奇耽異の果実で、多面な詩という宝石の一断面の怪しい光芒で、それは人間に共通な悪に対する妙な讃美、怖いもの見たさの奇異な心理の上に根ざして、一面また明快を愛するという健全な精神にも相結びついて成立っていると言えば大過ないだろう」。引用がながくなったが、合点がいく。

昨年二〇二二年三月、マンガ家として初の日本芸術院会員に推挙されたつげ義春に、貸本マンガ時代の作品「四つの犯罪」がある。作中、主人公が探偵小説について蘊蓄《うんちく》を傾ける。

「探偵小説のこつは恐ろしい……ふうがわりな犯罪を創造することにあるんですな」。

〝ふうがわりな犯罪〟、なるほど、明瞭、明快である。


今年の春、団子坂にある観潮楼跡・森鷗外記念館でのイベントに出かけた。そのとき、根津界隈のイラスト・マップが無料配布されていた。マップの中に〝江戸川乱歩三人書房跡〟があった。「三人書房」は乱歩、通、繁男の兄弟三人が共同して開店した古本屋だが、売上げはパッとせず、すぐに店を閉じている。そのあと、東京を引き払い、大阪毎日新聞広告部に就職した。大阪の街を広告取りに歩きまわっている乱歩の姿はさぞかし悄然としていたことだろう。生来、人間嫌いで人付き合いの苦手な乱歩に外交の仕事ができるとは思えない。案の定、離職の決断と作家への転身を決意する日がやってきた。

「職業作家を決意させたものは広告取りに飽き飽きしたこと、文壇諸家の探偵随筆の刺戟、外部的な事情のほかに、作家としても、これならやって行けそうだという自信が持てたのは、この「D坂」と「心理試験」の二作であった。」（乱歩『探偵小説四十年』から）。芸は身を助く、である。

デビュー作は「二銭銅貨」一九二三年四月号『新青年』に掲載された。「D坂」はそれにつづく作品である。

父・繁男は商才に長けた実業家タイプだが、母きくは、姑わさ同様、読み物が好きな女性だった。乱歩は幼少期は病弱で、就学後も学校も欠席がちだったという。六、七歳の頃は、貸本屋の全盛時代で祖母も母もそこから借りてきた講談本や挿絵付きの探偵ものをよく読んでいたという。乱歩は、母が好んで読んでいた黒岩涙香の「幽麗塔」をわからないながらも興味深く覗き見していた。それが乱歩にとって探偵小説との出会いとなった。謂わば、のちに探偵作家となる〝胚珠《はいしゅ》〟の役割を果たしたとも考えられる。

乱歩の読書歴は、前述したように、ポーであり、ドイルであった。日本文学では、谷崎潤一郎、佐藤春夫、宇野浩二に傾倒している。乱歩がデビューした頃、潤一郎らは、大正期の作家を代表する大家になっていた。だが、乱歩との年齢はいくらも離れていない。それでも乱歩にとって潤一郎・春夫・浩二は崇拝する作家だったのである。

ロシア文学では、ドストエフスキーの「罪と罰」に大きな感動を覚えた。「人間の心の奥にひそむ秘密が、痛いほどむき出しに描かれ」ていたからである。「D坂」の読みどころも、やはり「人間の心の奥にひそむ秘密」が暴かれる場面である。

探偵小説を定義した佐藤春夫の中に「ロマンティシズムの一枝で、猟奇耽異の果実」という指摘があった。それは乱歩独特の信条「現世のリアルを愛せず、架空幻想のリアルを愛する」とする創作態度と合致する。うつし世の人間界の闘争や葛藤、〝無理想・無解決〟と揶揄された自然主義文学を嫌ったその一因に、体験べったりの文学批判があったからであろう。「架空幻想」だからとはいえ、「荒唐無稽」な訳ではない。明智小五郎の名推理でスパッと事件が解決する爽快さは、春夫のいうところの「明快を愛するという健全な精神」、が、読者の〝快楽〟となるからであろう。

乱歩がよく色紙などに揮毫していたという「うつし世はゆめ　夜の夢こそまこと」こそ、乱歩作品の大看板だが、その乱歩でさえ、戦時中は検閲に引っかかっている。「芋虫」に至っては、全編削除の処分を命じられている。


遅まきながら明智小五郎について検索してみたい。明智の初登場作品はご存じの通り「D坂の殺人事件」である。

年齢は二十五歳を過ぎていない。住まいは煙草屋の二階に間借りしている素寒貧の奇人。すでに「犯罪学者」と綽名がつけられている天才的な顔、よれよれの浴衣に兵児帯、長くのびた髪がモジャモジャにもつれあっている。そのモジャモジャの髪に指をつっこんでさらにモジャモジャに引っ掻き回すのが癖。

明智小五郎が初登場するこの記念的作品「D坂」には、古本屋「三人書房」の片鱗・残影がそれとなくちりばめられている。そのせいか、私小説を読むような味わいと哀しみがある。大正期の哀しみといえば、封建的な性風俗の束縛であろう。女性は男に従属し、女が性行為、例えば体位のリードをとることはすくなかっただろう。女の美徳に逸れるからだ。古本屋の美人妻が密室殺人の犠牲になり、明智が現場に入った。女の体にのこされた生傷が死因なのか。明智はこの謎を明快な推理によって解き明かす。それがもし、女の歓びの証だとしたらどうなるか。どんでん返しは明智の十八番である。

一九二五年・大正十四年、乱歩三十一歳。この年だけで十八編の短編を連発、新人でこの活躍である。

関東大震災で破壊された瓦礫の街・東京が復興すると焼野原の一面にジャーナリズムの花が咲き乱れた。彗星の如く現れた江戸川乱歩、一夜にして探偵小説界の大立者となったのも、長年の〝人間研究〟の賜物であろう。

異能の作家・乱歩は多面的な顔をもつ。なかでも自己蒐集癖は人並外れている。門外不出の「貼雑《はりまぜ》年譜」（乱歩の死自筆「出生より四十七才マデノ俯瞰図」）は一巻の著書をも凌ぐ無類の記録でしかもイラスト入り。屋台を引っ張るラーメン屋、「三人書房」の外観や間取、戦時中に手がけた〝傑作〟であり、『探偵作家四十年』執筆の重要な資料となっている。蒐集の徹底ぶりは批評、広告にまで及んでいる。また生誕から池袋の終の棲家まで引っ越しは四十六回、個性的な顔がのぞく。

最後に一言。怪人は天才を愛す。乱歩が愛した若き芸術家は村山塊多（一八九六年～一九一九年）、二十二歳五ヵ月で夭折した巨星、画家、詩人、作家として活躍した。高村光太郎は〝火だるま槐多〟と書き、その芸術と激しい熱情に燃えた天才を称え、その死を惜しんだ。
乱歩もまた二歳年下の槐多の生涯に心を寄せた。槐多が歴史に残る仕事をして荼毘に付された頃、乱歩は団子坂で古本屋を商い、屋台を引くなど芽の出ぬまま悶々としていた。乱歩は心のなかの一期一会を尊ぶ謙虚な巨人、槐多への愛もその証である。探偵小説の進展、研究者としても貢献、今では〝日本探偵小説の父〟と称えられている作家・江戸川乱歩、二〇二四年は生誕一三〇年、その人気は不滅である。

鶴岡征雄（つるおか ゆきお）＝一九四二年茨城県龍ヶ崎町（現・龍ヶ崎市）生まれ。作家、日本民主主義文学会会員。著書に『鷲手の指―評伝 冬敏之』『私の出会った作家たち 民主主義文学運動の中で』『單線駅舎のある町で』（いずれも本の泉社）など。

江戸川乱歩（えどがわ らんぽ　1894.10.21-1965.7.28）

本名：平井太郎（ひらい たろう）。三重県生まれ。貿易会社勤務を始め、古本商、新聞記者などを経た後、1923年に雑誌「新青年」に「二銭銅貨」を発表して作家デビュー。「屋根裏の散歩者」「怪人二十面相」「陰獣」「人間椅子」など、数々の名作推理・ホラー小説を残した。探偵小説の草分けとして日本の近代文学に大きな影響を与え、今なお多くの人に親しまれ続けている。

探《たん》偵《てい》 明《あけ》智《ち》小《こ》五《ご》郎《ろう》　江《え》戸《ど》川《がわ》乱《らん》歩《ぽ》傑《けっ》作《さく》選《せん》

2023年11月26日　初版第1刷発行

著　者　江戸川乱歩

発行者　浜田和子

発行所　株式会社 本の泉社

〒112-0005　東京都文京区水道2-10-9　板倉ビル2階

TEL：03-5810-1581　FAX：03-5810-1582

印刷：株式会社ティーケー出版印刷

製本：株式会社ティーケー出版印刷

DTP：杵鞭真一

©2023, RANPO EDOGAWA Printed in Japan

ISBN 978-4-7807-2249-9　C0093

※定価はカバーに表示してあります。本書を無断で複写複製することはご遠慮ください。

本の泉社　文芸書から

山本周五郎
赤ひげ診療譚
山本周五郎　著
B6判変形・四〇〇頁
一六〇〇円（税込）

市井の人々を貧困が苦しめている時代。養生所で患者を無料で治療する医師たちがいた。不本意ながらこの養生所に勤務することになった保本登は、言動は乱暴だが権力に抗う太い芯をもった赤ひげ（新出去定）にはじめは反抗しながらも、だんだんと心を開いていく。養生所から出て御番医へと昇進する話のあった登が下した決断は……。青年医師、心の成長物語。（解説：嵐圭史）

山本周五郎
ユーモア小説集
山本周五郎　著
B6判変形・三三六頁
一三〇〇円（税込）

周五郎のユーモア小説は単純ではない。ほんとうの自分ではないことに気づいて堪忍袋の緒を切る「評釈堪忍記」には、占領下日本の悲哀が隠され、口舌で藩の権力争いを収める「おしゃべり物語」は、秘事・陰謀が欲望まみれなことを語りかける。城内のあらゆる出来事を自分がやったと名乗り出る「わたくしです物語」には、「責任」を顧みない「時代」への警鐘もある。他「真説吝嗇記」「ゆうれい貸家」「よじょう」「ひとごろし」を収録（解説：新船海三郎）。

「新しい戦前」の時代、やっぱり安吾でしょ
坂口安吾　著
B6判変形・二二四頁
一六五〇円（税込）

紛争と分断が深刻になり、きな臭い時代となったいまこそ、あらためて読まれるべき作家である。本書では数多い小説・評論から厳選し、『白痴』『日本文化私観』『堕落論』『風と光と二十の私と』『桜の森の満開の下』『オモチャ箱』の6点を収録（解説：佐田暢子）。

小社では自費出版をお受けしております。
お気軽にお問い合わせください。
☎：〇三−五八一〇−一五八一

お求めは全国書店・インターネット書店へご注文ください。
本の泉社へ直接ご注文いただいても承ります。